SOKO SYLT

SOKO SYLT

TÖDLICHE WELLEN

NELE NORDLAND

SOKO SYLT
Band 1: Tödliche Wellen

Küstenkrimi Nordseekrimi
(Berger und Claasen ermitteln 1)

Nele Nordland

1. Auflage, 2024
Cover: Giovanni Misagrande
Druck: Amazon Media EU S.à r.l., 5 Rue Plaetis, L-2338, Luxembourg

ISBN: 9798329945751

www.nelenordland.de

Nele Nordland

SOKO SYLT
Tödliche Wellen

Küstenkrimi Nordseekrimi
(Berger und Claasen ermitteln 1)

Die Handlung dieses Buches ist frei erfunden.

Alle Personen und Ereignisse entspringen der Phantasie der Autorin.

Ähnlichkeiten mit lebenden oder toten Personen oder tatsächlichen Ereignissen sind rein zufällig und nicht beabsichtigt.

KAPITEL 1

Der Morgen auf Sylt begrüßte Björn Thomsen mit einer frischen Brise und einem Farbenspiel am Himmel, das die aufgehende Sonne hinter sich her zog. Er stand oben auf der langen Holztreppe, die über die Dünen zum Weststrand von Hörnum führte, und blickte weit über das Meer. Die salzige Luft hier war herrlich. „Komm, Max, los geht's“, rief er seinem Hund zu, und der lebhafte Border Collie wedelte aufgeregt mit dem Schwanz.

Im Nu waren sie unten am Strand. Björn Thomsen liebte es, um diese Zeit am Wasser zu joggen. Der Boden am Meer war fest und kaum jemand war so früh hier. Im Sommer sah er manchmal Urlauber, die morgens nackt badeten. Aber es war noch Mai und er und Max hatten den Strand für sich allein.

Thomsen lief auf die Südspitze der Insel zu, und jedes Mal schien es ihm, als wäre sie wieder ein Stückchen kleiner geworden. Trotz aller Sandaufspülungen verlor Sylt an dieser Stelle immer wieder den Kampf gegen das Meer. Vor allem, wenn alle paar Jahre im Herbst ein Orkan große Teile der Insel wegspülte. Sein Blick fiel auf die Tetrapoden vor ihm. Diese dreizackigen Monster aus Beton, die sich am Strand auftürmten, hatten es nicht verhindern können. “Ein echtes Landschaftsverbrechen”, dachte Björn Thomsen und joggte auf sie zu.

Ein Teil der Tetrapoden verlief nicht parallel zum Strand, sondern weit ins Meer hinein. Das sollte einst die Kersig-Siedlung vor dem Meer schützen, führte aber nur dazu, dass die Meeresströmung nun gegen das weiter südlich gelegene Naturschutzgebiet drückte. So war die Hörnumer Odde schon vor vielen Jahren durch Herbststürme stark in Mitleidenschaft gezogen worden.

Das aufgeregte Bellen von Max riss Thomsen aus seinen Gedanken. „Was ist denn, Junge?“, fragte er und versuchte, dem Blick seines Hundes zu folgen. Dann sah er das große Plastiksegel, das sich an einer Stelle im Meer zwischen den Tetrapoden verfangen hatte. “Wie kommt das hierher?”, fragte er sich laut. Thomsen war es gewohnt, bei seinen Strandläufen allerlei merkwürdiges Plastik zu finden. Ganze Kanister, Schläuche und andere Dinge, die von Schiffen ins Meer gefallen und hier angespült worden waren, hatte er schon gesehen. Aber ein ganzes Segel war neu.

Er stoppte seinen Lauf und kniff die Augen zusammen, um in der leicht dunstigen Morgenluft besser erkennen zu können, was sich dort noch verfangen hatte. Max bellte aufgeregt und sprang über die Betonblöcke auf die Stelle zu, wo das Segel lag. “Bleib hier”, rief Thomsen seinem Hund zu, aber es half nichts. Er seufzte tief. Wenn Max erst einmal neugierig geworden war, gab es kein Halten mehr. Thomsen unterbrach seinen Morgenlauf und kletterte hinter seinem Hund her. Als er sich der Stelle zwischen den Tetrapoden näherte, erkannte er Leinen, die am Segel befestigt waren. Sie führten ins Wasser.

“Ist das ein Kite?” Björn Thomsen fragte sich, ob es wirklich die Ausrüstung eines Wassersportlers war, die sich zwischen den Betonblöcken verfangen hatte. Max war inzwischen an der Stelle angekommen und bellte immer aufgeregter. Sein Blick richtete sich auf die Stelle im Wasser, zu der die Leinen führten.

Thomsen kletterte weiter auf das Kunststoffsegel zu. Die Tetrapoden waren rutschig und er musste aufpassen, nicht zu stürzen. Zum Glück war Ebbe, und deshalb konnte er sie an dieser Stelle überhaupt betreten. Bei Flut wären die Betonpfeiler größtenteils unter Wasser gewesen. Wieder kniff er die Augen zusammen. Er war sich nicht sicher, was er gerade gesehen hatte. Die Nordsee war in ständiger Bewegung. Etwas Dunkles hing am anderen Ende der Leine und trieb im Wasser. Die Wellen ließen es verschwinden und wieder auftauchen. Offensichtlich trieb da etwas an der Oberfläche.

Max bellte immer noch aufgeregt. “Was hast du entdeckt?”, rief er seinem Hund zu. Plötzlich erkannte Björn Thomsen, was da im Wasser lag. Er riss die Augen auf. Sein Atem stockte. Adrenalin trieb seinen Puls in die Höhe. Seine Hand tastete aufgeregt nach dem Handy, das er zum Glück auch beim Laufen immer dabei hatte. Nervös zog er es aus seiner Sporthose, während er sich an einem der glitschigen Betonklötze festhielt. Fast wäre ihm das Mobiltelefon vor lauter Aufregung ins Wasser gefallen.

Mit zitternden Fingern wählte er die Notrufnummer und hörte erleichtert das Freizeichen. Gott sei Dank hatte er hier noch ein schwaches Netz. „Hier ist Björn Thomsen, ich bin am Strand von Hörnum. Ich habe ... Ich glaube, ich habe einen Toten gefunden. Bitte beeilen Sie sich“, stammelte er ins Telefon, während Max nicht mehr aufhören wollte zu bellen.

KAPITEL 2

Der Zug ratterte über den Hindenburgdamm, die schmale Landbrücke, die das Festland mit der Insel Sylt verband. Lena Berger saß am Fenster und beobachtete, wie das Festland langsam hinter ihr verschwand und sich die weite, offene Landschaft der Insel vor ihr ausbreitete. Wer sie so sah, konnte kaum erahnen, wie sie sich fühlte.

Nichts deutete daher auf die Verärgerung hin, mit der sie aus dem Zugfenster blickte und die Insel von der Wattseite aus betrachtete.

Während die Urlauber um sie herum die sonnige Aussicht genossen, kam bei ihr keine Freude auf. Kein Wunder, sie war ja nicht in den Urlaub gefahren, sondern zu ihrem neuen Arbeitsplatz. "Hier schickt man mich also ins Exil", dachte sie ein wenig verbittert. Sie verzog keine Miene. Es war eine kalte Feststellung, und Lena versuchte immer noch, den rationalen Grund für diese Entscheidung zu verstehen. Warum sie ihren nächsten Karriereschritt auf einer Insel mitten in der Nordsee machen sollte, konnte sie sich immer noch nicht erklären.

Auch wenn manche Sylt für das Paradies hielten. Die Insel der Schönen und Reichen. Eine Faszination für die Gäste, die hier ihren Urlaub verbrachten. Aber sicher nicht für sie, eine Polizeibeamtin, die schnell die Karriereleiter hochgeklettert war. Alles lief so gut in Berlin, bis... Lena biss sich auf die Lippen. Bis ihr Vorgesetzter mit dieser Versetzung nach Westerland kam.

"Dort wird die Stelle der Hauptkommissarin neu besetzt", hatte er ihr knapp erklärt. Sie hatte ihn entsetzt angesehen. Das war völlig unlogisch. Eine rational nicht erklärbare Entscheidung. Eine Leistungsträgerin wie sie an diesen Ort zu schicken. Was sollte sie hier aufklären? Einen von 140 Fahrraddiebstählen im Jahr? Aber bevor sie überhaupt etwas sagen konnte, hatte ihr Vorgesetzter schon erklärt: "Außerdem schadet es sicher nicht, wenn Sie zeigen können, dass Sie in einer neuen Umgebung mit einer fremden Mentalität zurechtkommen."

Lena hatte bei diesen Worten in Gedanken alles durchgespielt, aber die Versetzung machte einfach keinen Sinn. Als ihr Vorgesetzter merkte, dass sie seine Bemerkung nicht verstand, wurde er deutlicher: "Zeigen Sie Einfühlungsvermögen! Das wird heute in der Personalführung vorausgesetzt." Nun hatte sie verstanden. Da war es wieder. Ihr ganzes Leben lang war ihr das vorgeworfen worden. Sie wusste, dass ihre Kolleginnen und Kollegen sie manchmal als kühl und unnahbar empfanden. Dabei versuchte sie doch nur, sich voll und ganz auf ihre Arbeit zu konzentrieren. Kriminalfälle ließen sich nur mit Logik lösen. Alles andere war nur hinderlich. Das hatte sie mehr als einmal bewiesen. Lena Berger kaute immer noch auf ihren Lippen. Die Entscheidung ihres Vorgesetzten entbehrte nach wie vor jeder Logik.

„Sehr geehrte Fahrgäste, wir nähern uns dem Bahnhof Westerland...", unterbrach die Lautsprecherstimme des Zugführers ihre Gedanken. Lena holte ihren kleinen Koffer von der Gepäckablage, zog ihre Jacke über und drängte sich an den anderen Fahrgästen vorbei, die gerade dabei waren, ihre Sachen zusammenzupacken. Innerlich seufzte sie. Gleich würde sie ihren neuen Kollegen treffen.

Lena dachte mit einigem Widerwillen daran, sich gleich nach ihrer Ankunft sinnlosem Smalltalk auszusetzen. Sie war extra am Samstag angereist, zwei Tage vor Dienstbeginn, um in Ruhe auf der Insel anzukommen. Eigentlich hatte sie ein Taxi nehmen wollen, aber ihr neuer Kollege Malte Claasen hatte darauf bestanden, sie abzuholen.

Damit hatte sie nicht gerechnet, als sie sich vor ein paar Tagen telefonisch beim Kommissariat angekündigt hatte. Zuvor hatte sie gehofft, auf die zurückhaltende, eher verschlossene Art zu treffen, die man den Menschen hier im Norden nachsagte. So hatte sie sich die Versetzung schön geredet. "Wenigstens triffst du Leute, die nicht mehr reden, als sie müssen." Denn das war genau nach ihrem Geschmack. Keine Ablenkung mit all dem Privatgeplauder, wie sie es von ihren Kollegen in Berlin kannte.

Aber ihr neuer Kollege schien eher der Kumpeltyp zu sein, der die Dinge locker nahm. Selbst auf dem Foto in seiner Personalakte habe er nicht ernst genug gewirkt, fand sie. Claasen sah darauf aus wie ein Sunnyboy, der sich um einen Job als Surflehrer bewarb.

Schon bevor sie Kontakt nach Sylt aufnahm, hatte sie alle Unterlagen über das neue Polizeiteam studiert. Als zukünftige Leiterin der Kriminalpolizei in Westerland hatte Lena ihre Hausaufgaben wie immer gründlich gemacht. So war ihre Vorgehensweise. Sie mochte keine Überraschungen. Umso mehr misstraute sie diesem Claasen, als sie aus seiner Akte erfuhr, dass der Oberkommissar eigentlich der natürliche Kandidat für ihre Stelle gewesen wäre.

Das war an sich nichts Neues für sie. Lena kannte die Männer nur zu gut, an denen sie wegen ihres Intellekts auf der Karriereleiter oft vorbeigezogen war. Sie waren nie kumpelhaft gewesen. Und wenn, dann nur, weil sie mehr von ihr wollten. Nur um ihr gekränktes Ego mit einer schnellen Eroberung zu kompensieren. Aber darauf war sie nie hereingefallen.

Als der Zug in Westerland hielt, wuchtete Lena ihren Rollkoffer schwungvoll auf den Bahnsteig und hoffte innerlich, dass die Fahrt mit diesem Claasen schnell vorbei sein würde.

KAPITEL 3

"Du willst sie abholen?" Antje Möller starrte ihren Kollegen fassungslos an. "Malte", begann sie auf ihn einzureden, "die Frau hat dir den Job vor der Nase weggeschnappt und du rollst ihr noch den roten Teppich aus?"

Oberkommissar Malte Claasen blickte von seinem Schreibtisch zu seiner Teamkollegin auf. Antje war wirklich die loyalste Person, die man sich auf dieser Insel wünschen konnte, dachte er. Es klang fast so, als wäre ihre Beförderung ins Wasser gefallen, als Lena Berger aus Berlin zur neuen Hauptkommissarin auf Sylt ernannt wurde.

"Für mich wirst du hier immer der Chef sein", fuhr Antje fort. "Antje", seufzte Malte, "das ist sehr nett von dir. Aber ab Montag wird Lena Berger hier das Sagen haben. Daran solltest Du Dich schon heute gewöhnen." Antje runzelte unwillig die Stirn. Sie wusste, dass Malte wie immer recht hatte. Sie bewunderte seine Gelassenheit in solchen Dingen. Malte war ein wirklich netter Kerl, dem man nicht böse sein konnte, geschweige denn eine Bitte abschlagen.

Auch wenn man ein solches Gemüt von einem Oberkommissar auf den ersten Blick nicht erwarten würde, hatte Claasen genau diese Charaktereigenschaft in seinem bisherigen Berufsleben geholfen. Er war auf Sylt aufgewachsen und kannte die Insel wie seine Westentasche.

Unter den Inselbewohnern gab es kaum jemanden, mit dem er sich nicht verstand, und so bekam er viel von dem mit, was die Sylter gerade bewegte. Das half ihm natürlich enorm bei seiner Arbeit. Zumal sich die polizeiliche Tätigkeit häufig auf kleinere Delikte wie Ladendiebstähle oder gelegentliche Unterschlagungen oder Betrügereien beschränkte.

“Was macht es hier auf der Insel für einen Unterschied, ob du Hauptkommissar oder Oberkommissar bist?”, fragte Malte gelassen. “So wichtig ist mir diese Position überhaupt nicht. Weißt du, ich war eigentlich ganz froh, dass Jensen bisher den ganzen Verwaltungskram schultern musste und letztlich für alles verantwortlich war.”

Walter Jensen war erst vor wenigen Wochen in den Ruhestand gegangen. Der alte Hauptkommissar hatte die letzten zehn Jahre seiner Dienstzeit die Kripo auf Sylt geleitet, und viele hatten seinen Posten in diesen Jahren als eine Art Gnadenbrot für ein ausgedientes Rennpferd angesehen. Mit seiner Erfahrung und seinen hervorragenden Beziehungen zur vorgesetzten Polizeibehörde in Flensburg hatte er Malte und sein Team vor der größten Bürokratie geschützt, der eine Polizeibehörde heutzutage ausgesetzt ist.

Das größte Projekt der letzten Jahre war für Jensen zudem die Sanierung der Polizeiwache in Westerland. Malte und sein Team waren in dieser Zeit in Containern untergebracht, doch pünktlich ein halbes Jahr vor seiner Pensionierung konnte Jensen das sanierte und energetisch auf den neuesten Stand gebrachte Gebäude einweihen. Das war wohl sein Lebenswerk, hatten viele gedacht. Nun konnte der verwitwete Hauptkommissar, der in den letzten zehn Jahren auf der Insel eine neue Liebe gefunden hatte, seinen Ruhestand in trauter Zweisamkeit im beschaulichen Morsum verbringen.

“Es ist wichtig, dass wir hier schnell ein gutes Team werden”, sagte Malte und stand auf, um sich einen Kaffee zu holen. “Ich dachte, die Berger freut sich in den ersten Tagen über ein paar Tipps, die ihr helfen, sich einzuleben. Schließlich kennt sie sonst niemanden auf Sylt. Da ist es doch eine nette Geste, sie persönlich abzuholen.” Antje schüttelte immer noch den Kopf. “Malte, du hast wirklich ein Gemüt wie ...” Bevor sie den Satz beenden konnte, schaute er sie grinsend an, während er sich den

Kaffee einschenkte: “Wie ein Schaf?”, fragte er in ihre Richtung. Antje hielt inne. “Eher wie ein Deichlamm”, erwiderte sie.

“Wohl eher wie ein Wolf im Deichlammpelz”, kam es von der Tür. Hendrik Voss, der Jüngste in der Truppe, betrat das Dienstzimmer. Er grinste. Für ihn war Malte Claasen ein absolutes Vorbild. “Mit dieser Masche hat unser Malte schon so manches Deichlamm gerissen.” Hendriks Grinsen wurde noch breiter. Antje rollte mit den Augen. Ihr Mittzwanziger hielt seine anzüglichen Sprüche immer noch für besonders cool und männlich. Dabei nahm jede erwachsene Frau niemandem ein solches Machogehabe weniger ab als diesem halben Kind mit dem Milchbubigesicht. Aber Antje hatte ihn ins Herz geschlossen, gerade weil er sich manchmal wie ein junger Welpe benahm, dem nichts wichtiger war, als sich der Welt zu beweisen. Malte hingegen verfolgte das Geschehen ungerührt und verzog keine Miene.

“Du weißt schon, wie man in Berlin die Berger nennt”, kam es plötzlich aus der hinteren Ecke des Raumes. Alle Augen richteten sich auf den Schreibtisch mit den drei Monitoren, hinter denen der vierte des Teams saß. Jorge Petersen blickte ohne eine Miene zu verziehen auf seine Bildschirme und tippte Programmzeile für Programmzeile vor sich hin. Hendrik warf ihm einen herausfordernden Blick zu. “Hey, hat unser Nerd wieder was im Darknet ausgegraben?”, spottete er in seine Richtung. Es war netter gemeint, als es klang, denn obwohl Hendrik und Jorge unterschiedlicher nicht sein konnten, mochte er den smarten IT-Spezialisten, der in ihrem Team mit seinen besonderen Fähigkeiten in der forensischen Informatik glänzte. Auch wenn er selten Gelegenheit dazu hatte. Das gaben die Fälle der Sylter Polizei einfach nicht her.

So verbrachte er die meiste Zeit damit, die neuesten Programme und Gadgets auszuprobieren und fühlte sich wie der junge Q aus einem James-Bond-Film, der vergeblich auf seinen Einsatz wartet.

Jorge ließ sich mit der Antwort genüsslich Zeit, bis wirklich alle Aufmerksamkeit der drei Anwesenden auf ihn gerichtet war. „Spuck‘s aus, Pete.“ Hendrik hatte Jorge Petersen diesen Spitznamen verpasst und wusste, dass spätestens jetzt eine Antwort kommen würde. Die ließ nicht lange auf sich warten. “Eisberg”, drang es trocken durch den Raum. Jorge konnte förmlich spüren, wie sich bei diesem einen Wort die Gedanken in den Köpfen der drei drehten.

Noch bevor jemand etwas sagen konnte, klingelte das Telefon. Antje war als erste dran und nahm den Hörer ab: "Polizeirevier Westerland". Während die anderen noch über den Spitznamen ihrer neuen Chefin nachdachten, griff Antje schnell zu Papier und Stift, um sich ein paar Notizen zu machen. "Ich verstehe", sagte sie konzentriert. "Wir sind gleich da."

Malte sah sie fragend an. "Kaum ist der alte Jensen im Ruhestand, hat Sylt seit langem wieder eine Leiche", sagte sie, stand auf und zog ihre Jacke an. "In Hörnum wurde heute Morgen ein toter Kitesurfer gefunden." Claasen stellte sofort seinen Kaffeebecher ab. "Dann musst du dich wohl um unsere neue Hauptkommissarin kümmern", rief er Hendrik im Hinausgehen zu. "Ich fahre mit Antje nach Hörnum." Hendrik glaubte, nicht richtig gehört zu haben. Bevor er etwas sagen konnte, rief Claasen: "Lass dir nicht zu viel Zeit. Lena Berger kommt in zwanzig Minuten am Hauptbahnhof in Westerland an." Hendrik hielt das immer noch für einen Scherz. "Aber so früh kommt doch kein Zug aus Berlin?" "Sie kommt aus Flensburg. Hat sich dort diese Woche bei der Leiterin der Polizeidirektion als zukünftige Hauptkommissarin vorgestellt, habe ich gehört. Die kennen sich wohl." Damit waren Antje und er verschwunden.

Hendrik starrte den beiden ungläubig hinterher. Das lief ja wirklich super heute Morgen. "Ich soll jetzt wirklich die Berger abholen?", fragte er fassungslos. Er konnte fast Jorges Grinsen hinter den Monitoren sehen, als dieser trocken sagte: "Du meinst den Eisberg".

KAPITEL 4

Es dauerte keine halbe Stunde, bis Malte und Antje in Hörnum ankamen. Sie hatten ihr Auto auf dem Parkplatz am Ende des Strandweges abgestellt und waren den gewundenen Kopfsteinpflasterweg hinauf zu den Dünen gelaufen. Vorbei an dem Restaurant, das in den letzten Jahren regelmäßig den Pächter gewechselt hatte, gingen sie den dort beginnenden Holzweg über die lange Treppe hinunter zum Strand. Während sie zügigen Schrittes durch den Sand zu den Tetrapoden liefen, sahen sie bereits die Kollegen, die den Fundort mit Polizeiband abgesperrt hatten. Ein paar Sichtblenden verhinderten, dass die ersten Urlauber an diesem Morgen zu viel von der Fundstelle einsehen konnten.

"Moin, Jungs", grüßte Malte die Polizisten im Vorbeigehen, als wären sie alte Freunde, mit denen er sich zum Beachvolleyball verabredet hatte. "Moin, Malte", erwiderten sie. Dann lief er mit Antje schnurstracks auf einen Mann im Schutzanzug zu. "Schön, dass ihr da seid", begrüßte Arne Richter von der SpuSi die beiden. Der Gerichtsmediziner war gerade mit seiner Arbeit fertig geworden.

"Was haben wir denn hier?", fragte Malte, als er sich die Fundstelle ansah. Die Leiche des Kitesurfers war inzwischen aus dem Wasser geborgen worden und lag zugedeckt am Strand. „Ein typischer Fall von

‚Sport ist Mord', würde ich sagen." Arne Richter hatte sich im Laufe der Zeit einen leichten Zynismus angewöhnt, der ihm half, mit den Bildern, die er in seinem Berufsleben gesehen hatte, besser umzugehen.

"Wahrscheinlich wollte er da hinten über die Tetrapoden springen und hat es nicht ganz geschafft." Richter deutet auf die Stelle, an der die Betondreiecke ins Meer führten. "Er muss dabei ins Straucheln gekommen und dann abgestürzt sein. Mitten in die Tetrapoden. An einem der Zementblöcke haben wir noch Blutspuren gefunden. Wir untersuchen das noch, aber die dürften von ihm sein."

„Hmmh", machte Malte. "Kennen wir den armen Kerl?" Arne Richter zuckte mit den Schultern. "Wir haben nur einen Rucksack für den Kiteschirm gefunden, der dort hinten neben einem Strandkorb lag. Aber keine Klamotten, geschweige denn Wertsachen wie Portemonnaie oder Handy. Nicht mal einen Autoschlüssel oder sowas." Malte nickte. "Dann sehen wir ihn uns mal an." Malte ging mit Antje zu der Leiche rüber. Arne Richter folgte ihnen. Ein Kollege von der SpuSi hob das Laken an. Es war kein schöner Anblick. Das Gesicht des Kiters war halb aufgedunsen, halb zerschmettert. Der Rest des Körpers steckte noch im Neoprenanzug. "Schwer zu identifizieren", kommentierte Malte den Anblick. "Kommt er dir bekannt vor?", wandte er sich an Antje. Ihr war bei dem ungewohnten Anblick einer so zugerichteten Leiche etwas flau im Magen. Sie schüttelte den Kopf.

"Wer hat ihn gefunden?", fragte Malte weiter und bedeutete dem Kollegen von der SpuSi, das Tuch wieder über den Toten zu legen. "Ein Jogger mit seinem Hund. Björn Thomsen. Er stand ziemlich unter Schock. Die Kollegen haben seine Aussage und seine Personalien aufgenommen. Er wohnt hier in Hörnum, falls du ihn noch befragen willst." Malte sah dazu im Moment keine Veranlassung.

"Hast du schon deine Fotos gemacht?", fragte er stattdessen, "Klar, vom Fundort da hinten auf den Tetrapoden, von der Ausrüstung und von der Leiche natürlich. Die wollte ich mir noch in der Pathologie genauer ansehen und dann meinen Bericht schreiben." Malte blickte zu den Spaziergängern, die sich nun in etwas größerer Zahl am Strand versammelt hatten. "Dann mach mal", bat Claasen den Rechtsmediziner. "Das soll ja keine neue Touristenattraktion werden."

“Und was machen wir jetzt?”, fragte Antje ihren Chef. “Wir gehen zur Surfschule an der Strandpromenade. Vielleicht kennt dort jemand unseren tollkühnen Sportsfreund.“

Auf dem Rückweg zum Dünenaufstieg blies ihnen die salzige Nordseeluft ins Gesicht. Malte genoss es. Das macht den Kopf frei und hilft beim Denken, dachte er, während er auf die Reetdachhäuser blickte, die seitlich von ihnen hinter den Dünen hervorlugten. Kurz wandte er den Blick zurück. Auf der Höhe der Fundstelle war eine besonders moderne Variante eines dieser Häuser zu sehen. Die großen Glasfenster mussten einen beeindruckenden Blick über das Meer ermöglichen. Er blinzelte. Stand da jemand auf der Terrasse und beobachtete sie? Doch als er wieder hinschaute, war niemand zu sehen. Merkwürdig, dachte Malte Claasen. Er war sich sicher, dort oben einen dunklen Schatten gesehen zu haben.

KAPITEL 5

Nervös wartete Hendrik Voss auf dem Bahnsteig in Westerland. Er schwitzte. Nicht nur, weil er sich auf dem Weg vom Westerländer Polizeirevier zum Bahnhof hatte beeilen müssen. Kurz hatte er überlegt, das Blaulicht einzuschalten, den Gedanken aber schnell wieder verworfen. Das hätte ihm nur Ärger eingebracht. Auch so war er wenige Minuten vor der Ankunft der Regionalbahn aus Niebüll, die die Fahrgäste aus Flensburg nehmen mussten, am Bahnsteig angekommen. Er schwitzte vor allem, weil er gleich seiner neuen Hauptkommissarin gegenüberstehen würde, deren Ruf keine besonders angenehme Begegnung versprach. Voss fühlte sich, als würde er selbst eine neue Dienststelle antreten und nicht diese Berger, die man seinem Chef Malte Claasen so plötzlich vor die Nase gesetzt hatte.

Der Lautsprecher im Bahnhof kündigte die Einfahrt des Zuges an und Hendrik spürte, wie sein Puls raste. "Nicht nervös werden", sagte er sich innerlich. "Sonst hält sie dich noch für ein totales Weichein." Die Räder des Zuges quietschten und kurz darauf öffneten sich die ersten Türen. Hendrik stand vorne am Anfang des Bahngleises und konnte kaum bis zum Ende des Zuges sehen. "Verdammt", dachte er, "ich hätte ein Schild malen sollen. Die Berger rechnet ja nicht mit mir, sondern mit

Malte." Dafür war jetzt keine Zeit. Er hatte sich ihr Bild gut eingeprägt und versuchte nun, sie in der vorbeiströmenden Menge ausfindig zu machen.

"Polizeimeister Voss", hörte er plötzlich eine ziemlich strenge Stimme neben sich. Er zuckte ein wenig zusammen, als er erkannte, dass Lena Berger bereits neben ihm stand. Sie musste ziemlich schnell aus einem der Waggons ausgestiegen und über den Bahnsteig zu ihm gelaufen sein. Außerdem schien sie sein Gesicht bereits zu kennen. Hatte sie schon alle Personalakten durchgesehen? Berger sah ihn kühl an. "Ich hoffe, Sie haben im Einsatz einen besseren Überblick über eine Menschenmenge." Was für eine Begrüßung. Bevor er noch etwas sagen konnte, ließ Lena ihn mit diesem Satz stehen und ging schnellen Schrittes in Richtung Bahnhofshalle. Hendrik eilte ihr nach und konnte kaum mit ihr Schritt halten. "Willkommen auf Sylt ..." Hendrik überlegte kurz, traute sich aber nicht, das unter Kollegen übliche "Du" auszusprechen. "...Frau Berger."

"Wo ist Oberkommissar Claasen?" Hendrik schluckte unwillkürlich bei dieser Frage. Auf ein freundliches Kennenlerngespräch legte die Frau wirklich keinen Wert. Hendrik ärgerte sich langsam ein wenig darüber, dass er sich von Claasen als Fahrer hatte einspannen lassen. "Ihm ist kurzfristig etwas dazwischen gekommen", sagt er ausweichend. Sie war erst ab Montag Hauptkommissarin, und er hatte keine Lust, gleich in ein dienstliches Gespräch mit ihr einzusteigen. Mehr hätte er ihr über den toten Kiter sowieso nicht sagen können und wer weiß, was er sich dann für einen Kommentar anhören musste. Sollte doch Malte am Montag seinen Bericht dazu abgeben.

"So, so", meinte Lena Berger nur, und Hendrik konnte sich des Eindrucks nicht erwehren, dass sie sich in Gedanken bereits eine erste Notiz über die Zuverlässigkeit seines Chefs machte. Aber zum Glück fragte sie nicht weiter, was genau Claasen davon abgehalten hatte, sie abzuholen. Hendrik führte sie zu seinem Auto, lud ihren Koffer ein und setzte sich erwartungsvoll neben sie. Lena Berger sah ihn ein wenig pikiert an: "Man hat Ihnen nicht einmal gesagt, wo es hingeht?" Hendrik schluckte. Das konnte ja was werden. Unwillkürlich fiel ihm ihr Spitzname ein. Eisberg war eine echte Untertreibung. Nicht einmal Maltes sonniges Gemüt würde diese Frau zum Schmelzen bringen. Hatte sie denn gar kein Interesse daran, mit ihrem neuen Team wenigstens ein kollegiales Verhältnis zu pflegen?

"Ich muss nach Hörnum. Ins ‚Haus Dünenblick'." Hendrik sah sie überrascht an. "So ein Zufall", rutschte es ihm heraus und er biss sich im selben Moment auf die Zunge. "Warum?", kam es knapp zurück. "Äh...", Hendrik begann sich ein wenig zu winden. "...weil Malte...also Hauptkommissar Claasen vorhin dringend nach Hörnum gerufen wurde." Aus dieser Nummer würde er jetzt wohl nicht mehr herauskommen. Lena Berger warf ihm einen durchdringenden Blick zu. "Dienstlich?" Die Frage klang wie ein Peitschenhieb. "Ja, ja, dienstlich", versuchte Hendrik seine Antwort möglichst harmlos klingen zu lassen, während er den Motor startete. Ihr fragender Blick ließ ihm keine andere Wahl. Wenn sie diesen durchdringenden Ausdruck auch beim Verhör hätte, würde jeder Täter sofort gestehen.

Hendrik schluckte kurz, bevor er mit trockenem Mund antwortete: "Heute Morgen wurde dort am Strand eine Leiche gefunden." Er wusste nicht, was ihn gleich erwartete, aber für einen Moment herrschte absolute Stille. Bergers Blick durchbohrte ihn noch immer. "Was?", fragte er verunsichert. "Na, dann klemmen Sie sich lieber schnell das Blaulicht aufs Dach und geben Gas, Herr Voss." Hendrik fühlte sich, als hätte sie ihm gerade eine verbale Ohrfeige verpasst. So hatte er sich die erste Begegnung mit der neuen Hauptkommissarin wirklich nicht vorgestellt.

KAPITEL 6

Malte und Antje machten sich auf den Weg zur Surfschule in der Hoffnung, dort einen Hinweis auf die Identität des toten Kitesurfers zu finden. Die Schule bestand aus einer kleinen Hütte an der Strandpromenade auf der Ostseite von Hörnum. Was für ein Unterschied zwischen den beiden Strandseiten des südlichsten Sylter Ortes, ging es Malte durch den Kopf, als er die Promenade entlangging. Denn hier, auf der Wattseite der Insel, war von der rauen Nordseeluft kaum etwas zu spüren. Viele Familien mit kleinen Kindern bevorzugten diese Seite, weil das Wasser ruhiger war und in Ufernähe nicht die starken Strömungen der Nordsee herrschten wie auf der Westseite.

Es war noch früh am Vormittag. Der Mai war ungewöhnlich warm. Die Insel war das ganze Jahr über voller Touristen, und die ersten Familienurlauber mit kleinen Kindern hatten ihre Strandkörbe bezogen. Malte und Antje kamen an dem kleinen Häuschen vorbei, in dem eine Frau mittleren Alters saß und die Kurtaxe kassierte.

Als sich die beiden Kriminalbeamten der kleinen Hütte der Surfschule näherten, war eine junge Frau gerade dabei, den Fensterverschlag vor der Theke zu entfernen und neben die Hütte zu stellen. Dort befand sich ein weiterer mit Brettern eingezäunter Bereich, in dem die Neoprenanzüge der

Surfer hingen. Daneben führte eine Tür zu einem kleinen Platz, auf dem sich ein Wassertrog zum Waschen der getragenen Surferanzüge befand.

"Schöne Figuren", sagte Malte zu der jungen Frau und deutet auf die handgeschnitzten Surferfiguren, die auf einem Brett an der Wand der Hütte standen. Claasen hatte sich angewöhnt, ein Gespräch immer mit einer persönlichen Ansprache zu beginnen, bevor es dienstlich wurde. Diese Herangehensweise baute oft ein besseres Verhältnis auf und machte die Sache einfacher. Das galt umso mehr, wenn er jemanden befragen musste und, wie heute, ein Toter im Spiel war. "Ja, die sind alle handgeschnitzt", lächelte die Frau kurz zurück und kramte gleich darauf wieder in einem Schlüsselkasten.

"Claasen von der Kripo Sylt. Das ist meine Kollegin Antje Möller", stellte Malte Antje und sich vor. Die junge Frau blickte auf. Sie war sportlich, attraktiv, trug einen blonden Pferdeschwanz, knappe Hotpants und ein dazu passendes Top. Das plötzliche Auftauchen der Polizei schien sie nicht aus der Ruhe zu bringen. Selbstbewusst schaute sie die beiden an. "Ihr wollt doch hier keinen Surfkurs machen, oder?" Sie lächelte gewinnend. Malte kannte das. Normalerweise gab es zwei Reaktionen auf einen plötzlichen und unangekündigten Besuch der Kriminalpolizei. Die einen waren aufgeregt und zeigten das auch. Die anderen versuchten, ihre Aufregung mit großer Selbstsicherheit zu überspielen. Die junge Frau gehörte eindeutig zur zweiten Gruppe. "Nein, deswegen sind wir nicht hier, Frau...", schaltete sich jetzt Antje ein. Die junge Frau sah sie kurz an und stellte sich vor. "Svea Weber, aber gerne nur Svea. Wir duzen uns hier alle und vielleicht überlegt ihr es euch ja noch mal mit dem Kurs."

"Frau Weber", begann Antje ihre Befragung, ohne auf die letzte Bemerkung einzugehen, "heute Morgen wurde am Weststrand bei den Tetrapoden ein toter Kitesurfer gefunden. Wir konnten ihn noch nicht identifizieren und versuchen herauszufinden, ob ihn hier jemand kannte. Wissen Sie, ob gestern Abend noch jemand von der Surfschule dort kiten war?" Jetzt wechselte Svea die Gesichtsfarbe. Sie wirkte ernsthaft erschüttert. "Das ist ja schrecklich", stieß sie hervor. In ihrem Kopf überschlugen sich die Gedanken. "Das ist doch eigentlich kein ausgewiesenes Gebiet für Kiter...", begann sie. Claasen sah sie an. Seine Intuition sagte ihm sofort, dass da noch mehr war. "Aber Sie kennen ein paar Kiter, die dort surfen?" Svea sah wie ertappt auf. "Ich kenne nur zwei Jungs, für die der Bereich um die Tetrapoden einen besonderen Reiz ausübte. Jan und Tom waren oft zu zweit da draußen und haben sich gegenseitig zu waghalsigen Sprüngen über die Betonklippen angestachelt."

Svea Weber sah verzweifelt aus. "Das hat ihnen Ärger mit Nils eingebracht." Sie bemerkte die fragenden Blicke der Beamten. "Nils Rogard ist der Besitzer der Surfschule und selbst Kitelehrer. Er hat sie immer wieder daraufhingewiesen, dass es völlig inakzeptabel ist, dort so lebensgefährliches Freestyle Kiten zu betreiben. Kein professioneller Kiter würde über diese Betonblöcke springen. Im Falle eines Unfalls würde das vor allem seinem Geschäft schaden". Claasen spürte Svea Webers Aufregung und hörte, wie sich ihre Stimme beim Sprechen regelrecht überschlug. "Erst vor ein paar Tagen hatten sie einen heftigen Streit, und er hat gedroht, sie beim Verband anzuschwärzen und ihnen die Lizenz zu entziehen." Jetzt fing sie an zu schluchzen. "Es wird doch nicht einer von den beiden ..."

Sie hielt inne. Ihr Blick blieb an etwas hängen. Dann riss sie die Augen auf. "Tom!" Neben dem Tresen der Surfschule war plötzlich ein junger Mann mit zwei Kaffeebechern in den Händen aufgetaucht. "Svea, was ist los?", fragte er überrascht, als sie ihm schon um den Hals fiel und ihn an sich drückte. "Hey, Vorsicht mit dem Kaffee", versuchte er die Becher im Gleichgewicht zu halten. "Ich freue mich auch, dich zu sehen." Als sie ihn wieder losließ, sah er, dass sie geweint hatte, und wandte sich an die beiden Beamten.

"Was ist passiert?" Noch bevor sie antworten konnten, platzte es aus Svea Weber heraus. "Warst du gestern mit Jan draußen bei den Tetrapoden? Sie haben dort heute Morgen einen toten Kiter gefunden." Tom wurde augenblicklich aschfahl. Sein Sunnyboy-Lächeln war ebenso schnell verschwunden und der eben noch so lässige junge Surfer mit den langen braungelockten Haaren wirkte nun bis ins Mark erschüttert. Claasen und Möller beobachteten die Szene und sagten zunächst nichts. Obwohl alles auf einen Unfall hindeutete, war jemand tot, und manchmal war es aufschlussreicher, einfach die Reaktionen der möglichen Beteiligten zu beobachten, um mehr über die Umstände zu erfahren.

"Sind Sie von der Kriminalpolizei?", wandte sich Tom an Claasen und seine Kollegin, nachdem er sich wieder etwas gefasst zu haben schien. "Ja und Sie sind?", antwortete Malte knapp und stieg nun in die Befragung ein. "Tom Brinkmann", antwortet der junge Surfer und sah Malte immer noch ein wenig blass an. "Sind Sie gestern an der fraglichen Stelle mit jemandem kiten gewesen?" "Ähm ... nein", Toms Antwort dauerte eine Weile und klang nicht überzeugend. Malte spürte, dass etwas nicht stimmte.

"Was haben Sie dann gemacht?", fragte er. Claasen wusste aus Erfahrung, dass man in so einer Situation schnell sein musste. Wenn der junge Mann ihn gerade belog, würde er sich bei weiteren Fragen womöglich in Widersprüche verstricken. "Ich war im Sylter Süden." Malte Claasen kannte den Ort: "Das Strandlokal am Campingplatz?" Tom nickte. "Ja, da habe ich mich mit ein paar anderen Surflehrern getroffen. Heute ist Kursende und normalerweise zeigen wir den Teilnehmern dann noch ein paar unserer Tricks, um sie weiter für dieses Hobby zu begeistern. Wir haben die Einteilung und den Ablauf besprochen." "War dieser Jan auch dabei?", fragte Antje. "Jan Lüders?" Tom verneinte. Malte stutzte. Jan Lüders? Irgendwoher kannte er doch diesen Namen. Er sah zu Antje, die aber keine Reaktion gezeigt hatte und so ging er dem Gedanken erst einmal nicht weiter nach.

"Meinst du, Jan ist gestern allein bei den Tetrapoden gesurft?", mischte sich Svea jetzt wieder besorgt in das Gespräch ein. Tom wurde wieder blass. Claasen beobachtete ihn und wunderte sich. Irgendetwas stimmte nicht mit ihm. "Kann schon sein ...", brachte Tom mit stockender Stimme hervor. "Aber ihr geht doch fast immer zu zweit, oder?" Svea klang verunsichert, fast vorwurfsvoll, obwohl sie immer noch hoffte, dass der Tote nicht Jan Lüders war. „Na ja, natürlich gehen wir immer zu zweit. Das ist beim Kiten eigentlich auch Vorschrift. Wegen der Sicherheit und so." Tom starrte vor sich hin. "Aber du kennst ja Jan. Wenn der Wind schnell dreht und die Bedingungen super sind, ist er auch schon mal alleine losgezogen." Svea sah wieder verzweifelt aus.

"Bei den Sachen des Kiters haben wir weder Handy noch Portemonnaie gefunden", wandte sich Claasen an die beiden. Svea schoss ein Gedanke durch den Kopf. "Ich versuche, Jan anzurufen. Sie kramte ihr Handy hervor und wählte aufgeregt seine Nummer. "Kein Freizeichen!", sagte sie. "Es scheint aus zu sein." Ihr Gesichtsausdruck wurde immer verzweifelter.

"Wir nehmen unsere Wertsachen nie mit an den Strand", erklärte Tom jetzt. "Jan hat einen kleinen Bulli, den er immer auf dem Parkplatz vor dem Aufgang parkt, wo auch die Strandsauna ist. Auf dem Parkplatz ziehen wir uns um und lassen dann alles im Wagen."

"Wir haben auch keinen Autoschlüssel gefunden", wandte Antje Möller ein. "Den lässt Jan immer auf dem rechten Vorderreifen an der Beifahrertür liegen", sagte Svea und war wieder kurz davor zu schluchzen. "Beruhigen Sie sich. Wir schauen erst mal auf dem Parkplatz nach dem Bulli. Haben Sie noch ein Foto von Jan Lüders?" Svea sah auf. Erst wollte sie in ihrem Handy nachsehen, doch dann fiel ihr das Foto ein, das an einer Pinnwand in der Surfschulhütte hing. Sie nahm es ab und gab es den beiden Polizisten: "Hier, der Zweite von rechts in der ersten Reihe." Das Gesicht war etwas klein, aber deutlich zu erkennen. Malte Claasen und Antje Möller blickten sich kurz an. Es könnte zu dem Toten passen, aber das war nicht mit letzter Sicherheit zu sagen.

"Und?", fragte Svea aufgeregt. Malte Hanse ging nicht weiter darauf ein. "Wir fahren jetzt erst einmal zu diesem Parkplatz und schauen, ob der besagte Bulli dort steht. Dann können wir mehr sagen." "Nehmen Sie uns bitte mit. Wenn Jan etwas zugestoßen ist, muss ich das wissen. Sonst habe ich hier keine ruhige Minute mehr", Svea wollte sich gerade bereit machen, als Claasen sie zurückhielt. "Frau Weber, bitte bleiben Sie beide hier. Wir wissen noch nichts. Ich verspreche ihnen, dass wir uns sofort melden, wenn klar ist, ob es sich um ihren Freund handelt." Svea war nicht einverstanden. Aber sie sah ein, dass es besser war, abzuwarten, was die Polizei herausfand. Sie versuchte, sich zu beruhigen. Bestimmt war alles nur ein dummer Zufall und Jan ging es sicher gut. Malte sah sie mit seiner ruhigen Art an. Dann sagte er zu Tom und ihr: "Frau Möller nimmt noch kurz Ihre Personalien auf."

Tom wurde erneut blass. "Warum das? Glauben Sie nicht, dass es ein Unfall war?", fragte er etwas besorgt. "Das ist reine Routine", sagte Claasen und wunderte sich wieder über das seltsame Verhalten des jungen Surfers. "Und ja, wir gehen von einem Unfall aus." Malte wusste nicht so recht, warum, aber seine Intuition ließ ihn noch etwas hinzufügen, vielleicht auch nur, um die Reaktion des jungen Mannes noch einmal zu testen: "Bis jetzt".

KAPITEL 7

Den Weg zum Parkplatz der Strandsauna legten Malte und Antje mit dem Auto zurück. Die kurze Strecke führte sie von der Strandpromenade durch den kleinen Ort Hörnum, vorbei am einzigen Supermarkt, auf die Straße, die in Richtung des Naturschutzgebietes führte. Bevor die Hörnumer Odde begann, bog die Straße nach rechts ab und man gelangte auf ihr bis hoch zur Kersig-Siedlung. So weit musste sie aber gar nicht fahren. Der Parkplatz vor der Strandsauna lag auf der linken Seite des Weges.

Warum hast du zum Schluss noch diese Bemerkung gemacht?“, fragte Antje ihren Kollegen, nachdem sie den ganzen Weg bis hierher geschwiegen hatte. Malte warf ihr aus dem Augenwinkel einen kurzen Blick zu. “Ich weiß nicht. Nur so ein Gefühl. Fandest du nicht auch, dass der Junge sich etwas merkwürdig verhalten hat?” Antje sah ihn von der Seite an. “Du und deine Gefühle”, sagte sie schnippisch. “Lass den Eisberg das nicht hören.” Sie lächelte. “Nach dem, was ich über sie erfahren habe, soll sie ziemlich analytisch sein. Spar dir deine Gefühle also besser für jemand anderen auf.”

Malte lächelte sanft. Er wusste, dass Antje nur zu neugierig war, ob er eine aktuelle Affäre oder gerade eine feste Freundin hatte. Malte sprach wenig über diesen Teil seines Privatlebens. Ein Gentleman genießt und schweigt, war seine Devise. Tatsächlich fiel es ihm nicht schwer, Frauen kennenzulernen. Für Anfang Vierzig war er immer noch extrem sportlich, sah gut aus und wusste, dass er mit seiner lockeren, manchmal aber auch schweigsamen Art bei vielen Frauen, die für einen Urlaubsflirt auf die Insel kamen, gut ankam. Zu einer ernsthaften Beziehung mit Kindern war es nie gekommen, und Malte nahm auch das so, wie er das ganze Leben nahm: Ziemlich entspannt. Antje Möller dagegen war wie eine kleine Schwester für ihn, und wie er seine Wochenenden verbrachte, ging sie überhaupt nichts an. Deshalb hatte er ihren letzten Satz auch nicht weiter kommentiert. "Ich verstehe", sagte Antje gespielt beleidigt. "Ich erfahre erst etwas, wenn die Hochzeit in der Zeitung steht." Maltes Lächeln wurde breiter. Aber er lenkte das Thema sofort wieder auf den Fall: "Also, fandest du den Jungen nicht komisch?"

Antje Möller überlegte. "Ich fand ihn eigentlich ganz süß." Sie sah, wie Malte die Augen verdrehte. Schnell lenkte sie ein und konzentrierte sich wieder auf ihre Arbeit. "Aber nein, ich fand seine Reaktion eher verständlich. Sein Kumpel ist nicht mehr erreichbar und am Strand, wo sie immer gefährliche Surftricks machen, liegt jetzt ein toter Kiter. Da wäre ich auch etwas blass um die Nase geworden." Claasen nickte. Antje hatte wohl mal wieder recht. Sie bogen auf den Parkplatz ein und was sie schon geahnt hatten, bestätigte sich: Auf dem Parkplatz stand ein Bulli.

Die beiden Beamten sahen sich wieder an, ohne viel zu sagen. Malte stellte seinen Wagen ab, sie stiegen aus und gingen zum Bulli. "Zieh dir Handschuhe an", sagte Classen zu seiner Kollegin. "Wenn das Auto wirklich dem toten Kiter gehört, sollten wir es der SpuSi nicht zu schwer machen. Die werden sich das Auto sicher routinemäßig noch mal anschauen." Antje nickte und streifte sich Latexhandschuhe über. Sie ging um den Wagen herum und tastete auf der Beifahrerseite am Reifen nach einem Schlüssel. "Tatsächlich. Wie Svea Weber gesagt hat", sagte sie und zog einen Autoschlüssel hervor. Nachdem auch Malte sich Handschuhe angezogen hatte, öffneten sie den Bulli.

Schnell entdecken sie die Sachen des Kitesurfers. Seine Kleidung, ein ausgeschaltetes Handy und sein Portemonnaie mit dem Personalausweis.

“Ja, der Tote ist tatsächlich Jan Lüders”, sagte Antje, nachdem beide das Foto auf dem Ausweis betrachtet hatten. Der Aufprall und die Nacht im Wasser hatten die Leiche nicht so entstellt, dass sie den toten Kiter auf dem Lichtbild nicht eindeutig erkennen konnten. Malte schaute noch einmal auf den Ausweis. Der Name sagte ihm tatsächlich etwas. “Kommt dir der Name bekannt vor?”, fragte er seine Kollegin. Antje sah ihn an: “Jan Lüders? Nein, dir?” Malte überlegte. “Irgendwie schon, aber ich weiß nicht, woher.” Er nahm sich vor, Jorge Petersen später noch einmal um eine Recherche zu bitten. Auch wenn die Sache eindeutig auf einen Unfall hinauslief.

Dann blickte er noch einmal zu Antje. „Gut. Ich denke, wir sind hier erst mal fertig. Ich fahre dich zurück zur Strandpromenade. Du bringst es seinen Freunden in der Surfschule bei und fragst noch nach Angehörigen. Dann treffen wir uns am Hafen”, wies Malte seine Kollegin an. “Warum? Sind die Ermittlungen noch nicht abgeschlossen?” Malte grinste. “Nur mit einem leckeren Fischbrötchen. Am Hörnumer Hafen gibt es da eine besonders gute Bude.”

Claasen liebte Fischbrötchen zum späten Frühstück. In Gedanken war er schon bei dem Stand am Hafen. Deshalb bemerkte er diesmal auch nicht, wie sich unweit von ihnen ein Schatten in den Dünen bewegte und schließlich über einen Fußweg in Richtung der Kersig-Siedlung verschwand.

KAPITEL 8

Lena Berger sah nur noch, wie der Zinksarg in den Wagen geladen wurde und abfuhr. Verärgert über die Verspätung warf sie Hendrik einen vorwurfsvollen Blick zu. Der hatte auf das Blaulicht verzichtet, war aber zügig nach Hörnum gefahren, um seine Vorgesetzte noch rechtzeitig zum Fundort der Leiche zu bringen.

Sein Wagen parkte auf dem Parkplatz der Ferienanlage vor dem gewundenen Kopfsteinpflasterweg, der zum Restaurant und zur Strandtreppe führte. Lena Berger wartete nicht lange, stieg aus und ging schnellen Schrittes auf das Polizeiauto zu, an dem ein Beamter noch mit Arne Richter von der SpuSi diskutierte. “Lena Berger”, stellte sie sich kurz vor und zeigte ihren Dienstausweis. “Neue Hauptkommissarin bei der Kriminalpolizei auf Sylt. Bericht bitte.”

Der Polizist und Richter unterbrachen ihr Gespräch und drehten sich erstaunt zu ihr um. Dann tauchte auch schon Hendrik auf, der schnell hinter ihr hergelaufen war. Den letzten Satz hatte er gerade noch mitbekommen. “Was zum Teufel macht diese Frau? Mit dieser Art würde sie hier so schnell keine Freunde finden”, dachte er, aber das Gespräch war schon im vollen Gange. “Friedrich von der Polizeistation Hörnum und das ist unser Rechtsmediziner...”, wollte der Polizist seinen Kollegen vermittelnd vorstellen, doch so weit kam er nicht. Lena Berger ließ ihn gar nicht erst ausreden. "...Arne Richter. Ich weiß", sagte sie und wandte sich wieder dem Mann von der SpuSi zu. "Mich interessiert Ihr Bericht, Herr Richter, nachdem ich ja die Leiche verpasst habe."

Arne Richter sah Lena Berger einen Moment lang an und lächelte dann ein wenig süffisant. Er hatte schon gehört, wer die Insel heimsuchen würde, aber so schlimm hatte er sich Lena Berger nicht vorgestellt. "Tja, Frau Berger, willkommen auf Sylt. Ich habe Malte Claasen vorhin schon alles Wichtige erzählt." Genüsslich beobachtete er, wie sich eine leichte Röte auf den sonst so blassen Wangen abzeichnete. Eindeutig unterdrückter Ärger, wie er richtig vermutete. "Mein Bericht ist am Montag fertig." Arne Richter hielt kurz inne. "Dann sind sie ja auch offiziell im Dienst", fügte er hinzu. "Ich wünsche Ihnen ein schönes erstes Wochenende auf unserer beliebten Insel. Machen Sie ruhig ein paar Spaziergänge am Strand. Das erfrischt."

Damit wandte er sich ab und schlenderte zu seinem Auto, in das er schnell einstieg und hupend an ihnen vorbeifuhr. Der Polizist biss sich auf die Lippen, um ein Lachen zu unterdrücken. Aber Lena ließ sich davon nicht irritieren: "Ist das die Kite Ausrüstung?" Sie deutete auf den geborgenen Schirm, der neben dem Polizeiwagen in transparter Folie verpackt lag. Die Leinen hingen noch daran. Ebenso die Steuerungsbar, die sich ebenso intakt war wie das Leinenende, an dem der Tote über sein Trapez mit dem Kiteschirm verbunden gewesen sein musste. "Ja, bis auf eine gerissene Leine war alles noch intakt, soweit wir das feststellen konnten", antwortete der Beamte. "Er hat sogar noch die Sicherheitsvorrichtung gelöst, um die Kraft aus dem Segel zu nehmen." Die sogenannte Safty Leash war dazu da, Spannung aus dem Kite zu nehmen, um Unfälle zu vermeiden. Ein Kiter löste sie manuell, wenn er bereits die Kontrolle über sein Kite verloren hatte, um sich nicht von der Kraft des Schirms mitreißen zu lassen. "Hat ihm nichts genützt. Er ist trotzdem Mitten reingekracht als er über die Tetrapoden springen wollte." "Hmmh", machte Lena und betrachtete die Ausrüstung. Auf ihrem Gesicht spielte sich wieder der kühle und unnahbare Blick ab, den sie schon zur Begrüßung aufgesetzt hatte.

Hendrik Voss stand daneben und fürchtete schon die nächste Tirade auf seinen Kollegen und sich zukommen. Dann sah er das Gebäude, das am Ende des Strandweges seitlich des Parkplatzes in den Dünen lag. “Auch, wenn wir die Leiche verpasst haben, immerhin sind wir nicht ganz umsonst hierhergekommen”, lächelte er Lena Berger etwas gequält an. Die Oberkommissarin war noch in Gedanken und sah ihn irritiert an. „Na ja“, sagte Hendrik und deutete auf den Wohnblock aus den siebziger Jahren, der ihm gerade aufgefallen war, „‘Haus Dünenblick‘, da wollten Sie doch hin.“

Sie schaute kurz in Richtung des Gebäudes, wandte sich um und ging dann ohne ein weiteres Wort zum Auto zurück. Hendrik hörte nur noch, wie sie ihm zurief: “Rufen Sie Oberkommissar Claasen an und sagen Sie ihm, dass ich ihn sehen will. Er kann ja noch nicht weit sein. Ich bringe nur kurz meinen Koffer nach oben.”

Malte biss gerade genüsslich in sein Fischbrötchen, als Antje mit einem Teller Krabben vom Fischstand am Hafen zu ihm an den Stehtisch kam. “Und?”, fragte er kauend. “Wie haben sie es aufgenommen?” Antje stellte ihren Teller ab und wickelte das Besteck aus der Papierserviette. “Erwartungsgemäß schlecht. Die Kleine ist erst mal nach Hause gegangen. Dieser Tom Brinkmann hat sie begleitet. Inzwischen waren auch ein paar andere Surflehrer da. Unter anderem auch der Besitzer der Surfschule. Der schien bei aller Trauer vor allem sauer zu sein, weil das keine gute Nachricht fürs Geschäft ist und hat darauf bestanden, dass alles so schnell und so normal wie möglich weitergeht und nicht über den toten Kiter geredet wird.” Malte hörte aufmerksam zu, während er sein Fischbrötchen aß.

“Dann haben sie mit dem Unterricht angefangen. Die Schüler haben den Vorfall, glaube ich, kaum mitbekommen. Das mit dem Toten war ja auch noch nicht in den Nachrichten.” Malte hatte fast die Hälfte seines Brötchens aufgegessen. “Hoffentlich gibt es nachher nicht zu viel Presse. Das ist nicht gerade Werbung für die Insel.” Antje hatte begonnen, ihre Ofenkartoffel mit Krabben zu essen, während sie die Möwen um sich herum im Auge behielt, um nicht in einem unbeobachteten Moment beklaut zu werden.

"Da ist noch die Mutter. Die wohnt in Westerland. Die kannst du gerne übernehmen." Malte nickte. Er überlegte gerade, ob er sich ein zweites Fischbrötchen gönnen sollte, als sein Handy klingelte. Er schaute aufs Display. "Das ist Hendrik", sagte er zu Antje und grinste. "Mal sehen, ob er unseren Eisberg erfolgreich abgeschleppt hat." Antje grinste zurück. "Mordkommission Claasen. Welche Leiche wollen Sie melden?", ging Malte mit gespielter Miene ans Telefon. Antje verzog ein wenig das Gesicht. Aber in Wahrheit gefiel ihr, dass Malte in jeder Situation seinen Humor behielt. Dafür liebte sie ihren Kollegen.

"Ach so", sagte Malte jetzt etwas ernster. "Ja, gut, dann komm mal vorbei. Fischstand am Hafen." Dann legte er auf und sah Antje an, die ihn fragend anschaute. "Die beiden sind hier in Hörnum. Lena Berger kommt gleich her und will mit uns reden." Antje sah ihn immer noch mit dem gleichen verständnislosen Gesichtsausdruck an. Malte schielte kurz zu der Fischbude und dann wieder zu ihr. „Sie will, Zitat, ‚den Stand der Ermittlungen' von uns erfahren." Antje sah ihn irritiert an. "Dann hole ich mir besser noch ein Fischbrötchen", sagte Malte, bevor sie etwas fragen konnte, und trottete seelenruhig zum Verkaufsstand.

KAPITEL 9

Als Hendrik mit Lena Berger am Hafen von Hörnum ankam, hatte Malte bereits drei weitere Fischbrötchen bestellt und auf dem Stehtisch platziert.

“Essen Sie immer so viel am frühen Vormittag?”, kommentierte Lena den Anblick, als sie sich ihnen näherten. Sie hatte eine unnachahmliche Art, Menschen zu begrüßen, die sie noch nicht kannte. Aber Malte ließ sich davon nicht irritieren. “Willkommen auf Sylt. Schön, dass wir uns heute doch noch sehen. Wir duzen uns hier übrigens alle im Team. Ich bin Malte.” Er streckte ihr freundschaftlich die Hand hin und lächelte. Antje stand daneben und grinste innerlich. Maltes Art hatte immer etwas Entwaffnendes an sich. Auch auf den dicksten Eisblock konnte er ganz unbekümmert zugehen, dachte sie.

Tatsächlich war Lena Berger bei dieser Begrüßung das erste Mal ein wenig irritiert, seit sie auf der Insel angekommen war. Dieser Malte Claasen wirkte in echt genauso wie schon auf dem Foto in seiner Personalakte: Ein gut gelaunter Sonnenschein, den nichts aus der Ruhe brachte. Aber im Gegensatz zu Lenas erstem abschätzigen Urteil, mit dem sie noch im Zug auf diese Insel gekommen war, musste sie zugeben, dass ihr dieser freundliche Umgang nicht unangenehm war. Im Gegenteil.

Claasen war so ganz anders als die vielen Kollegen, mit denen sie bislang zusammengearbeitet hatte.

Dann aber ermahnte sie sich innerlich. Schließlich ging es hier nicht um ein freundschaftliches Kennenlernen, sondern um einen ernsten Todesfall.

“Vielleicht lernen wir uns erst alle einmal ein wenig besser kennen”, sagte sie knapp. Aber als sie Maltes freundlichen Blick sah, der ihr immer noch erwartungsvoll die Hand hin hielt, nahm sie sie reflexhaft an und sagte noch: “Bis dahin sagen Sie gerne Lena und ´Sie`“. “Verdammt, was trieb sie da?”, dachte sie innerlich. Sie war doch nicht hier, um Freundschaft mit den neuen Kollegen zu schließen. Aber Malte schüttelte schon ihre Hand und deutet auf Antje Möller: “Das ist meine Kollegin Antje.” Lena Berger schüttelte die nächste Hand. “Hendrik haben Sie ja schon kennengelernt”, beendete Malte die Vorstellungsrunde. Lena wandte sich etwas betreten um. “Äh, ja,... vielen Dank nochmal, dass Sie mich abgeholt haben, Hendrik.” “Hatte sie das gerade wirklich gesagt?”, dachte Lena und wunderte sich ein wenig über sich selbst. “Sehr gerne, Frau Berger… äh… Lena”, schüttelte jetzt auch Hendrik ihre Hand und hieß sie nochmals herzlich Willkommen. Er wünschte sich, er würde auch über diese Gabe verfügen, mit der Malte jeden für sich zu gewinnen wusste.

“Probieren Sie unbedingt ein Fischbrötchen, bevor es kalt wird”, forderte Claasen Lena auf und ehe sie sich´s versah, stand sie mit ihren drei neuen Kollegen am Hörnumer Hafen und genoß ein wirklich köstliches nordfriesisches Frühstück, wie sie zugeben musste.

“Nun, nochmal zurück zu dem toten Kitesurfer”, begann Lena, nachdem sie die ersten Bissen aufgekaut hatte. “Was haben Sie in Erfahrung gebracht….Malte.” Claasen kaute genüsslich. “Tragischer Unfall, wie es aussieht. Der Junge heißt Jan Lüders und ist gestern Abend allein drüben bei den Tetrapoden gesurft. Das sind unsere dreizackigen Betonblöcke zum Küstenschutz…” Er sah ihrem Blick sofort an, dass sie wusste, was Tetrapoden waren, und brach seine Erklärung ab. “Bei einem seiner Sprünge ist er dort wohl abgestürzt, hat sich den Schädel eingeschlagen und ist dann vermutlich ertrunken.” Lena kräuselte die Stirn. “Vermutlich?” Malte kaute immer noch. “Unser Gerichtsmediziner schaut ihn sich erst noch genauer an.” In Lenas Blick legte sich ein wenig

Missmut. "Ja, ich habe Arne Richter vorhin schon kennengelernt", sagte sie kurz. Hendrik guckte betreten weg. Malte bemerkte, dass es da eine Geschichte zu gab, wollte aber besser nicht nachfragen. Jedenfalls nicht unmittelbar. "Ich denke aber, am Ende läuft es auf Schädelbruch oder Ertrinken hinaus", schloss er seine Ausführungen ab.

"War dieser Lüders ein guter Kiter? Hatte er solche Kunststücke schon öfters gemacht?", bohrte Lena weiter nach, während sie den Kragen ihrer Jacke hochzog. Der Wind am Hafen nahm zu und machte es langsam ungemütlich am Tisch vor der Fischbude zu stehen.

"Davon gehe ich aus. In der Surfschule haben sie uns erzählt, dass sie das nicht zum ersten Mal gemacht haben." Lena horchte auf. "Sie? War denn noch jemand dabei?" wollte sie wissen. Malte verstand ihre Aufregung nicht. Alles sprach schließlich dafür, dass es ein Unfall gewesen war. Warum stellte Lena also all die vielen Fragen? Dennoch blieb er wie immer gelassen und antwortete ruhig. "Er hatte einen Kumpel, Tom Brinkmann. Aber gestern ist er wohl alleine raus." "Hmmh", Lena überlegte.

"Gibt es Angehörige?" fragte sie dann weiter. "Er hat eine Mutter, die in Westerland lebt", sagte nun Antje. "Malte wollte sie gleich noch aufsuchen". Sie warf ihm dabei einen vielsagenden Blick zu. Nun kam er aus der Nummer nicht mehr raus, die traurige Nachricht der Mutter selbst zu überbringen.

"Gut. Dann lassen Sie uns losfahren", sagte Lena unvermittelt und schob ihren Teller beiseite. Claasen war etwas perplex. "Willst Du ... äh wollen Sie da gleich mit, Lena? Ihr Dienstbeginn ist doch erst am Montag?" Malte war erstaunt, dass die Hauptkommissarin nicht von dem Fall des toten Kiters ablassen wollte, der doch so gar nichts für die Kripo hergab. "Tja, auf meinen Dienstbeginn hat der Junge nunmal keine Rücksicht genommen, Malte", sagte sie bestimmt. "Wo steht Ihr Wagen?"

Wenig später saßen die beiden in Maltes Auto und fuhren Richtung Westerland. Malte hatte es mit ein wenig Smalltalk versucht, aber Lena Berger schien entweder nicht an Plaudereien interessiert oder war immer noch in ihren Gedanken auf den toten Kiter fixiert. Claasen gab es vorerst auf. Immerhin hatte er seine unterkühlte Hauptkommissarin mit dem Team auf ein Willkommens-Fischbrötchen einladen können und war beim Vornamen angekommen. Mehr konnte man für den ersten Tag nicht erwarten bei dem Ruf, der ihr vorausgeeilt war. Den Rest dieses Eisberges würde er schon im Laufe der Zeit zum Schmelzen bringen, dachte er bei sich.

Die Wohnung von Frau Lüders lag in einem kleinen Appartmenthochhaus, nicht weit von der zentralen Einkaufsstraße in Westerland entfernt. In der Friedrichstaße drängten sich schon die Besucher der Insel und Malte hatte Glück, um diese Zeit einen der wenigen Parkplätze in einer der Seitenstraßen zu ergattern.

Kurz darauf standen Lena und er unten an der Tür des Appartmenthauses und klingelten. "Lüders", meldete sich die Stimme einer älteren Dame. "Claasen, Kriminalpolizei. Bitte erschrecken Sie nicht, Frau Lüders. Können wir kurz raufkommen und mit Ihnen reden?" Die Gegensprechanlage verstummte. Es verging eine Zeit und als Claasen schon erneut klingeln wollte, ertönte der Türsummer und Lena und er betraten den Hausflur. Sie fuhren mit dem Fahrstuhl in den vierten Stock und gingen ein paar Schritte den Gang hinunter. Malte hoffte, dass Lena der Mutter die Nachricht schonend überbringen würde. Die Tür am Ende des Ganges ging auf und im Türrahmen stand eine verweinte ältere Dame im Alter von vermutlich siebzig Jahren. Neben den Tränen stand ihr der Zorn ins Gesicht geschrieben. Berger und Claasen schauten sich verwundert an. Noch ehe sie etwas sagen konnten, hörten sie schon ihre zitternde Stimme: "Er ist tot, nicht wahr? Sie haben ihn also wirklich umgebracht, diese Schweine!"

KAPITEL 10

Lena Berger und Malte Claasen standen der älteren Dame an der Tür ihrer Wohnung gegenüber und warfen sich irritierende Blicke zu. Sie hatten sich auf eine unschöne Begegnung eingestellt, in der sie einer alten Mutter die Nachricht vom Tod ihres Sohnes überbringen mussten. Aber mit einer solchen Begrüßung hatten sie nicht gerechnet.

"Frau Lüders, nehme ich an?" Lena wollte sich zunächst versichern, dass sie wirklich an der richtigen Wohnungstür standen. Die alte Dame nickte. "Dürfen wir vielleicht erst einmal hereinkommen?" fragte Malte so einfühlsam wie möglich. "Bitte", sagte Frau Lüders kurz und führte die beiden in den kleinen Wohnraum des Apartments.

Sie standen kaum im Zimmer, da sah die alte Dame sie erneut mit einem verzweifelten Gesicht an: "Sagen Sie schon, ist meinem Jungen etwas passiert?" Malte wollte gerade ansetzen, da hörte er schon Lena: "Ja, Frau Lüders. Wir müssen Ihnen leider mitteilen, dass ihr Sohn tot ist." Bei diesen Worten sank die alte Dame schluchzend in sich zusammen. Malte Claasen konnte sie gerade noch abstützen und in einen Sessel setzen, der unmittelbar in ihrer Nähe stand. Sie war kaum zu beruhigen. "Ich hole Ihnen ein Glas Wasser aus der Küche." Claasen verschwand im Flur und tauchte kurz darauf mit einem vollen Glas wieder auf. Nachdem

Frau Lüders ein, zwei Schlucke getrunken hatte, schien sie langsam wieder ansprechbar zu sein.

"Was haben Sie mit der Bemerkung gemeint, Frau Lüders, Ihr Sohn sei umgebracht worden?" begann Lena nun das Gespräch. Jan Lüders Mutter kniff ihre geröteten Augen zusammen. Wut und Trauen schienen sich auf ihrem Gesicht abzuwechseln. "Na, sie haben ihm doch ständig Morddrohungen geschickt. Er hat das immer abgetan. Aber ich habe ihm gesagt, dass er sich Schutz suchen muss bei der Polizei. Und nun ist es passiert...", Frau Lüders fing wieder an zu Schluchzen, während Berger und Claasen sich nur fragend anschauten.

"Wer hat Ihrem Sohn Morddrohungen geschickt?" hakte Lena nach. Jan Lüders Mutter schaute mit völlig verweinten Gesicht auf: "Na alle! Diese Schweine!" Lena schaute irritiert zu ihrem Kollegen. Aber Malte zuckte nur mit den Schultern. "Sie müssen uns das genauer erzählen, Frau Lüders. Wer konkret hat ihren Sohn bedroht und warum?" "Warum?", fragte die alte Dame jetzt entrüstet zurück. "Na, warum wohl? Weil er als einziger seinen Job richtig gemacht hat, mein aufrichtiger Jan. Weil er nicht so korrupt war wie all die anderen." Lena Berger atmete tief durch. Sie wusste, dass es mitunter schwierig war, in einer solchen Situation von Angehörigen eines Verstorbenen gleich eine klare Aussage zu bekommen. Aber Frau Lüders war in der Beziehung ein besonders schwieriger Fall. "Frau Lüders, was für einen Job? Können Sie uns bitte in Ruhe erzählen, wer ihrem Sohn etwas Übles wollte, so dass wir es auch verstehen können." Die alte Dame schaute erneut auf. Sie schien verwundert.

"Na, weil er doch als neuer Sachgebietsleiter in der Baubehörde hier alle Ferienwohnungen überprüfen lassen wollte. Was glauben Sie, was das ausgelöst hat?" Jetzt fiel es Malte wie Schuppen von den Augen. Jan Lüders! In den Zeitungen hatte nie sein voller Nachname gestanden, aber Malte kannte genug Leute auf der Insel und hatte damals schnell mitbekommen, wie der neue Sachgebietsleiter hieß, der ein kleines Beben auf der Insel verursacht hatte. Lena Berger verstand nicht recht. "Ein leitender Mitarbeiter der Baubehörde hatte angekündigt, die Ferienwohnungen auf Sylt auf ihre Zulässigkeit zu überprüfen", erklärte Malte seiner Kollegin. "In den Zeitungen stand immer nur etwas von einem Jan L., aber viele auf der Insel haben schnell rausgehabt, wie er hieß." Lena

Berger sah ihren Kollegen ernst an. “Und das fällt Ihnen erst jetzt ein?” wollte ihr Blick sagen. “Das ist jetzt fast zwei Jahre her, daher habe ich den Namen nicht gleich zuordnen können”, sagte Malte entschuldigend. Dann wandte er sich an Frau Lüders: “Aber passiert ist in den zwei Jahren nicht viel. So weit ich weiß, wurde keine einzige Ferienwohnung für illegal erklärt. Warum sollte ihn jetzt noch jemand dafür nach dem Leben trachten?” Frau Lüders guckte nun ziemlich ernst und entschlossen. “Sie haben ihm viele Steine in den Weg gelegt, innerhalb der Behörde. Aber Jan hat nie aufgehört mit der Bearbeitung aller möglicherweise illegal erteilter Genehmigungen. Aus der Zeitung ist die Sache zwar wieder verschwunden. Aber Drohungen bekam er trotzdem immer noch regelmäßig.” “Haben Sie konkrete Namen?” fragte Lena. Frau Lüders schaute grimmig. “Natürlich nicht. Kam alles anonym. Diese Feiglinge.” “Hat er die Schreiben aufbewahrt?” Frau Lüders überlegte. “Die privat adressierten Briefe hat er immer gleich weggeschmissen. Aber es kamen auch Emails und Post in die Behörde. Da müssen sie dort nachfragen.” Nach einer kurzen Pause blickte sie die beiden Kriminalkommissare mit einem fordernden Blick an: “Versprechen Sie mir, dass Sie seinen Mörder finden werden?”

Malte sah sie nun bekümmert an: “Es handelt sich vermutlich um einen Unfall.” Frau Lüders verstand nicht richtig. “Ihr Sohn ist gestern Abend beim Kitesurfen auf die Tetrapoden in Hörnum gestürzt und tödlich verunglückt. Wir gehen derzeit nicht von einem Gewaltverbrechen aus.” Nun nahm das Gesicht der Frau wütende Züge an. “Ein Unfall? Mein Jan hat seit Jahren gekitet und wusste immer, was er tat. Ein Kiteunfall. Das ist lächerlich.” Malte wusste nicht recht, wie er ihr begreiflich machen sollte, dass Söhne manchmal ihre Mütter darüber im Unklaren ließen, wie gefährlich die Hobbys sein konnten, denen sie mitunter nachgingen. Da wäre Jan Lüders nicht der Erste gewesen. Aber Frau Lüders hatte sich bereits in ihren Gedanken verrannt: “Stecken Sie etwa mit der ganzen Bande unter einer Decke? Haben die sich jetzt auch die Polizei gekauft?” “Frau Lüders…”, wollte Lena gerade noch einwenden, aber dazu kam sie nicht mehr. “Raus!” schrie Frau Lüders sie da schon an. “Raus aus meiner Wohnung. Ich will Sie hier nicht mehr sehen. Kommen Sie erst wieder, wenn Sie den Mörder meines Sohnes haben. Raus!”

Lena und Malte versuchten sich noch zu verabschieden, aber Frau Lüders war nicht mehr beizukommen. Also taten sie das Beste in dieser Situation und verließen höflich, aber zügig die Wohnung.

Unten im Auto atmete Malte erst einmal tief durch. “Die arme Frau. Erst muss sie die jahrelangen Drohungen gegen ihren Sohn ertragen und dann kommt er bei einem tragischen Unfall ums Leben.” Lena saß schweigend neben ihm und dachte nach. “Aber ich fürchte, da können wir ihr nicht helfen. Wir sind schließlich keine Seelsorger.” Ein echtes Bedauern war in Maltes Stimme zu hören. Ihn nahm es sichtlich mit, die alte Frau so allein zu lassen. “Hmmh”, war das einzige, was Lena von sich gab. Sonst sagte sie nichts weiter. “Lässt sie das alles wirklich kalt?”, fragte sich Malte im Stillen. Dabei war Lena ganz darauf fokussiert, die nächsten Schritte zu durchdenken. Für sie war der Fall keineswegs abgeschlossen. Im Gegenteil: Er fing gerade erst richtig an.

KAPITEL 11

Als Malte am Montagmorgen die Dienststelle der Westerländer Polizei betrat, schlug ihm hektische Betriebsamkeit entgegen. Das Telefon klingelte ununterbrochen und mehrere Polizisten waren damit beschäftigt, Anrufe entgegenzunehmen und sich Notizen zu machen. Eigentlich hatte er einen ruhigen Einstand seiner neuen Hauptkommissarin erwartet. Nachdem er sich am Sonntag von den Ereignissen um den toten Kitesurfer erholt hatte, war er heute etwas früher aufgestanden, um noch einen Abstecher zu seinem Lieblingsbäcker zu machen.

Warme Brötchen in allen Variationen–Roggenbrötchen, dänische Brötchen und Zuckerbrötchen–füllten nun eine große Tüte, die er unter dem Arm trug. Außerdem hatte er es sich nicht nehmen lassen, für jeden im Team noch einen der leckeren Schokocroissants mit Smarties zu kaufen. Auch wenn man das seiner sportlichen Figur nicht ansah: Bei Claasen funktionierte der Beziehungsaufbau über das Essen, und was bei den Fischbrötchen am Samstag schon ganz gut geklappt hatte, wollte er nun mit einem entspannten Frühstück im Team fortsetzen. Schließlich galt es, seine neue Chefin weiter aufzutauen. Mit einem Eisberg wollte er ja nicht auf Dauer zusammenarbeiten müssen.

"Was ist denn hier los?", fragte er etwas verdutzt. "Hast Du es nicht mitbekommen? Die Presse hat inzwischen über Jan Lüders berichtet", informierte ihn seine Kollegin. Antje rollte mit den Augen: "Die Berger hat sich schon als neue Hauptkommissarin zitieren lassen und um Hinweise zu dem Fall gebeten." Malte glaubte, nicht richtig zu hören. "Hinweise zu dem Unfall?" Er blickte in Richtung des alten Büros von Hauptkommissar Jensen. Es schien leer zu sein. "Ist sie noch nicht da?" Antje schaute ihn leicht verzweifelt an: "Sie ist schon in der Rechtsmedizin."

Antje hatte, wie schon Hendrik am Samstag, ihre neue Chefin an diesem Morgen in Aktion erlebt. Sie war ihr früh im Büro in die Arme gelaufen. Berger hatte sie nicht wie üblich begrüßt, sondern ihr im Schnelldurchlauf die Einsatzziele für den Tag mitgeteilt. Dann hatte sie sie ohne weitere Erklärung einfach stehen lassen. "Wegen hervorragender Personalführung hat sie den Job jedenfalls nicht bekommen", sah Antje Malte verärgert an.

Er rieb sich die Augen. Es war erst 8.50 Uhr, und bis eben hatte er gedacht, er sei zu früh dran. Dann sah er Antjes Blick. Sie hatte noch nicht alles gesagt. "Sie hat Hendrik mitgenommen, den armen Kerl." Maltes Augen wurden groß. Etwas fassungslos blickte er auf seine Brötchentüte. "Dann ist es wohl gut, dass wir noch nicht gefrühstückt haben." Antje nickte. Sie wusste, was Malte meinte. Hendrik Voss hatte noch nie eine Leiche gesehen. Malte fühlte sich manchmal wie der große Bruder des jungen Kommissars im dritten Dienstjahr. "Dann endet heute wohl der Welpenschutz."

"Ich nehme sein Croissant", kam es trocken von den drei Bildschirmen. "Er wird nachher keinen großen Appetit mehr haben. Ein Toter zum Frühstück macht für den Rest des Tages satt." Malte blickte kopfschüttelnd in Richtung von Jorge Petersen, der es auch in Hendriks Abwesenheit nicht lassen konnte, seine Späße zu treiben. "Dann gehe ich jetzt besser auch dorthin", seufzte Malte. "Hat sie wenigstens vorher...?" Weiter kam Malte nicht. Sein Handy klingelte. Claasen sah auf das Display und seufzte wieder. Diesmal nur noch tiefer. Er sah noch, wie Antje verneinend den Kopf schüttelte. Natürlich hatte Lena *ihn* nicht vorher informiert.

“Herr Bürgermeister”, begann Malte das Gespräch. Sein aufgesetztes Lächeln verkrampfte immer mehr, je länger das Gespräch dauerte. Trotz der hektischen Betriebsamkeit im Büro konnte man hören, wie die Stimme am anderen Ende immer lauter wurde und dann verstummte. “Ich wünsche Ihnen auch einen schönen Tag”, sagte Claasen noch, aber da hatte der Bürgermeister schon aufgelegt. Antje wollte etwas sagen, aber Malte hob abwehrend die Hände.

“Ich fahre jetzt zur Gerichtsmedizin. Wir müssen die Chefin wohl noch ein wenig mit den Sylter Gepflogenheiten vertraut machen.” “Das geht nicht”, wandte Antje ein und klang ein wenig zerknirscht. Malte sah sie an. “Warum nicht? Traust du mir nicht zu, Lena die Brisanz des Falles zu erklären? Ein Unfalltoter, den viele gehasst haben und den jetzt alle für ein Mordopfer halten, weil wir öffentlich erklären, dass wir nach Hinweisen suchen.” “Nein, ich meinte, dass du nicht zur Gerichtsmedizin fahren kannst.” Malte runzelte die Stirn. Antje lächelte gequält. “Wir sollen zum Bauamt. Lena hat dort schon über Flensburg um Amtshilfe gebeten. Der Bauamtsleiter soll uns alle Akten der letzten zwei Jahre geben, die Jan Lüders bearbeitet hat.”

Maltes Augen wurden immer größer. Er kannte Erik Jeschke, den Leiter des Bauamtes. “Wann ist das denn passiert?” “Na ja, sie hat wohl einen guten Draht nach Flensburg. Anscheinend hatte sie gestern schon Kontakt mit der Leiterin der Polizeidienststelle.” “Am Sonntag?” Da musste Malte etwas verpasst haben. Nachdem sie am Samstag bei der Mutter des Toten gewesen waren, hatte er Lena noch nach Hörnum ins Haus Dünenblick gefahren und sich dann verabschiedet. Sie hatten nicht mehr über den Fall gesprochen und Malte war mit der festen Überzeugung in das restliche Wochenende gegangen, dass der Fall abgeschlossen sei. Am Montag würden sie den Bericht von Arne Richter bekommen und dann eine kurze Pressemitteilung über den Unfall verfassen. Und jetzt versetzte Lena die halbe Insel in Aufruhr. Was war nur in ihre neue Vorgesetzte gefahren?

“Du fährst ohne mich zum Bauamt. Da erreichen wir sowieso nicht viel. Ich kenne den zuständigen Leiter sehr gut. Erik Jeschke wird längst mit dem Bürgermeister gesprochen haben und eine Aktenherausgabe hinauszögern, so lange er kann. Keiner von denen will schon wieder mit dem Thema Ferienwohnungen in der Presse stehen, nur weil es einen tödlichen Sportunfall gegeben hat."

Malte sah sich um. Er würde noch schnell einen Kaffee brauchen, wenn er diesen Vormittag überstehen wollte. "Ist gerade durchgelaufen." Antje, die Claasen gut kannte, deutete auf die Kaffeemaschine in der Ecke des Dienstzimmers. Dankbar ging Malte hin und schenkte sich eine Tasse ein. "Der Bürgermeister hat deutlich gemacht: Wenn wir ihm bis heute Abend nichts vorlegen können, was auf Fremdverschulden hindeutet, wird er morgen selbst vor der Presse erklären, dass es ein Unfall war." "Kann er das?" Malte sah sie an: "Klar, wer sollte ihm widersprechen, wenn wir nichts vorzuweisen haben. Dann hat er die Argumente auf seiner Seite. Der will Ruhe in der Sache."

"Lass mich Jorge mit zum Bauamt nehmen", sagte Antje plötzlich. "Jeschke kann vielleicht eine Aktenherausgabe verzögern, aber er muss uns wenigstens an Jan Lüders Computer lassen." Jorge Petersen schaute hinter seinen Monitoren hervor. Endlich gab es etwas Interessantes für ihn zu tun. Aber Malte wiegelte ab: "Glaubst du jetzt auch nicht mehr an einen Unfall?" "Sagen wir mal so: Unsere Chefin ist sicher ziemlich kurz angebunden und könnte an ihrer Teamfähigkeit arbeiten. Eine Lagebesprechung mit uns wäre bestimmt hilfreich gewesen, bevor wir hier alle mit ihren Aufträgen losstürmen."

Claasen nahm noch einen Schluck Kaffee und hörte Antje weiter aufmerksam zu. "Aber ich glaube nicht, dass sie nicht weiß, was sie tut." Malte musste ihr wie immer Recht geben und bewunderte sie für ihre Professionalität. Antje war nicht nur eine loyale Kollegin, sie behandelte auch jeden fair und ließ sich nicht durch persönliche Befindlichkeiten von einem klaren Urteilsvermögen abbringen. "Du kannst ja zur Gerichtsmedizin fahren und unseren Eisberg weiter auftauen. Jorge und ich schauen in der Zwischenzeit mal, woran Jan Lüders zuletzt gearbeitet hat."

Malte nickte zustimmend. Hinter den drei Monitoren ließ der Kommentar nicht lange auf sich warten. "Wenn ich jetzt in den Außeneinsatz muss, brauche ich mindestens noch ein Smartie-Croissant zur Stärkung." Antje und Malte sahen sich an. Sie konnten förmlich sehen, wie Jorge hinter seinen Bildschirmen strahlte und sich auf seinen ersten ernsthaften Einsatz seit langem freute.

In Hörnum klickte sich derweil eine Person ungeduldig durch die Nachrichtenseiten auf ihrem Handy. Als sie die Berichte über den toten Kiter las, verfinsterte sich ihr Gesicht. *Warum suchte die Polizei immer noch nach Hinweisen?* Sie bebte innerlich. *Hatte sie nicht alles getan, um es wie einen Unfall aussehen zu lassen?*

KAPITEL 12

Hendrik Voss war schon auf dem ganzen Weg zur Pathologie schlecht gewesen. Allerdings vor Aufregung, denn in seinen ersten drei Dienstjahren hatte er das Glück gehabt, hier auf der Insel noch keine Leiche sehen zu müssen. Doch nun stand er mit seiner neuen Chefin in dem kalten, weiß gekachelten Raum und starrte mit einem flauen Gefühl im Magen auf das weiße Laken, unter dem die Leiche von Jan Lüders lag.

"Wasserleichen sind kein schöner Anblick", sagte Arne Richter vorsichtig. Der Rechtsmediziner hatte bemerkt, dass Hendrik leicht zitterte. Er hatte in seiner Laufbahn schon viele junge Kollegen getroffen, die zum ersten Mal eine Leiche sahen. Manche mussten sich sofort übergeben. Er kannte das, und obwohl er sich daran gewöhnt hatte, tat er alles, um solche Vorfälle in seinem Arbeitsumfeld zu vermeiden. Also versuchte er, Hendrik so gut wie möglich vorzubereiten.

"Nun zeigen Sie schon", forderte Lena ihn auf. Berger hatte in Berlin Dutzende von Leichen in den schlimmsten Zuständen begutachtet. Schon bei ihrer ersten Leiche hatte sie nie den Menschen gesehen, sondern nur so etwas wie ein fleischgewordenes Rätsel, eine Spur, die zum Täter führen konnte. Für sie war ein Toter nur ein Berg von Indizien, die sich auf dem Körper vor ihr ausbreiteten oder in ihm steckten. Richter musterte sie. Er verstand den Übereifer der neuen Hauptkommissarin nicht. Statt seinen Bericht abzuwarten, war sie schon am frühen Morgen hier aufgetaucht, um sich selbst ein Bild von dem Toten zu machen. Sie wirkte auf ihn, als hätte sie bereits eine Theorie, die sie bei der Leiche überprüfen wollte. Aber was sollte sie finden, was er nicht auch bei seiner Untersuchung entdeckt hätte?

Richter schlug das Tuch zurück und gab den Blick frei auf den leicht aufgedunsenen Körper von Jan Lüders, den er bereits aus dem Neoprenanzug geschnitten hatte. Der sterile Geruch in dem kühlen Raum vermischte sich sofort mit dem unvermeidlichen Verwesungsgeruch einer Leiche. Das Neonlicht leuchtete den wachsweiß bis grünlich schimmernden Körper präzise aus und ließ ihn noch schrecklicher erscheinen. Arne Richter wollte gerade zu seiner ersten Einschätzung kommen, als er von einem Geräusch abgelenkt wurde, das wie ein dumpfer, metallischer Schlag klang. Sein Blick wanderte von Lena Berger zu Hendrik Voos. Der junge Kommissar lag ohnmächtig am Boden und hatte sich das Kinn an der Metallkante des Seziertisches angeschlagen.

"Na toll. Das ist ja mal was ganz Neues", dachte Richter leicht entnervt und blickte erwartungsvoll in Richtung der Hauptkommissarin. Doch Lena sah nur ungläubig zwischen der Leiche und Hendrik Voss hin und her. Sie schien nicht zu begreifen, was ihren jungen Kollegen gerade zu Boden geworfen hatte.

Der Gerichtsmediziner bemerkte ihre Überforderung. Er kniete sich neben Hendrik, fühlte dessen Puls und tastete den Kiefer ab. "Nichts gebrochen", sagte er zur Hauptkommissarin.

Als sie sich immer noch nicht rührte, rief er nach seinem Kollegen: "Gerd, hilf mir mal." Zu zweit trugen sie den immer noch bewusstlosen Voss in den Nebenraum und legten ihn auf eine Liege. Richter versorgte die Wunde mit einem Pflaster und holte den jungen Kommissar mit etwas Riechsalz in die Wirklichkeit zurück. Hendrik kam sofort zu sich. "Was ist passiert?", stammelte er. "Der Anblick unseres toten Kitesurfers hat dir die Beine weggezogen, Junge. Du bist gegen die Tischkante geknallt. Nichts Schlimmes." Hendrik tastete seinen Kiefer ab, der sich wie nach einer Schlägerei anfühlte. "Bleib am besten noch einen Moment hier liegen." Mit diesen Worten ging Richter zurück in den Sezierraum.

Die Berger hatte sich Latexhandschuhe übergestreift und war tatsächlich dabei, die Leiche oberflächlich zu untersuchen. “Wollen Sie sich um meine Stelle bewerben?” Richter konnte kaum glauben, dass sie sich von dem Vorfall mit ihrem Kollegen nicht hatte ablenken lassen. Die Frau war wahrlich kein Teamplayer.

“Nein, aber so kompliziert ist der Befund hier nicht.” Richter starrte sie an: “Ach nein, dann erzählen Sie mal”, sagte er lächelnd. Lena begann sofort mit ihrer Analyse: “Dreifacher Schädelbruch, das ist wahrscheinlich schon die Todesursache. Ansonsten ist die Leiche unversehrt. Die bei einer Wasserleiche üblichen Verletzungen an Armen und Beinen durch Schleifspuren hat der Neoprenanzug verhindert.” Richter hörte aufmerksam zu. Das war normalerweise sein Vortrag. “Den leicht eingetrockneten Schaumresten am Mund nach zu urteilen, ist er auf jeden Fall ertrunken, wenn er überhaupt noch im Wasser gelebt hat, was ich bei der Heftigkeit der Frakturen so gut wie ausschließen würde. Beim Todeszeitpunkt muss man berücksichtigen, dass sein Neoprenanzug die Temperaturmethode verfälscht. Sein Körper kühlte langsamer aus als bei einer nicht isolierten Wasserleiche. Wahrscheinlich hat der Anzug auch verhindert, dass Insekten erste Eier ablegen konnten, so dass die Forensik auch in dieser Hinsicht nichts zur Bestimmung des Todeszeitpunktes beiträgt. Da wir aber wissen, dass er ca. 12 Stunden vor dem Auffinden kiten war, werden Sie es sowieso nicht besser eingrenzen können”.

Richter zog die Augenbrauen hoch. In intellektueller Hinsicht begann er, die Hauptkommissarin zu respektieren. “Woher wissen Sie, dass er nicht schon früher verunglückt ist?” “Am Nachmittag hätte ein Spaziergänger die Leiche entdeckt und nicht erst der Jogger am nächsten Morgen. Ich habe mir auch das Wetter angesehen: Die Windverhältnisse waren erst ab 18 Uhr ausreichend zum Kiten.”

Lena wandte sich wieder dem Toten zu. “Aber das war kein Unfall, da hat jemand nachgeholfen.” Richter sah sie erstaunt an. “Warum glauben Sie nicht, dass er abgestürzt ist?” Berger schaute den Gerichtsmediziner an. “Er ist definitiv abgestürzt, aber sicher nicht in die Tetrapoden.” Jetzt war Richter völlig verwirrt.

“Hendrik, kommen Sie doch mal her”, rief Lena jetzt ihrem Kollegen zu. Hendrik hatte bis hierher aus dem Nebenraum zugehört und schluckte bei dem Gedanken, noch einmal an den Seziertisch zu gehen. Aber er wusste, dass er sich keinen weiteren Patzer leisten konnte. Zumindest wusste er jetzt, was auf ihn zukam. Als er an den Tisch trat, bedeckte Lena den Kopf der Leiche. "Sie kennen das Gesicht ja zur Genüge", sagte sie trocken. Hendrik errötete leicht und betrachtete dann den übrigen Körper des Toten. Seine Chefin sah ihn fragend an. "Woran ist der Mann gestorben, Hendrik?"

Hendrik blickte auf den unversehrten Körper. "Wie Sie schon sagten, hat er sich den Schädel eingeschlagen und ist dann ertrunken." Lena schüttelte den Kopf. "Nein, beantworten Sie die Frage nur nach dem, was Sie vor sich sehen, und vergessen Sie für einen Moment den Befund." Hendrik schaute noch einmal hin. Es war leichter, den unverletzten Körper zu betrachten, als vorhin in das aufgedunsene, zerschlagene Gesicht des Toten zu schauen. "Ich weiß nicht. Ich sehe hier nur einen unversehrten Körper."

Lenas Blick wanderte vielsagend zu Richter. Jetzt verstand er. "Wenn der Mann beim Sprung in die Zementblöcke gefallen wäre, hätte er mehr als nur eine Schädelverletzung!" Lena lächelte. "Genau. Bei einem missglückten Sprung hätte er sich wahrscheinlich ein paar Knochen gebrochen oder zumindest schwer verletzt. Aber am Rest seines Körpers sieht man nicht einmal blaue Flecken oder Schürfwunden. Das hätte ihm auch sein Gummianzug nicht erspart, wenn er mitten in die Tetrapoden gefallen wäre."

Richter guckte betreten. Er war von der Szene am Fundort so beeindruckt gewesen, dass er sich nur auf den Schädelbruch konzentriert und sich nicht um die Unversehrtheit des restlichen Körpers gekümmert hatte. "Aber wie hat er sich dann den Schädel an den Tetrapoden eingeschlagen? Wir haben bei der Spurensicherung eindeutig sein Blut dort gefunden." "Wenn er sich den Kopf dort nicht selbst zerschmettert hat, dann nur durch Fremdeinwirkung", stellte Lena nüchtern fest.

"Da wir jetzt nicht mehr zweifelsfrei von einem Unfall ausgehen können, schlage ich vor, dass Sie die Leiche noch einmal gründlich obduzieren und gleich ein paar toxikologische Untersuchungen machen. Vielleicht finden Sie dann etwas." Lena warf einen Blick auf die sichergestellte Ausrüstung, die verpackt auf einem der anderen Tische lag.

“Lassen Sie vor allem die Kitesurf-Ausrüstung forensisch untersuchen.” Der Gerichtsmediziner nickte. “Das wird eine Weile dauern. Dazu muss ich sie nach Flensburg schicken. Hier bin ich dafür nicht ausreichend ausgestattet.”

Lena verzog keine Miene, verdrehte aber innerlich die Augen. Sie verfluchte wieder einmal, dass sie auf dieser Insel gelandet war. Ein Gerichtsmediziner mit voreiligen Schlüssen und einem schlechten Arbeitsumfeld. Wenn es hier auf der Insel jemals einen Mord gegeben hatte, dann wäre dieser Richter bestimmt der Letzte gewesen, der ihn bemerkt hätte. Aber damit konnte sie sich jetzt nicht beschäftigen. “Sagen Sie Bescheid, wenn Sie Ergebnisse haben”, sagte sie knapp.

“Habe ich etwas verpasst?” Inzwischen war Claasen eingetroffen und stand in der Tür zum Leichenschauhaus. Lena runzelte die Stirn. “Warum sind Sie nicht im Bauamt? Haben Sie es sich zur Gewohnheit gemacht, nie da zu sein, wo Sie sein sollen?” Malte dachte kurz daran, dass er Lena nicht vom Bahnhof in Westerland abgeholt hatte, aber dann lächelte er mit seinem schönsten Strahlen über den Kommentar hinweg.

“Ich dachte, ich schicke Jorge besser mit Antje zum Bauamt. Die Akten bekommen wir heute sowieso nicht. Aber wenn wir die Daten auf Lüders Computer sichern können, ist er der Fachmann dafür.” Lena verstand nicht. “Amtshilfe beschleunigt vielleicht in Berlin die Abläufe, aber hier auf der Insel ticken wir ein bisschen anders.” Malte sah, dass Lena es genauer wissen wollte. “Nordfriesische Sturheit, ich erkläre es später. Was macht unser Toter?”

“Zu wenig Verletzungen für einen Sportunfall aus ein paar Metern Höhe.” Malte warf einen kurzen Blick auf die Leiche. Er hatte Jan Lüders mit einem Neoprenanzug am Strand liegen sehen. Aber ohne den Anzug änderte sich das Bild des Tathergangs tatsächlich. Er schaute seine Chefin an und überlegte kurz. Sie musste schon vor dem Besuch hier im Leichenschauhaus einen Hinweis gefunden haben, dass es kein Unfall war. Er wollte sie gerade darauf ansprechen, aber dann sah er Hendrik.

“Was ist mit dir passiert?” Malte hatte das Pflaster an seinem Kinn entdeckt. Hendrik wurde leicht rot. Plötzlich sagte Lena trocken: “Wir hatten eine Meinungsverschiedenheit über seinen Einsatzort.” Alle Blicke richteten sich auf sie. Wie immer verzog sie keine Miene. Malte lachte als erster. “Hast du gerade wirklich einen Witz gemacht?” “Da wäre ich mir nicht so sicher”, sagte sie und wunderte sich ein wenig über sich selbst. Dieser Claasen hatte eine seltsame Wirkung auf sie. Aber sie hatte sich fest vorgenommen, hier keine Freundschaften zu schließen, also fügte sie schnell hinzu: “Aber bleiben wir doch bitte beim Sie.“

Malte warf ihr trotzdem einen verschmitzten Blick zu und nickte. Lena bemühte sich, das Thema schnell wieder auf den Fall zu lenken. “Ich glaube, wir haben hier erst einmal alles gesehen.” Sie wandte sich noch kurz an Richter: ”Rufen Sie mich an, wenn es mehr Informationen gibt.” Er nickte.

Draußen besprachen sie das weitere Vorgehen. “Hendrik, fahren Sie zurück in die Dienststelle und überprüfen Sie das Handy von Jan Lüders. Ich will wissen, mit wem er zuletzt telefoniert hat, Chatverläufe, einfach alles. Versuchen Sie auch, die Bewegungsdaten zu bekommen.” Hendrik sah verunsichert aus. “Lass dir von Jorge helfen, wenn er vom Bauamt zurück ist”, sagte Malte, als plötzlich Lenas Handy klingelte. “Berger”, meldete sie sich knapp. Obwohl sie wie immer keine Miene verzog, sah Malte, wie die Augen hinter ihrer Brille kurz aufblitzten. “Danke. Wir sind gleich da”, beendete sie das Gespräch. Malte und Hendrik sahen sie erwartungsvoll an.

“Wir haben einen brauchbaren Hinweis bekommen. Jemand hat Jan Lüders gesehen, kurz bevor er aufs Wasser gegangen ist.” Lena hielt kurz inne, bevor sie hinzufügte: “Da war noch jemand bei ihm. Er war an dem Abend nicht allein.”

KAPITEL 13

Während Hendrik sich auf den Rückweg zur Polizeistation machte, fuhren Lena und Malte die lange Sylter Landstraße von Westerland nach Hörnum hinunter. Vorbei an den Parkplätzen des Samoa Seepferdchen und der Sansibar. Das Wetter an diesem Montagmorgen war typisch für den Mai auf der Insel. Es hatte die ganze Nacht geregnet, aber nun unterbrachen nur noch leichte Regenschauer einen herrlichen Sonnenschein. Der Wind trieb die Wolken schnell über das Land und der blaue Himmel wurde von grauen Schleiern durchzogen, die schnell wieder verschwanden. Sylt zeigte sich auf dieser Strecke von seiner schönsten Seite. Sie fuhren durch die friedliche Heidelandschaft, die nassgeregnet noch kräftiger wirkte und an einigen Stellen den Blick auf das Wattenmeer freigab. Malte kannte die Insel, seit er denken konnte, aber solche Fahrten genoss er immer noch.

Auch wenn der Anlass alles andere als schön war. Ein toter Kiter war schlimm genug. Aber jetzt auch noch ein Gewaltverbrechen? Malte musste lange zurückdenken, dass es auf der Insel mal einen Mord gegeben hatte.

“Was hatten Sie noch herausgefunden, was nicht zu einem Unfall passte?” Malte hatte sich diese Frage an Lena für den Moment aufgehoben, wenn er mit ihr allein war. “Als Sie gestern die Polizei in Flensburg eingeschaltet und öffentlich um Hinweise zu dem Fall gebeten haben, hatten Sie die Leiche von Jan Lüders noch gar nicht gesehen. Es muss Ihnen also schon vorher etwas aufgefallen sein. Ich gehe nicht davon aus, dass seine Mutter Sie erst auf die Idee eines Gewaltverbrechens gebracht hat." Lena warf Malte einen Blick zu und nickte anerkennend. "Nicht schlecht für einen Inselkommissar." Malte lächelte auch über diesen Kommentar hinweg. Er wartete gespannt auf ihre Antwort.

"Der Zustand der Ausrüstung passte nicht zu einem Unfall", begann Lena. "Als ich sie mir am Samstag auf dem Parkplatz in Hörnum beim Abtransport der Leiche kurz angesehen habe, war die Sicherungsleine gelöst. Das macht ein Kiter nicht, wenn er über Tetrapoden springen will, weil dann kein Druck mehr im Schirm ist, um ihn zum Sprung hochzuziehen." Malte hörte gebannt zu. "Außerdem war eine Leine gerissen. Deshalb ist Jan Lüders wahrscheinlich ins Straucheln geraten. Wenn man springen will, muss man die Steuerbar anziehen. Dadurch gibt man Druck auf den Kite und die Leinen ziehen den Kiter nach oben. Dabei muss eine der Leinen gerissen sein. Doch als erfahrener Kiter konnte sich Lüders bei seinem jähen Sturz wohl noch ins Wasser retten und stürzte nicht auf den Beton. Nur sein Kite ist da runter und hat sich verfangen. So haben wir es dann ja auch gefunden."

Malte sah das Bild des Plastiksegels in den Tetrapoden vor sich. "Erst als er schon im Wasser war, hat Jan Lüders die Sicherheitsleine gelöst. Dadurch hätte er den Kite leichter aus den Tetrapoden befreien können, ohne dass ein Luftzug den Schirm unkontrolliert nach oben reißt und ihn gleich mit. Nur in einer solchen Situation macht es überhaupt Sinn, die Sicherheitsleine zu betätigen. Nicht hingegen bei einem mißglückten Sprung. Wenn man in einer solchen Situation überhaupt die Gelegenheit dazu hat, würde das den Absturz nur beschleunigen. Jan Lüders muss es also unversehrt über die Tetrapoden geschafft haben, um dann die Leine zu entsichern und sein Kite zu befreien."

"Woher wissen Sie so viel über das Kiten? Sagen Sie nicht, dass Sie für Ihren Einsatz auf der Insel extra einen Schein gemacht haben?" Lena sah ihn irritiert an. "Nein, natürlich nicht", in ihrer Stimme konnte Malte hören, wie abwegig sie diese Idee fand. "Ich kann nicht kiten. Aber ich habe den Rest des Wochenendes damit verbracht, mir alles anzueignen, was man theoretisch dazu wissen muss. Es gibt gute Tutorials und Videos im Internet. Das ist gar nicht so schwer."

Malte sah seine Chefin verständnislos an. Am Wochenende langweilige Kitetheorievideos zu schauen, um einen Kriminalfall zu lösen, passte viel besser zu dieser Lena Berger, als sie sich auf einem Kiteboard vorzustellen, dachte er kopfschüttelnd. Die Frau war wirklich ein völlig verkopfter Mensch, so viel stand fest.

"Trotzdem etwas gewagt, aufgrund dieser Spuren die ganze Insel aufzuscheuchen, oder?" Malte überlegte, ob ihm das als Indiz für einen Mordfall gereicht hätte. "Stimmt", sagte Lena trocken. "Ich habe noch ein Puzzleteil gefunden, das nicht so ganz ins Bild passte. Aber das zeige ich Ihnen später vor Ort. Wir sind nämlich da."

Lena parkte das Auto auf dem Parkplatz vor der Strandsauna, wo immer noch der Bulli von Jan Lüders stand. Malte staunte nicht schlecht, als er ein paar Kollegen von der SpuSi sah, die den Wagen untersuchten. "Hast du die auch schon gestern gerufen?", fragte er erstaunt. „Nein, erst heute Morgen, und das mit dem ´Sie` überlege ich mir erst, wenn Sie mich bei den Ermittlungen nachhaltig beeindrucken." Mit dieser Bemerkung ließ sie Malte stehen und ging in Richtung Strandsauna.

"Herausforderung angenommen", rief er ihr hinterher. "Aber nur, wenn das `Du´dann gleich für das ganze Team gilt." "Wenn Sie sich dann mehr anstrengen", gab sie zurück und verzog wie immer keine Miene. Doch innerlich merkte sie ein wenig irritiert, dass ihr diese kumpelhafte Art ihres Oberkommissars allmählich gefiel.

Malte ging mit einem lauten „Moin" an den Kollegen der SpuSi vorbei und folgte Lena in Richtung Strandsauna. "Gehen wir erst noch in die Sauna, bevor wir weiter an dem Fall arbeiten?" Doch diesmal erntete Malte nur einen kühlen Blick. "Nein. Von hier kam der Hinweis, dass noch jemand bei Jan Lüders war", antwortete Lena, als jemand die Tür zur Strandsauna schon öffnete, um sie zu begrüßen.

KAPITEL 14

Eine resolute Mittfünfzigerin mit kurzen silbernen Haaren öffnete ihnen die Tür zum Vorraum der Strandsauna. Lena streckte ihr die Hand entgegen. “Birgit Falk, nehme ich an? Ich bin Hauptkommissarin Berger und das ist mein Kollege ...” Die Frau unterbrach sie: “Ich kenne Malte. Kommen Sie rein, Frau Kommissarin.” Lena war überrascht. Kannten am Ende alle 15.000 Inselbewohner ihren Oberkommissar?

“Moin Malte”, begrüßte ihn Birgit Falk freundlich. “Du warst lange nicht hier.” “Weißt du, von Herbst bis Ostern ist meine Saunazeit. Danach ist es mir auf der Insel einfach zu warm.” Prompt fing ein leichter Schauer an, gegen die Fenster der Sauna zu prasseln.

Beide sahen sich an und mussten herzlich über den charmanten Schwindel lachen. Denn auf Sylt war in manchen Jahren nur der August ein richtiger Sommermonat. Mit dem rauen Nordseeklima und manchmal noch sehr kaltem Wind und Regen im Juni war zu heißes Wetter auf Sylt selten ein Grund, nicht in die Sauna zu gehen. “Ich weiß, dass das “Pferdchen” seit Ostern immer freitags Happy Hour hat. Du bist nicht der einzige Gast, der sich jetzt lieber im Kampener Szenelokal für den Abend aufwärmt, als bei mir in der Sauna zu sitzen”, seufzt Birgit Falk. “Deshalb habe ich jetzt auch freitags Ruhetag.”

"Aber letzten Freitag waren Sie hier und haben etwas gesehen?" Lena kam gleich zur Sache. "Ja. Am Samstag sind immer schon morgens größere Gruppen hier. Da bereite ich schon am frühen Freitagabend alles vor." Während Birgit Falk erzählte, schaute die Hauptkommissarin durch eines der Fenster im Vorraum. Trotz des kurzen Regenschauers hatte von hier einen herrlichen Blick auf die Dünen. Selbst der Weg zum Strand war einsehbar. Nur die dahinter liegenden Tetrapoden, an denen Jan Lüders vor wenigen Tagen zu Tode gekommen war, blieben außer Sicht.

"Was haben Sie an dem Abend beobachtet?" "Nun, als ich am Freitag hier ankam, traf ich Jan Lüders mit seinem Bulli auf dem Parkplatz." "Wann genau war das?", fragte Lena nach. "Ich glaube so gegen 18 Uhr. Wir haben uns nur kurz begrüßt. Er hatte sich schon umgezogen und war mit seiner Kiteausrüstung auf dem Weg zum Strand." Lena runzelte die Stirn. "Er war allein?" "Ja", nickte Frau Falk. "Aber haben Sie nicht gesagt, dass jemand bei ihm war?" "Das war später. Als ich gegen 19 Uhr hier fertig war und zu meinem Auto auf dem Parkplatz ging, sah ich, dass jemand in seinem Bulli war."

"Jemand ist in sein Auto eingebrochen?", fragte Malte erstaunt. Als er am Samstagmorgen mit Antje Möller die Sachen von Jan Lüders dort gefunden hatte, hatte nichts auf einen Einbruch hingedeutet. "Nein, sonst hätte ich die Polizei gerufen", sagte die Saunabesitzerin jetzt etwas empört. "Jan Lüders geht doch öfter mit einem Kumpel surfen. Der ist schon ein paar Mal später gekommen und hat sich dann schnell bei ihm im Bulli umgezogen oder seine Ausrüstung dort deponiert. Der kam dann immer direkt von der Surfschule mit seinem Moped."

Malte zog das Surferbild, das er am Samstag von Svea Weber bekommen hatte, aus seiner Jacke und zeigte darauf. "Ist er da irgendwo zu sehen?" Birgit Falk warf einen kurzen Blick auf das Bild. "Ja, der da." Sie zeigte auf einen jungen Mann mit langen braunen Haaren. "Tom Brinkmann", sagte Malte zu Lena. "Ja, so heißt sein Kumpel", sagte Birgit. "Sie haben also am Freitagabend Tom Brinkmann im Bulli von Jan Lüders gesehen?", fasst Lena die Aussage noch einmal zusammen.

"Na ja, nicht direkt. Ich habe die Person im Bulli nur von hinten gesehen, als ich vorbeigefahren bin. Ich bin davon ausgegangen, dass er es ist und habe mir nichts weiter dabei gedacht." Lena und Malte sahen sich an. “Hast du sein Mofa irgendwo stehen sehen?”, fragte Malte. Birgit Falk überlegte kurz. “Ich habe nicht darauf geachtet. Es könnte sein, dass es auf dem Parkplatz stand.” Malte überlegte. “Kannst du ausschließen, dass die Person im Bulli jemand anderes als Tom Brinkmann war?” “Das kann ich nicht ausschließen. Aber ich glaube schon, dass es dieser Tom war. Er wird sich umgezogen haben und dann wie immer zu Jan an den Strand gegangen sein, um mit ihm zu kiten.” “Könnte es auch eine Frau gewesen sein?”, wollte Lena wissen. Birgit schaute jetzt etwas verärgert. “Wie gesagt, ich glaube, es war sein Surffreund. Aber ausschließen kann ich auch das nicht. Ich habe nicht genau hingeschaut.” Malte nickte. “Danke, Birgit. Melde dich, wenn dir noch etwas einfällt.”

Damit verabschiedeten sie sich von Birgit Falk. Als sie wieder vor die Tür traten, hatte der Regen schon wieder aufgehört. Die Sonne drang durch die vorüberziehenden Wolken und Malte atmete die frische und salzige Nordseeluft ein. Er folgte den Sonnenstrahlen und blickte über die Dünen in Richtung der Kersig-Siedlung. Was für ein schönes Fleckchen Erde, dachte Malte noch, als ihn etwas störte. “Kommen Sie, Malte, oder wollen Sie doch noch in die Sauna gehen?”, rief Lena ihm ungeduldig vom Parkplatz aus zu. Sie hatte keinen Sinn für die Schönheit der Natur, in der sie hier standen, und war schnellen Schrittes zu ihrem Auto geeilt.

“Moment mal”, bat Malte und überlegte, was ihn an der Landschaft vor ihm störte. Da war der Strandaufgang, die Dünenlandschaft mit dem Bretterweg, der hinauf zur Kersig-Siedlung führte. Ein Spaziergänger stand dort oben, der wie er hier unten die Landschaft genoss. Oder? Schaute die Person gerade in seine Richtung? Warum bewegte sie sich nicht? Wie immer war es nur ein Bauchgefühl, aber Malte beschloss, ein paar Schritte in Richtung Strandweg zu gehen, wo der Bretterweg begann.

Plötzlich drehte sich die Person um und rannte den Weg zu den Reetdachhäusern hinauf. Malte sprang hinterher. “Stehen bleiben, Polizei!”, rief er laut, woraufhin die Person nur noch schneller zu laufen schien. Malte hastete über den Bretterweg, aber die Person verschwand bereits oben auf der Straße, die um die Kersig-Siedlung herumführte. Aus dem Augenwinkel sah Malte, wie Lena ins Auto einstieg und sofort losfuhr. Wahrscheinlich wollte sie der Person oben den Weg abschneiden.

Malte war sportlich und so rannte er den Bretterweg über die Dünen bis zur Straße hoch und war in weniger als einer Minute dort oben angekommen. Aber er sah niemanden mehr. War die Person nach links oder nach rechts gelaufen? Links, weiter oben, im Vorgarten eines reetgedeckten Hauses, stand ein Mann und sprengte seinen Rasen. Malte lief schnell zu ihm und fragte etwas außer Atem: "Ist hier gerade jemand vorbeigelaufen?" Der Mann blickte auf. Seine freundlichen Augen schauten etwas überrascht. "Nein, ich habe niemanden gesehen. Aber ich bin auch gerade erst rausgekommen."

Da hörte Malte auch schon Lenas Auto hinter sich die Straße hochkommen. Rechts runter konnte die Person also nicht sein, sonst wäre sie wahrscheinlich direkt in das Auto der Kommissarin gerannt. Aber links die Straße hoch war auch niemand zu sehen. Wer immer es gewesen war, die Person musste einen der vielen kleinen Bretterwege genommen haben, die von der Kersig-Siedlung zurück nach Hörnum führten. Oder sie war weiter nördlich über den Strandaufgang verschwunden, an dem sich das Restaurant und der Parkplatz des Hauses Dünenblick befanden. Sie hatten die Gestalt verloren. War es Tom Brinkmann gewesen?

KAPITEL 15

Lena hielt ihren Wagen neben Malte an und stieg aus. “Und?” “Nichts, wer auch immer es war, ist jetzt über alle Berge.” “Sie haben auch nichts gesehen?”, fragte Lena nun in Richtung des freundlichen Herrn, der immer noch seinen Rasen sprengte. Der schüttelte erneut den Kopf. “Was ist denn passiert? Hat wieder jemand ein Fahrrad geklaut?”, fragte er freundlich zurück. “Nein. Alles in Ordnung. Hauptkommissarin Berger, entschuldigen Sie die Störung. Wir gehen nur Hinweisen im Fall des toten Surfers nach.” Lena zeigte kurz ihren Dienstausweis.

“Oh”, der Herr schaute etwas betrübt. “Ich habe davon gehört. Dabei war es immer so schön anzusehen, wenn die Kiter unten an den Tetrapoden ihre Sprünge gemacht haben. Wirklich tragisch.” Malte und Lena bemerkten erst jetzt, dass man von dem Reetdachhaus bis hinunter zum Strand mit den Tetrapoden sehen konnte. Das Haus war für ein klassisches Reetdachhaus auf Sylt sehr modern und bestach durch seine großen Fensterfronten. “Können Sie von hier aus sehen, wenn die Kiter unten am Strand surfen?” Der Herr lächelte stolz. “Natürlich, ich habe hier den einzigen Blick bis ganz nach unten.” Er zögerte. Die Hauptkommissarin wirkte etwas unsympathisch, aber ihr Kollege sah sehr entspannt aus.

“Wollen Sie es sich selbst kurz ansehen?” “Sehr gerne.” “Dann kommen Sie doch kurz rein.” Der Mann stellte sich ihnen als Hanno Grievers vor. Er war etwa Ende fünfzig, was man ihm nicht sofort ansah, denn für sein Alter war er noch erstaunlich fit. Gartenarbeit hält jung, dachte Malte und überlegte, ob er das nicht auch mal ausprobieren sollte, anstatt sich jede Woche ins Fitnessstudio zu quälen. Grievers ging voran und Lena und Malte folgten ihm durch das Haus zu einer wunderschönen Terrasse auf der Rückseite. Sie staunten nicht schlecht, als sie die riesige Fensterfront sahen, die schon vom Wohnzimmer des Reetdachhauses einen fantastischen Blick über die Dünen bis weit über die Nordsee hinaus bot.

“Hier entgeht Ihnen wirklich nichts”, stellte Lena interessiert fest. Grievers wurde ganz still und lächelte verträumt. “Wissen Sie, seit meine Frau vor einigen Jahren viel zu früh gestorben ist, sitze ich abends oft allein hier und beobachte das Schauspiel der Natur.” Grievers klang ein wenig melancholisch. “Haben Sie zufällig auch letzten Freitagabend hier gesessen?” Lena verlor wie immer keine Zeit. Malte kniff ein wenig die Lippen zusammen. Er hätte Grievers gern noch ein bisschen erzählen lassen und ihn dabei besser kennengelernt. Meistens bekam man auf diese Weise mehr Informationen als durch die Verhörmethode, die seine Kollegin in ihrer unnachahmlichen Art anwandte.

Grievers riss die Frage sofort aus seinen verträumten Gedanken. “Äh ... ja, ich glaube schon.” Er überlegte. “Aber nur kurz, an dem Abend war es einfach zu stürmisch. Auch hier oben wird es dann schnell ungemütlich. Aber die beiden Kiter waren echt toll anzusehen.” Lena und Malte horchten auf. Ihre Blicke wanderten zu den Tetrapoden. Die Stelle, an der Jan Lüders am Samstagmorgen gefunden worden war, sah zwar winzig aus, aber man konnte sie von hier aus immer noch gut erkennen.

“Sie haben an dem Abend zwei Kiter surfen sehen?”, fragte Malte. “Wann war das ungefähr?” Grievers überlegte laut. “Ich bin um 20 Uhr zu den Fernsehnachrichten reingegangen und war vorher vielleicht noch eine halbe Stunde auf der Terrasse. In der Zeit haben die beiden da unten gekitet.” “Wissen Sie, wer die beiden waren?” Malte hoffte, dass Grievers vielleicht Jan Lüders und Tom Brinkmann kannte. “Nein. Aber es waren oft dieselben beiden Kiter, die dort diese waghalsigen Sprünge über die Tetrapoden gemacht haben. Das war ein echtes Spektakel.“

Das sprach zumindest dafür, dass Brinkmann bei Lüders war, dachte Malte. Auch wenn das nicht ganz sicher war. “Haben Sie später vom Wohnzimmer aus noch etwas gesehen?” Grievers schüttelte den Kopf. “Nein. Ich habe ferngesehen und bin dann gegen 22 Uhr ins Bett gegangen. Da war es schon dunkel.” Grievers sah aus, als wollte er sich dafür entschuldigen.

“Warum haben Sie das nicht der Polizei gemeldet? Wir haben doch in den Nachrichten um Hinweise zu dem toten Kiter gebeten.” Die Hauptkommissarin schüchterte den älteren Mann sichtlich ein. “Ach, das wusste ich nicht. Ich habe am Sonntag durch den morgendlichen Tratsch beim Hörnumer Bäcker von dem toten Kiter erfahren. Ich dachte, das sei Samstag passiert. Meinen Sie, es war einer der beiden, die ich am Freitag noch gesehen habe? Aber alle sagten, es sei ein Unfall gewesen.” Grievers schien erst jetzt zu realisieren, dass die Polizei nach Hinweisen zu einem Gewaltverbrechen suchte. Er wurde etwas blass.

“War das etwa kein Unfall?” Dann fiel ihm ein, dass die beiden Kommissare vorhin jemanden verfolgt hatten. “Glauben Sie, dass hier ein Mörder frei herumläuft?” Malte versuchte Grievers zu beruhigen. “Im Moment versuchen wir nur, uns ein vollständiges Bild zu machen.” Lena hingegen schien auf solche Befindlichkeiten keine Rücksicht zu nehmen: “Bitte melden Sie sich trotzdem, wenn Ihnen in den nächsten Tagen etwas Ungewöhnliches auffällt–oder jemand.“ Grievers wurde wieder blass. “Könnten Sie wenigstens regelmäßig eine Streife patrouillieren lassen?”, fragte er etwas verunsichert. Malte übernahm wieder. Er kannte die Kollegen von der Hörnumer Wache recht gut. Leider wusste er dadurch auch, wie unterbesetzt sie waren. “Für Sie besteht keine Gefahr. Aber ich werde mit den Kollegen sprechen. Alle zwölf Stunden kriegen wir bestimmt eine Streife hin, die durch die Kersig-Siedlung fährt. Zumindest für die nächsten Tage.” Das schien Grievers ein wenig Sicherheit zu geben. Er wirkte beruhigt.

Die beiden Kommissare verabschiedeten sich und stiegen in Lenas Dienstwagen, der immer noch vor dem Reetdachhaus stand.

“Wohin jetzt?”, fragte Malte. “Ich glaube, wir sollten das Alibi von Tom Brinkmann überprüfen“, schlug Lena vor. Malte nickte. “Dann fahren wir am besten gleich zum Campingplatz. Vielleicht kann uns da jemand etwas über den Abend erzählen, an dem Brinkmann mit seinen Surferfreunden dort gewesen sein soll.”

Als der Wagen der beiden Kriminalbeamten die Kersig-Siedlung verließ, schaute ihnen jemand aus dem Schatten der Reetdachhäuser hinterher. Mehr Hinweise durften die Ermittler auf keinen Fall bekommen, dachte die Person entschlossen. Dafür musste sie jetzt leider sorgen.

KAPITEL 16

Antje und ihr Kollege Petersen warteten nun schon eine geschlagene Stunde auf dem Bauamt. Jorge war die Enttäuschung langsam anzusehen. Er hatte sich seinen ersten Außeneinsatz spannender vorgestellt. “Ich könnte auch von hier aus auf den Server zugreifen.” Er zeigte auf seinen aufgeklappten Laptop. “Ich habe es schon mal überprüft, die Firewall ist kein großes Hindernis und die Passworteinstellungen sind lächerlich und lassen sich leicht umgehen. Verschlüsselt ist auf den Rechnern sowieso kaum etwas, jedenfalls nichts, was man nicht knacken könnte.” Antje sah ihn streng an: “Untersteh dich! Wir sind hier, um einen Fall zu lösen, nicht um Computerkriminalität zu begehen.” “Ich meine ja nur”, versuchte Jorge es noch einmal. Doch wieder erntete er nur einen bösen Blick.

Antje erhob sich von dem grauen Plüschsofa, das im Vorzimmer des Bauamtsleiters stand und auf dem sie sich nun lange genug den Hintern platt gesessen hatte. Sie ging zur Sekretärin und versuchte es noch einmal: “Hören Sie, ich weiß, dass wir keinen Termin haben, aber wir sind angekündigt und es wäre wirklich sehr nett von Herrn Jeschke, wenn er uns ein paar Minuten seiner Zeit freischaufeln würde, und zwar nicht erst heute am späten Nachmittag.”

Die Sekretärin blickte gelangweilt von ihrem Schreibtisch auf. Sie kaute Kaugummi und wirkte alles andere als motiviert. "Hören Sie, Frau Kommissarin, es ist Montag. Da ist der Chef den ganzen Vormittag beschäftigt. Ich habe schon vor einer Stunde versucht, irgendwo eine Lücke zwischen den Telefonaten zu finden. Sie müssen sich einfach noch ein bisschen gedulden." Antje war entnervt. Jetzt wünschte sie sich doch, sie wäre mit Malte hergekommen. Claasen verstand es immer wieder, auf seine charmante Art jede noch so störrische Vorzimmerdame für sich zu gewinnen.

Sie sah zu Jorge hinüber. Mit ihrem Computerfreak im Schlepptau würde sie hier noch den ganzen Tag sitzen. Antje überlegte kurz, ob sie mit einem Durchsuchungsbefehl drohen sollte. Aber den würde sie sowieso nicht bekommen, und das wusste wahrscheinlich sogar diese blöde Tante von einer Sekretärin. Also ließ sie es lieber.

Plötzlich schwang die Tür zum Büro des Bauamtsleiters weit auf und ein etwas untersetzter Mittvierziger mit deutlich sichtbarem Bauchansatz betrat mit schnellen Schritten das Vorzimmer. Erik Jeschke war ein äußerst hektischer Mensch. Er versuchte, eifrige Geschäftigkeit auszustrahlen, um seine Unfähigkeit, diese Behörde zu leiten, zu kaschieren. Das war ein offenes Geheimnis. Jeschke hatte sich bereits mit einer ganzen Kanne Kaffee durch den halben Vormittag gekämpft und wie immer die Auswirkungen auf seinen ohnehin zu hohen Blutdruck ignoriert. Schweißperlen standen ihm auf der Glatze.

"Entschuldigung, dass ich Sie habe warten lassen", begrüßte er Antje. Sie glaubte ihm kein Wort. Jeschke war ein Politiker, der seinen Job vor allem wegen seiner guten Beziehungen zum Sylter Bürgermeister bekommen hatte. Antje fand ihn schon nach der kurzen Begrüßung einfach nur schmierig. "Wo ist Malte?", Jeschke sah sich suchend nach Claasen um und war enttäuscht, ihn nicht zu sehen. Antje hingegen war sich nun sicher, dass sie noch immer vergeblich im Vorzimmer warten würden, wenn der Bauamtsleiter nicht mit seinem Oberkommissar gerechnet hätte.

"Er ist verhindert", antwortete Antje knapp. "Ich bin Kommissarin Möller und das ist mein Kollege Petersen", stellte sie Jorge und sich vor und vermied es, dem schwitzenden Amtsleiter die Hand zu reichen.

Der hatte ohnehin schon auf dem Absatz kehrtgemacht und war in sein Zimmer getrippelt. “Na, dann kommen Sie. Ich habe nicht viel Zeit.” Antje folgte ihm an der immer noch Kaugummi kauenden Sekretärin vorbei und bedeutete Jorge, schnell mitzukommen.

“Kaffee?” fragte Jeschke in die Runde, nachdem die beiden Kommissare vor ihm Platz genommen hatten. Als er sich selbst bei der Frage schon einschenkte, stellte der Amtsleiter fest, dass nur noch eine halbe Tasse in der Kanne war. “Nein, danke.” Antje wollte keine Zeit verlieren, aber der Amtsleiter hatte bereits zum Telefonhörer gegriffen. “Frau Sievers, bringen Sie uns bitte noch einen frischen Kaffee. Auch Wasser?” Wieder blickte er fragend zu den Kommissaren und erntete nur ein Kopfschütteln. Antje begann zu ahnen, dass dies Teil der großen Show war, die Erik Jeschke hier vor ihnen abzog.

“Was kann ich für Sie tun, Frau Kommissarin?”, eröffnete der Amtsleiter das Gespräch mit gespielter Ahnungslosigkeit und Antje Möller bemühte sich um einen freundlichen, aber bestimmten Gesichtsausdruck. Der Mistkerl ging ihr von der ersten Sekunde an auf die Nerven. “Wir möchten Sie bitten, uns die Akten zur Verfügung zu stellen, an denen Jan Lüders gearbeitet hat.” Jenschke schaute bei diesem Satz jovial und setzte ein gespielt freundliches Lächeln auf. “Aber dafür hätten Sie ja nicht extra herkommen müssen. Das hat uns Flensburg schon mitgeteilt. Ich werde nachher gleich veranlassen, dass Ihnen alles zusammengestellt und zugeschickt wird.” “Wie lange wird das dauern?” “Na ja, wir sind total unterbesetzt, aber ich denke, so Anfang nächster Woche ...” Antje glaubte, sich verhört zu haben.

“Herr Jeschke, wir ermitteln hier in einem Todesfall.” Antje vermied es, bei ihrem derzeitigen Informationsstand von Mord zu sprechen. Jeschke bemerkte das sofort. “Gehen Sie wirklich von einem Gewaltverbrechen aus?“, hakte er nach. „Ich habe gehört, dass es eher ein Unfall war.” Antje hörte die Worte des Bürgermeisters aus Jeschkes Mund. Jetzt war klar, dass sie miteinander gesprochen hatten. Beide hatten natürlich kein Interesse an langwierigen Ermittlungen. “Dazu kann ich nichts sagen”, beschied Antje knapp. “Ich verstehe. Na ja, tragisch ist es auf jeden Fall. Wir werden Ihnen so schnell wie möglich helfen. Aber was glauben Sie, wie viele Presseanfragen ich allein heute Morgen wegen dieser Sache beantworten musste? Wir sind eine effizient und ruhig arbeitende Behörde, trotz Personalmangel und ständig laufenden IT-Projekten. Aber es überfordert uns einfach. Wissen Sie, wie oft wir in den letzten Jahren unsere Software umstellen mussten..." Antje ließ sich nicht beirren. "Dann ist es sicher auch in ihrem Sinne, wenn wir mit unseren Ermittlungen zügig vorankommen."

"Natürlich", lenkte Jeschke ein. "Ich werde sehen, was ich machen kann", sagte er in einem unverbindlichen Ton. "Kann ich sonst noch etwas für Sie tun?" Antje war nicht mit der Erwartung hergekommen, eine schnelle Herausgabe der Akten zu erreichen. Aber sie wollte die Gelegenheit nutzen, zumindest ein wenig mehr über Jan Lüders zu erfahren, bevor sie sich sein Büro zeigen ließ und seinen Computer sicherstellte.

"Können Sie uns mehr über Jan Lüders erzählen?" Antje sah, wie der Amtsleiter langsam rote Flecken im Gesicht bekam. "Na ja, er hat uns mit dieser Ferienwohnungsgeschichte ganz schön in Aufruhr versetzt. Sie können sich vorstellen, was auf der Insel los war, als vor zwei Jahren alle Vermieter ihre Einnahmequelle in Gefahr sahen. Da waren ein paar wichtige Leute dabei." Antje hörte ruhig zu, ohne Fragen zu stellen. Meistens kamen so mehr Informationen heraus, als wenn man in den Verhörmodus schaltete. Das hatte sie von Malte gelernt. "Aber da die meisten Wohnungsüberprüfungen im Sande verliefen und zu nichts führten, sind in letzter Zeit auch die Drohbriefe, die hier immer ankamen, stark zurückgegangen." "Kennen Sie jemanden, der gedroht hat, ihn umzubringen?" fragte Antje. Jeschke kniff die Augen zu kleinen Schlitzen zusammen. "Die halbe Insel hätte den Kerl gerne tot gesehen", dachte er. Aber das Letzte, was er dieser Kommissarin liefern wollte, war ein Grund, in der Sache weiterzuermitteln. "Nein, niemand konkreten. Die Drohungen waren anonym und, wie gesagt, sie sind stark zurückgegangen."

Frau Sievers kam herein und brachte frischen Kaffee. "Wann ist mein nächster Termin?" Die Sekretärin kaute ungerührt auf ihrem Kaugummi, während sie antwortete. "In fünf Minuten, Herr Jeschke." Es klang wie ein einstudiertes Theaterstück. Dann war sie auch schon zur Tür hinaus. Jeschke setzte einen bedauernden Gesichtsausdruck auf, der zeigen sollte, dass die Zeit allmählich abgelaufen war.

"Wie war es mit den Kollegen? Hatte er viele Freunde hier?" Jeschke zuckte mit den Schultern. "Das weiß ich nicht. Er war eher so ein Einzelgänger, der alles alleine gemacht hat. Wie die Ferienhausaktion. Die hat ihm hier sicher nicht viele Freundschaften eingebracht. Auch die Kollegen mussten sich draußen viel Kritik anhören. Die Öffentlichkeit unterscheidet nicht so sehr zwischen dem Amt als solchem und einzelnen Mitarbeitern."

"Wie war Ihr persönliches Verhältnis zu Jan Lüders?" Diese Frage hatte sich Antje bis zum Schluss aufgehoben. Jeschke hatte tatsächlich nicht mehr damit gerechnet. "Mein Verhältnis ...?" Der Bauamtsleiter überlegte angestrengt. "Na ja, die Aufregung hat mir natürlich nicht gefallen. Aber ich stelle mich im Zweifelsfall immer hinter jeden meiner Mitarbeiter. Da bin ich ganz Profi."

"Im Lügen ist er nicht besonders gut", dachte Antje. Man spürte, wie sehr Jan Lüders dem Bauamtsleiter ein Dorn im Auge gewesen sein musste. "Danke. Wir würden uns dann gerne noch sein Büro ansehen." "Aber natürlich." Die Antwort kam ein wenig zu schnell und zu freundlich. "Frau Sievers wird sie hinführen. Schön, dass wir uns kennengelernt haben", jetzt reichte Jeschke ihr die Hand und Antje zuckte innerlich zusammen, als seine verschwitzten Finger ihre Hand umschlossen. Der Mann war so schmierig. Jorge bemerkte es und hob zum Abschied schnell die Hand, bevor auch er in den Genuss kam.

Die Sekretärin führte die beiden Kommissare durch einige Gänge und Stockwerke in einen anderen Teil des Gebäudes. Ihre Schritte wurden wie im Takt von einem Kaugummischmatzen begleitet. So muss es sich anhören, wenn man durch das Watt wandert, dachte Antje belustigt. Sie sah, dass Jorge Ähnliches dachte und ein Lachen unterdrückte. Dann standen sie endlich vor Jan Lüders Büro. Frau Sievers schloss ihnen die Tür auf. "Bitte sehr." Als die Kommissare den Raum betraten, staunten sie nicht schlecht: Das Büro von Jan Lüders war vollkommen leer geräumt.

KAPITEL 17

"Was ist denn hier passiert?" Antje sah die Sekretärin erstaunt an. Die tat ganz unschuldig. "Anweisung vom Chef", sagte sie knapp. "Wir sollen alles sicherstellen, woran Herr Lüders gearbeitet hat. Neben den Akten und Papieren natürlich auch alle Dateien und die E-Mail-Korrespondenz. Den Computer haben wir gleich morgens zur Datensicherung in die zentrale IT bringen lassen." Jetzt verstand Antje, warum Jeschke sie heute früh so lange hingehalten hatte. Langsam beschlich sie der Verdacht, dass er nicht nur ihre Arbeit verzögern wollte, sondern am Ende selbst etwas zu verbergen hatte.

"Können Sie uns dann bitte zu Ihrer IT-Abteilung bringen?", fragte Jorge. Dort wollte er zumindest den Computer von Jan Lüders mitnehmen. Sollten Daten gelöscht worden sein, würde er das im Handumdrehen herausfinden.

"Tut mir leid, da darf ich Sie nicht reinlassen. IT-Sicherheit." Die Sekretärin spulte den Satz ab, als hätte sie ihn auswendig gelernt. "Sie haben ja auch keinen Durchsuchungsbefehl. Oder?"

Antje verzweifelte langsam. Sie hatte es sich nicht so schwer vorgestellt, im Bauamt an Informationen zu kommen. Aber dieser Jeschke war nicht zu unterschätzen. Wahrscheinlich rechnete er fest damit, dass der Bürgermeister die Sache morgen für erledigt erklären würde.

Wahrscheinlich hatte er nicht einmal vor, ihnen nächste Woche auch nur eine Akte zu schicken. Er versucht, die ganze Sache auszusitzen. Alles nur wegen der Presse? Oder steckte noch mehr dahinter?

Die Sekretärin sah Antjes Verärgerung und schien zufrieden. "Wir schicken Ihnen seine Sachen gerne nächste Woche mit allen anderen Akten zu. Schönen Tag noch."

Angespannt griff Erik Jeschke in seinem Büro zum Telefon. Schnell tippte er eine Nummer ein und wartete. Er war nervös und wurde immer ungeduldiger. Nach dem fünften Klingeln meldete sich endlich jemand. "Das wurde aber auch Zeit", schnauzte er seinen Gesprächspartner an. "Du hast ja keine Ahnung, was ich für dich riskiere. Die Polizei war gerade hier und wollte die ganzen Akten von dem Lüders sehen." "Ich dachte, du hast so einen guten Draht zum Bürgermeister?", erwiderte sein Gesprächspartner. "Werd jetzt bloß nicht frech!" Jeschkes Blutdruck war inzwischen deutlich zu hoch. Schweiß rann ihm von der Stirn. "Die Anweisungen kommen direkt aus Flensburg, da kann der Bürgermeister nicht viel machen. Die neue Hauptkommissarin muss wohl einen guten Draht dorthin haben, die blöde Kuh. Übereifrig ist sie auch noch."

Jeschke hörte es nur am anderen Ende der Leitung atmen. Die Person sagte nichts. "Jedenfalls habe ich alles erst einmal beiseite schaffen lassen. Aber nächste Woche muss ich das Zeug rausgeben. Beten wir also, dass der Bürgermeister die Sache bis dahin als Unfall und damit als erledigt erklärt hat."

Er zögerte. Eigentlich wollte er es gar nicht so genau wissen, aber dann fragte er trotzdem: "Die Polizei wird doch nichts finden, was nicht auf einen Unfall hindeutet, oder?" Wieder hörte Jeschke nur tiefe Atemzüge. Sein Blutdruck stieg und in seinen Ohren dröhnte es bereits. Er hielt es kaum noch aus. Warum hatte er überhaupt gefragt? Dann kam endlich eine Antwort: "Natürlich nicht. Ist halt Pech, wenn man so gefährliche Sprünge macht und die Ausrüstung nicht hält. Klassischer Sportunfall."

Jenschke war sich nicht sicher, inwieweit er dieser Aussage trauen konnte, aber es blieb ihm ohnehin nichts anderes übrig.

"Gut", sagte er mit zusammengepressten Lippen, "denn ich habe keine Lust, auch noch in einen Mordfall verwickelt zu werden. Die Sache ist sowieso schon heiß genug." Jeschke konnte das verächtliche Grinsen am anderen Ende der Leitung förmlich spüren. "Das ist das letzte Mal, dass ich für dich die Kohlen aus dem Feuer hole", legte er in der Hoffnung nach, endlich ernst genommen zu werden. "Sicher nicht", kam die knappe Antwort. Dann hatte sein Gesprächspartner aufgelegt und Jeschke wusste, dass er leider Recht hatte.

Antje und Jorge hatten einen letzten Blick in das leere Büro geworfen, waren sich aber einig gewesen, dass es hier für sie nichts mehr zu tun gab. Frau Sievers hatte sie noch zum nächsten Aufzug begleitet und war dann schnell in einem der langen Flure verschwunden, um ihrem Chef die Erfolgsmeldung zu überbringen, dass die Kommissare mit leeren Händen gegangen waren.

Schweigend standen sie vor dem Fahrstuhl. Ihre Stimmung war am Boden. Der Bauamtsleiter hatte sie nach allen Regeln der Kunst vorgeführt. Jetzt wollten sie nur noch so schnell wie möglich dieses Gebäude verlassen. Der Aufzug hielt an, und als sie gerade eingestiegen waren und sich die Türen schließen wollten, hörten sie noch jemanden aus dem Flur rufen. "Einen Moment. Warten Sie!" Jorge hielt instinktiv seine Hand vor die sich schließende Tür, und als sich der Fahrstuhl wieder öffnete, stand eine junge Frau davor. "Nehmen Sie mich bitte noch mit."

Die Frau stieg ein und Antje bemerkte sofort ihre geröteten Augen. Die Türen gingen zu und der Fahrstuhl setzte sich in Bewegung. Für einen kurzen Moment herrschte Stille. Dann zog die Frau einen handgroßen, rechteckigen Gegenstand aus ihrer Jacke und reichte ihn der Kommissarin. "Hier, nehmen Sie. Schnell!" Überrascht nahm Antje den Gegenstand. Der Aufzug war fast im Erdgeschoss angekommen. "Ich habe alles gesichert, was ich noch konnte, bevor sie heute Morgen kamen." Ein

Ton ertönte. Der Fahrstuhl war am Ziel. Jeden Moment würden sich die Türen zur Eingangshalle öffnen.

"Ich hoffe, das hilft Ihnen, denjenigen zu finden, der Jan auf dem Gewissen hat." Das war schon alles, was die Frau noch sagen konnte. Im nächsten Moment öffneten sich die Fahrstuhltüren. Schnell drängte sie sich an den Wartenden vorbei und verschwand in Richtung Kantine. Antje schaffte es gerade noch, den Gegenstand unauffällig in ihrer Jacke zu verstecken, und so verließen Jorge und sie das Bauamt, ohne dass jemand etwas von dem Vorfall mitbekommen hatte.

"Was war das denn?", platzte es aus Jorge heraus, als sie vor dem Gebäude standen. Er hatte nicht damit gerechnet, dass sein Außeneinsatz eine solche Wendung nehmen würde. Antje holte den Gegenstand hervor. "Gute Frage. Ist es das, was ich denke?" Jorge nickte. Antje sah ihn zufrieden an: "Wer auch immer sie war, sie wollte wohl nicht, dass wir heute mit leeren Händen hier rausgehen. Wie lange brauchst du dafür?"

"Kommt drauf an, wie viele Daten drauf sind." Antje drückte Jorge die Festplatte in die Hand, zu der sie gerade auf so wundersame Weise gekommen war. "Dann fang lieber gleich damit an. Schließlich brauchen wir etwas Handfestes, wenn der Bürgermeister nachher anruft."

Der Fall des toten Kitesurfers wurde immer mysteriöser und Antje konnte sich des Eindrucks nicht erwehren, dass viel mehr dahinter steckte, als sie anfangs vermutet hatte.

KAPITEL 18

Lena und Malte stiegen aus dem Dienstwagen und gingen über den schmalen Holzsteg, der quer über den Campingplatz zur Terrasse des Strandlokals "Sylter Süden" führte. Der Wind wehte sanft durch die Dünen, die Luft roch salzig und frisch. Die roten Dachziegel des Lokals glitzerten in der Mittagssonne, und beim Anblick der leckeren Burger, die draußen serviert wurden, fiel Malte ein, dass er seit dem verpatzten Begrüßungsfrühstück am Morgen nicht mehr viel gegessen hatte. Sein Magen begann prompt zu knurren, aber Lena hörte es nicht. Wahrscheinlich ging sie in Gedanken ihre Vernehmungsstrategie durch, um Tom Brinkmanns Alibi zu überprüfen. Malte fragte sich, ob die neue Hauptkommissarin bei der Bearbeitung eines Falles überhaupt eine freiwillige Essenspause einlegte.

Im Lokal empfing sie eine warme, gemütliche Atmosphäre. Die Einrichtung war schlicht, aber einladend–Holztische und -stühle, maritim dekorierte Wände mit Fischernetzen und alten Schwarz-Weiß-Fotografien von Sylt. Aus einigen Fenstern hatte man einen herrlichen Blick auf die Dünenlandschaft, die den Hörnumer Campingplatz vom Meer trennte.

"Maggie!", rief Malte erfreut in Richtung der Dame hinter dem Tresen. "Mensch Malte, wird aber auch Zeit, dass du dich mal wieder hier blicken lässt. Wann warst du denn das letzte Mal hier?" Malte überlegte kurz. Dann fiel ihm etwas ein. "Habe ich noch was offen?", fragte er ein wenig verunsichert. Malte erinnerte sich, dass man im Sylter Süden nur bar bezahlen konnte und bei seinem letzten Besuch war es auf jeden Fall etwas später geworden. Viel Bier und auch Hochprozentiges waren im Spiel gewesen, soweit er sich erinnerte.

"Nein, nein, die letzte Runde ging aufs Haus", zwinkerte Maggie ihm zu. Dann sah sie zu Lena. "Hast du eine neue Flamme mitgebracht? Ist ja nicht gerade dein übliches Beuteschema." Lena verzog bei diesem Kommentar keine Miene. Trotzdem wurde es gefühlt sofort ein paar Grad kälter um sie herum. "Hauptkommissarin Berger. Wir sind hier, um ein paar Fragen zu klären." Lena starrte Maggie immer noch mit eisiger Miene an. "Ach so, ich verstehe. Ihr seid dienstlich hier." Maggie warf Malte einen leicht vorwurfsvollen Blick zu. Er hätte sie ruhig warnen können. Doch Malte zuckte nur unschuldig mit den Schultern und strahlte versonnen.

"Was kann ich für euch tun?" Lena wollte gerade loslegen, doch Malte kam ihr zuvor. "Wir sind wegen ein paar Surfern hier, die sich letzten Freitag bei dir getroffen haben sollen. Sagt dir das etwas?" Maggie nickte sofort. "Natürlich. Die Jungs von der Surfschule. Die treffen sich immer freitags nach der letzten Stunde bei uns und lassen den Abend ausklingen."

"Wann war das ungefähr?" Maggie überlegte. "Na ja, so ab 18 Uhr würde ich sagen. Manche kommen auch erst später. Aber du kannst Sven und Ole fragen, die sind gerade da." Sie deutete auf zwei Jungs an einem Ecktisch, die sich gerade über ein paar Burger hermachten. Maltes Magen knurrte bei diesem Anblick wieder. Maggie bemerkte es. "Oder wollt ihr erst noch was bestellen?" Doch Lena hatte sich bereits auf den Weg gemacht. Malte sah ihr verzweifelt nach. "Na, dann pass mal auf, dass dein Terminator nicht gleich alles in die Luft jagt", kommentierte Maggie amüsiert. Malte sprintete hinterher und erreichte gerade noch rechtzeitig den Tisch.

"Moin Jungs", begrüßte er die beiden Surfer. Lena sah ihn verständnislos von der Seite an. Was wollte ihr Kollege mit dieser kumpelhaften Art erreichen, was sie mit ein paar gezielten Fragen nicht viel effizienter geschafft hätte? "Ich bin Kommissar Claasen, das ist Hauptkommissarin Berger", stellte er sich und Lena vor. "Hauptkommissarin, ja? Echt cool, endlich mal eine Frau, die die Hosen anhat", scherzte der etwas Ältere der beiden. Doch als er Lenas Blick sah, gefror sein Lachen sofort.

"Namen", kam es kurz wie aus der Pistole geschossen von Lena. Die beiden Jungs schauten sie sofort eingeschüchtert an. "Ole Frings", "Sven Matthes", stammelten sie. "Waren Sie letzten Freitagabend hier im Lokal?", hakte Lena nach. "Ja", antwortete Ole und sah seinen Begleiter kurz an. "Wir waren beide hier." "Wer noch?" Die Jungs zählten ihre anderen Surffreunde auf. Sie waren zu sechst gewesen. "War auch ein Tom Brinkmann dabei?", wollte Lena jetzt wissen, denn seinen Namen hatten sie bisher nicht erwähnt.

"Ach ja, Tom ist auch gekommen. Aber das war erst ein bisschen später. So gegen 20 Uhr." "Ist Ihnen irgendetwas an ihm aufgefallen?" "Nein, eigentlich nichts. Wir haben uns nur alle zuerst gewundert, dass er so spät kam. Aber er sagte, er hätte noch den Papierkram in der Surfschule für den Kursabschluss erledigen müssen. Ich glaube, er ist direkt von dort gekommen."

Die beiden Surfer saßen da wie in einem Verhör und hatten ihr Essen nicht angerührt. Ihre Burger wurden langsam kalt. Lena starrte die Jungs immer noch an. Sie schien nachzudenken. "Gut", sagte sie dann unvermittelt. "Wenn Ihnen noch etwas einfällt, rufen Sie mich bitte an." Sie drückte den beiden ihre Karte in die Hand und lief schon wieder zum Ausgang. Die Jungs sahen ihr ungläubig nach. Sie fühlten sich, als wäre ein Schneesturm über sie hinweggefegt.

Dann sahen sie Malte an. "Ist es wegen Jan?", "Das war doch ein Unfall?", "Hat Tom etwas damit zu tun?", prasselten die Fragen auf ihn ein. Er hob nur abwehrend die Hände. "Jungs ..." Für einen Moment war es still. Dann knurrte sein Magen wieder. Er blickte auf die Burger, die immer noch fast unberührt vor ihnen lagen. "Guten Appetit." Damit stand auch er auf und versuchte, Lena vor dem Auto einzuholen.

"Was war das denn eben?" Malte schaffte es gerade noch, gleichzeitig mit Lena das Auto zu erreichen. "Was meinen Sie?" "Na, diese Befragung. Das mag vielleicht in Berlin-Neukölln bei ein paar Drogendealern helfen, aber hier auf der Insel kommt man meistens mit ein bisschen Einfühlungsvermögen weiter."

Lena sah ihren Kollegen nur irritiert an. "Warum? Wir wissen doch alles, was wir wissen wollten. Tom Brinkmann hat ein Alibi ab 20 Uhr." Malte seufzte. "Stimmt, aber vielleicht hätten wir noch mehr über die Zustände in der Surfschule und die Beziehung zu Jan Lüders erfahren, wenn wir uns zu ihnen gesetzt und auch etwas bestellt hätten." Malte sah ihr an, dass sie diesen Gedanken völlig abwegig fand.

In diesem Moment knurrte sein Magen wieder. Diesmal entging es auch Lena nicht. Er stieg ins Auto und setzte sich hinters Steuer. "Kommen Sie, ich lade Sie noch auf ein Fischbrötchen am Hafen ein. Dann können Sie gleich was lernen." "Was denn?", fragte sie erstaunt, als sie auf dem Beifahrersitz Platz nahm. Malte strahlte sie entwaffnend an: "Geselligkeit." Bei diesem Wort ließ er den Motor an und übertönte damit das erneute Knurren seines Magens.

Maggie sah den beiden Kommissaren nach, als sie mit ihrem Dienstwagen den Campingplatz verließen. Zurück an der Theke griff sie sofort zum Telefon. "Hier interessiert man sich sehr für deine Surflehrer, Nils." Maggie war dankbar, dass Nils Rogard seinen Kursteilnehmern immer zuverlässig ihr Lokal empfahl. Da war es nur eine Frage gegenseitiger Gefälligkeit, den Besitzer der Surfschule über alles zu informieren, was sein Geschäft betraf.

KAPITEL 19

“Wie siehst du denn aus?” Antje schaute Hendrik etwas amüsiert an, als sie mit Jorge das Büro betrat. Das dicke Pflaster konnte die Schwellung nicht verbergen, die sich inzwischen an dessen Kinn gebildet hatte. “Du solltest mal den anderen sehen”, sagte Hendrik leicht genervt. Er hatte sich schon auf den Spott seiner Kollegen eingestellt. Jorge sah ihn an und grinste: “Ich wette, der andere ist tot, oder?“ Antje musste lachen. Beide ahnten, dass ihr Kollege die Leichenschau nicht gut überstanden hatte. Hendrik schaute verkniffen. “Hah, hah, sehr lustig.”

Sein Kinn tat Hendrik beim Sprechen ziemlich weh. Jorge bemerkte es sofort. Auf dem Tisch an Claassens Platz lag noch die Tüte mit den restlichen Frühstücksbrötchen. Jorge nahm das letzte Schoko-Croissant mit Smarties und biss herzhaft hinein. Kauend sagte er zu Hendrik: “Dann nehme ich mal besser dein Croissant. Du kannst sowieso noch nicht richtig essen.” Hendrik biss auf die Zähne, merkte aber sofort, dass es seinem Kiefer nicht gut tat und ließ es wieder sein. Er verzog das Gesicht zu einem säuerlichen Lächeln.

“Hat dein Einsatz wenigstens neue Erkenntnisse gebracht?” Antje versuchte, die Frage wieder auf den Fall zu lenken. “Na ja, der Zustand von Jan Lüders Leiche passt nicht zu einem Sportunfall. Bis auf den eingeschlagenen Schädel ist der Rest seines Körpers unversehrt." Hendrik informierte seine Kollegen auch darüber, dass es inzwischen einen Hinweis gegeben hatte, dass Jan Lüders an diesem Abend nicht allein war. "Malte ist mit der Hauptkommissarin nach Hörnum gefahren, um der Spur nachzugehen. Wir sollen jetzt das Handy von Jan Lüders auswerten." Er hielt das noch in Folie eingewickelte Telefon des toten Kitesurfers hoch. "Gib mal her." Schon griff Jorge nach dem Gerät. Er liebte es, in den Daten nach der berühmten Stecknadel im Heuhaufen zu suchen.

"Wo sind die Akten aus dem Bauamt?", fragte Hendrik. "Jeschke war noch unkooperativer, als Malte schon befürchtet hatte." Antje erzählte kurz vom Bauamtsleiter und seiner Verzögerungstaktik. "Also bisher haben wir nur eine Leiche, deren Verletzungen nicht zu einem Sportunfall passen. Das ist nicht viel." Hendrik klang etwas ratlos. "Wir haben noch das hier." Jorge hielt die Festplatte hoch, die ihnen die junge Frau mit den verweinten Augen im Fahrstuhl auf so geheimnisvolle Weise zugesteckt hatte. Antje berichtete Hendrik von dem Vorfall. "Dann gibt es außer Jan Lüders Mutter wenigstens noch jemanden, der auch nicht an einen Unfall glaubt."

In der Zwischenzeit hatte Jorge das Croissant gegessen und es sich hinter seinen drei Monitoren bequem gemacht. Er wusste, dass jetzt viel Arbeit auf ihn wartete. "Ich habe schon auf dem Weg hierher einen ersten Blick auf die Daten geworfen", stieg er wieder in die Diskussion ein. "Auf der Festplatte befinden sich hunderte von Aktenvorgängen, die Lüders in den letzten Monaten bearbeitet hat. Außerdem die dazugehörige E-Mail-Korrespondenz und Kontaktdaten sowie sein elektronischer Kalender." "Und da sagt man, die öffentliche Verwaltung sei nicht digitalisiert", kommentierte Hendrik und blickte missmutig auf den alten Computer auf seinem Schreibtisch. Auf dem Gerät liefen gerade noch die nötigsten Programme, die er für seine tägliche Polizeiarbeit brauchte.

"Das wird noch eine Weile dauern", hörten sie Jorge hinter den Monitoren in seine Arbeit vertieft. "Alles so spezielle Programme und nicht gerade auf dem neuesten Stand der Technik. Leicht zu knacken, aber mit den Standardprogrammen schwer zu durchsuchen." "Am besten du vergleichst das Ganze mal mit den Handydaten. Vielleicht findest du so eine Auffälligkeit. Es könnte ja sein, dass Jan Lüders in den letzten Tagen vor seinem Tod mit jemandem Kontakt hatte oder irgendwo war und es dazu eine Verbindung in seinen Akten gibt", sagte Antje. Jorge nickte. "Ich denke, ich schreibe dafür besser selbst ein paar Programmzeilen." Jorge war in seinem Element. "Na, das ist ja wie Weihnachten und Ostern zusammen für unseren Computer-Nerd", spottete Hendrik.

Da sprang der Drucker neben ihm an. Fragend sah er zu Jorge hinüber. "Dann schau du dir in der Zwischenzeit seinen Kalender und seine E-Mails an." "Wie viel ist das?", fragte Hendrik, als er sah, dass der Drucker nicht aufhören wollte. "Einiges." Bei dem Gedanken an stundenlange Recherchearbeit biss sich Hendrik verärgert auf die Zähne. Sofort meldete sich sein schmerzender Kiefer. Er verzog das Gesicht. Dann blickte er missmutig zu den drei Monitoren. Hendrik konnte sich Jorges Grinsen dahinter wieder einmal bildlich vorstellen.

"Lecker, oder?" Malte biss herzhaft in sein Fischbrötchen. Jetzt fühlte er sich besser. Wenig konnte dem Hauptkommissar die Laune verderben, aber wenn er nicht genug zu essen bekam, wurde er mürrisch. "Sie sehen nicht so aus, als würden sie den ganzen Tag essen." Lena hielt inne, kaum dass sie den Satz ausgesprochen hatte. Warum ließ sie sich in Gegenwart ihres Hauptkommissars immer zu Bemerkungen hinreißen, die nichts mit dem Fall zu tun hatten? Wo war ihre Konzentration? Aber Claasens lockere Art machte auch vor der Hauptkommissarin nicht halt.

"Höherer Grundumsatz", kommentierte Malte ihre Bemerkung und schob wie gewohnt eine Erklärung nach. "Wenn ein Körper mehr Muskelmasse hat, dann ..." Lena unterbrach ihn schnell. „Ich weiß, was ‚höherer Grundumsatz' bedeutet. Danke." Auf keinen Fall wollte sie sich jetzt auf eine Diskussion über die Vorzüge von Claassens sportlicher Figur einlassen. Dumm genug, dass sie überhaupt einen Kommentar abgegeben hatte. Sie musste sich auf den Fall konzentrieren. Logisches Denken war gefragt.

"Sie haben es nicht so mit Menschen, oder?" Malte hielt den Zeitpunkt für gekommen, seiner neuen Hauptkommissarin ein wenig auf den Zahn zu fühlen. Er sah Lena an, dass sie überlegte, wie sie mit dieser Frage am besten umgehen sollte. "Ich habe die Erfahrung gemacht, dass Menschen einem bei der Aufklärung eines Falles eher im Weg stehen." Mit dieser Antwort wollte sie das Thema beenden, doch Malte ließ sich nicht aus der Ruhe bringen. "Bei uns auf der Insel kann es manchmal ganz hilfreich sein, den Menschen in den Vordergrund zu stellen." Malte kaute genüsslich sein Fischbrötchen.

"Hier im Norden öffnet man sich Fremden nicht so schnell. Aber wenn die Leute einen erst einmal akzeptieren, erfahren Sie mehr als bei so manchem ausgeklügelten Verhör." Lena atmete tief durch. Sie hatte damit keine guten Erfahrungen gemacht, aber das ging Claasen nichts an. "Vielleicht besprechen wir das, wenn wir uns etwas besser kennen und konzentrieren uns erst einmal auf den toten Kiter." Malte nickte zufrieden. Immerhin ein Anfang, dachte er.

"Also, was haben wir?", fragte Lena und biss von ihrem Fischbrötchen ab. Malte überlegte. Er versuchte, in seinem Kopf alle Erkenntnisse zusammenzutragen, die sie bisher zu dem Fall hatten. "Zunächst einmal haben wir ein Opfer, dem die halbe Insel am liebsten den Tod gewünscht hätte. Das haben einige Ferienhausbesitzer auf Sylt über zwei Jahre lang immer wieder in Morddrohungen zum Ausdruck gebracht." Malte blickte über den Hafen. Ein großer Schwarm Möwen stürzte sich gerade auf einen Fisch im Wasser und kämpfte um die Beute. "Jemanden zu finden, der ein Motiv hat, ist also weniger das Problem."

Lena wusste, was Malte meinte. "Wir haben eher zu viele mögliche Täter, wenn wir vom Motiv her denken", stimmte sie ihm zu. "Hoffentlich lässt sich der Kreis schnell eingrenzen." "Ich bin sicher, Antje und die Kollegen sind schon dran." "Gut. Was wissen wir sonst noch?", fragte Lena.

Arne Richters abschließende Untersuchungsergebnisse an der Leiche standen zwar noch aus, aber Lena selbst hatte bereits genug Ungereimtheiten an dem Toten und der Kiteausrüstung entdeckt, um einen Unfall in Frage zu stellen. Malte überlegte laut: "Wenn es kein Unfall war, dann frage ich mich, wie der Täter eine solche Tat planen konnte und wie sie genau ablief. Denn sicher wissen wir bisher nur, dass Lüders sich den Schädel an den Tetrapoden eingeschlagen hat. Das hat Richter anhand des Blutes auf dem Beton auch bestätigt." Lena stimmte Malte zu. "Ja, das ist mir auch ein Rätsel. Aber vielleicht lassen wir das erstmal beiseite, bis wir den endgültigen Bericht von Richter haben. Vielleicht bringt uns der ja mehr Klarheit."

"Einverstanden." Also versuchte Malte zunächst, die bisher bestätigten Ereignisse des Freitagabends zu rekapitulieren: "Jan Lüders war ab 18 Uhr beim Kiten, wahrscheinlich zunächst allein. Das hat uns die Saunabesitzerin Birgit Falk erzählt. Dann haben wir noch einen zweiten Kiter, der von ihr um 19 Uhr bei Jan Lüders Bulli und von Hanno Grievers von der Terrasse seines Reetdachhauses aus bis mindestens 20 Uhr auf dem Wasser gesehen wurde". "Das kann dann nicht Tom Brinkmann gewesen sein, denn der war ab 20 Uhr im Lokal auf dem Campingplatz", ergänzte Lena.

"Brinkmann war zwar nervös, als Antje und ich ihn am Samstag in der Surfschule befragt haben, aber vielleicht lag das auch nur daran, dass er zu diesem Zeitpunkt noch befürchtete, sein Kumpel Jan sei tödlich verunglückt. Brinkmann war wohl tatsächlich nicht mit Lüders auf dem Wasser", resümiert Malte.

"Aber es gibt einen zweiten Kiter, der mit Jan Lüders an dem Abend auf dem Wasser war", stellte Lena fest. Malte wusste, was sie meinte. "Ja, und am nächsten Morgen wird Lüders tot aufgefunden. Wenn aber jemand bei ihm war, kann es kein Unfall mehr gewesen sein. Denn dann hätte der ja einen Krankenwagen verständigt." Lena nickte. "Ganz genau. Im Gegenteil: Im Moment spricht viel dafür, dass dieser zweite Kiter für den Tod von Jan Lüders verantwortlich ist. Zumindest weiß er, was genau an diesem Abend passiert ist."

Malte überlegte. "Vielleicht ist es der Unbekannte, der uns am Saunaparkplatz beobachtet hat. Möglicherweise wollte er zurück zum Bulli?" Dann fiel Malte etwas ein. "Als Antje und ich am Samstag in der Surfschule waren, hat uns Svea Weber erzählt, dass Jan Lüders seinen Schlüssel immer unter den Reifen auf der Beifahrerseite legt. Wer auch immer sich im Bulli umgezogen hat, muss das gewusst haben. Also müssen wir herausfinden, wer sonst noch dieses Versteck kannte. Lena nickt. "Das heißt, wir suchen einen zweiten Kiter, der wusste, wo Jan Lüders immer den Schlüssel hingelegt hat." Die Kommissare schauen sich an. "Dann sollten wir noch einmal zur Surfschule gehen. Dort bekommen wir am ehesten einen Hinweis", schlug Malte vor.

Als die beiden Kommissare über die Strandpromenade zur Surfschule gingen, stand Nils Rogard draußen vor dem Anmeldetresen und sah sie kommen. Genau so hatte Maggie sie ihm beschrieben. Eine blonde Frau mit etwas zu glatt gekämmten Haaren und strenger Brille und ein Mann um die vierzig, groß, sportlich, der weniger wie ein ernster Kommissar aussah, sondern eher lässig wie einer seiner Surfer. Die beiden wirkten wie ein seltsames Paar, das gegensätzlicher nicht hätte sein können.

"Sind sie das?", blaffte er in Richtung Svea, die wie immer hinter der Theke stand, und deutete auf die beiden Kommissare. "Die Frau kenne ich nicht. Aber er war letzten Samstag mit einer anderen Kollegin hier", sagte sie eingeschüchtert. "Gut. Du hältst dich an das, was wir besprochen haben, klar?" Nils' Tonfall hatte fast etwas Bedrohliches angenommen. Svea nickte eingeschüchtert. Sie wusste, dass ihr Chef sich nicht immer unter Kontrolle hatte. Schon oft war ihm die Hand ausgerutscht, wenn ihm etwas nicht passte. Und aus irgendeinem Grund stand er in diesen Tagen mehr unter Druck als sonst. Svea wusste, dass sie sich besser an seine Anweisungen halten sollte, wenn sie keinen Ärger bekommen wollte.

KAPITEL 20

"Claasen von der Kripo Sylt, erinnern Sie sich an mich?" Malte sprach Svea Weber direkt an, als Lena und er den Empfangstresen der kleinen Bretterbude erreicht hatten. Sie schien nicht überrascht, ihn zu sehen. "Das ist meine Kollegin, Hauptkommissarin Berger", stellte er Lena vor und wunderte sich: "Haben Sie uns erwartet, Frau Weber?" Svea schaute Claasen verunsichert an. "Nein, ganz und gar nicht. Wie kommen Sie denn darauf?" Das klang alles andere als glaubhaft. Außerdem wirkte sie heute sehr steif und viel förmlicher als noch vor ein paar Tagen. Malte spürte sofort, dass etwas nicht stimmte.

Doch bevor sie ein Gespräch beginnen konnten, trat ein Mann hinter der Bretterwand hervor. "Was ist denn, Svea?" "Das sind zwei Kommissare von der Kripo Sylt. Ich hatte dir doch erzählt, dass die Polizei am Samstag hier war wegen ..." Sie stockte. Malte sah, dass sie die Tränen zurückhalten musste. "Ja, ist schon gut. Ich erinnere mich", unterbrach der Mann sie ärgerlich. Er musterte Claasen und Berger kurz, dann stellte er sich vor. "Nils Rogard. Mir gehört die Surfschule. Was kann ich für Sie tun?" Lena und Malte tauschten Blicke. Dann übernahm Lena das Gespräch.

"Es geht um den Tod von Jan Lüders. Wir haben ein paar Fragen. Kann ich Sie kurz allein sprechen?" Lena wusste, dass es geschickter war, die beiden getrennt zu befragen. Es ging ihr weniger um Nils Rogard als um Svea Weber, die in Gegenwart ihres Chefs ziemlich eingeschüchtert wirkte. “Wir haben hier keine Geheimnisse. Stellen Sie Ihre Fragen. Gleich fängt der Nachmittagsunterricht an, dann haben wir keine Zeit mehr.” Bei dem “wir” konnte Malte sehen, wie Svea ein wenig zusammenzuckte. Es war klar, dass dieser Rogard seine Angestellte nicht mit ihnen allein lassen wollte.

“Gut, Herr Rogard, wie Sie wollen”, begann Lena. “Wie gut kannten Sie Jan Lüders?” Rogard wusste sofort, wer gemeint war. “Er hat hier vor ein paar Jahren seine Kite-Lizenz gemacht und sich mit einem unserer jungen Kite-Lehrer angefreundet.” “Mit Tom Brinkmann?” Rogard nickte. “Ja. Als er damals mit dem Kiten angefangen hat, war er so ein langweiliger Typ mit einem Bürojob. Aber durch das Kiten und Tom ist er lockerer geworden. Tom hat ihn abends mit den anderen Kitelehrern mitgenommen. Sie sind auch oft zu zweit rumgezogen und haben Mädchen aufgerissen und so”.

Malte beobachtete die Szene, während Lena weiter fragte. “Was für eine Beziehung hatten Sie zu Lüders?” “Gar keine. Er kam ab und zu vorbei, um Tom abzuholen, wenn sie zusammen kiten waren.” “War er auch letzten Freitag hier?” Rogard musste nicht lange überlegen. “Ja. Freitags kam er immer schon kurz nach Mittag aus dem Büro, auch wenn die Windverhältnisse nicht zum Kiten geeignet waren. Er hing dann hier rum, während Tom noch Kurse gab, und sprach manchmal Mädchen an. Abends sind die Jungs meistens noch zu Maggie gegangen.”

Malte zog eine Augenbraue hoch, und Nils ärgerte sich sofort, dass er ihren Namen erwähnt hatte. “Zu dem Lokal auf dem Campingplatz”, erklärte er, aber Malte spürte schon, dass es eine Verbindung zwischen den beiden gab. “Aber letzten Freitag war Tom Brinkmann nicht mit Jan Lüders kiten?”, fragte Lena weiter. Rogard war langsam genervt. “Was weiß ich. Ich bin am späten Nachmittag gegen 14 Uhr weggefahren und habe Lüders nur kurz gesehen. Es sah nicht mehr nach viel Wind aus.”

Lena hatte die Windverhältnisse schon lange geprüft. “Aber am späten Nachmittag drehte der Wind plötzlich und wurde unerwartet stark. Ideale Bedingungen für einen Downwinder am Abend.” “Sie meinen, um mit dem Wind in einer Tour die Westküste von List bis Hörnum hinunter zu kiten?” Malte sah Lena beeindruckt von der Seite an. Das alles hatte sie am Sonntag in Internetvideos über Kiten gelernt? "Sie kennen sich aus", sagte auch Rogard respektvoll. Doch der Respekt verschwand bei Lenas nächster Frage: "Haben Sie selbst an diesem Abend einen solchen Downwinder genutzt, um nach Hörnum zu kiten, Herr Rogard?"

"Was soll die Frage?" Nils Rogards ungezügeltes Temperament war sofort zu spüren. Malte behielt ihn im Auge. Es hätte ihn nicht gewundert, wenn er Lena eine verpasst hätte. "Beantworten Sie einfach meine Frage." Lenas emotionslose Art machte Rogard nur noch wütender. "Nein. Natürlich nicht." "Wo waren Sie dann an dem Abend?" Rogard machte demonstrativ eine Pause.

"Wir waren noch etwas trinken", kam es von Svea. Es klang wie auf ein Stichwort aufgesagt. "Wirklich?" Jetzt war es Malte, der nachhakte. Dabei sah er Svea mit einem warmen, vertrauensvollen Lächeln an. Sie nickte nur schüchtern. "Wo?", fragte Lena sofort. "Bei mir", mischte sich Rogard jetzt wieder ein. Er grinste frech.

"Sind Sie über Nacht geblieben?" Lena stellte diese Frage demonstrativ an Svea Weber. Diese wirkte nun völlig verunsichert. "Ich...", sie wollte gerade anfangen. "Svea war bis zehn da und ist dann brav nach Hause gegangen." Rogard hatte sich wieder eingeschaltet. Svea blickte betreten zu Boden. Am liebsten hätte Lena versucht, die offensichtlich abgesprochene Lüge mit ein, zwei Fangfragen zu entlarven, aber Nils Rogard schaute inzwischen demonstrativ auf die Uhr. Er hatte sein Alibi und würde das Gespräch sicher gleich für beendet erklären.

"Wer sonst könnte am Freitagabend mit Jan Lüders kiten gewesen sein?", fragte Lena weiter. "Wahrscheinlich Tom Brinkmann, wie immer", sagte Rogard kühl. Lena schüttelte den Kopf. "Er sagt, er war woanders. Genau wie Sie." Den letzten Satz sagte Lena mit Nachdruck in Sveas Richtung. Rogard zuckte mit den Schultern. "Tja, ich weiß nicht. Es kommen viele in Frage. Wir haben hier allein in den letzten Jahren Hunderte von Kitesurfern ausgebildet. Das waren nicht nur Urlauber. Einige sind auch Inselbewohner."

Nils Rogard merkte sofort, dass er wieder einen Fehler gemacht hatte. "Gut. Dann geben Sie uns bitte eine Liste mit Namen und Adressen aller in Frage kommenden Personen." Wieder wurde Rogard ärgerlich. "Warum denn das? Muss ich das tun? Ich meine, es gibt doch Datenschutz und so." Lena verzog keine Miene. "Sie können mit uns kooperieren, Herr Rogard, oder ich komme mit einem entsprechenden Beschluss zurück. Aber dann wird das nicht so geräuschlos ablaufen."

Lena wusste aus Berlin, wie man mit Typen wie Rogard umzugehen hatte. Und sie behielt Recht. Der Surfschulbesitzer gab nach, als er daran dachte, dass ein Dutzend Polizisten seinen Laden auf den Kopf stellen würden. "Okay, okay. War nur eine Frage. Sie bekommen Ihre Liste. Wir stellen sie im Laufe der Woche zusammen." Geht doch, dachte Lena und wusste das für sich zu nutzen: "Ich schicke morgen Mittag einen Kollegen vorbei, der die Liste abholt", drehte sich um und sagte im Weggehen noch kurz: "Viel Spaß bei Ihren Nachmittagskursen."

Malte schaute ein wenig amüsiert in Rogards Richtung. Manchmal ist es gar nicht so schlecht, einen Eisberg dabei zu haben, dachte Claasen. Nils Rogard starrte der Kommissarin immer noch wie ein begossener Pudel hinterher. Malte nutzte den Moment und schob Svea unauffällig seine Karte zu. Sein Blick bedeutete ihr, dass sie sich bei Bedarf bei ihm melden sollte. Schnell steckte sie die Karte ein.

Dann verabschiedete sich auch Claasen und folgte seiner Chefin über die Strandpromenade. Nils Rogards sah ihnen nach. Er hatte sich schnell gefasst. Svea ahnte, dass er wütend war. Sie machte sich auf das Schlimmste gefasst. "Mach sofort die verdammte Liste fertig", knurrte er böse in ihre Richtung. Svea wusste, dass es Stunden dauern würde. Aber sie wagte nicht, etwas zu sagen. "Solange das Ding nicht fertig ist, gehst du nicht nach Hause", sagte er knapp und machte sich auf den Weg zum Strand, wo der Nachmittagsunterricht stattfand. Gleich morgen früh würde er sich die Namen selbst ansehen. Erst dann durfte die Kommissarin die Liste in ihre Hände bekommen.

KAPITEL 21

"Das ist die falsche Richtung!" Malte lief seiner Chefin über die Strandpromenade hinterher. "Nicht, wenn wir noch mal zum Tatort wollen", sagte Lena knapp. Malte stutzte. Ihr Dienstwagen stand immer noch am Hafen, der links von der Promenade lag. Lena ging in die entgegengesetzte Richtung und steuerte zielstrebig auf den Bretterweg am Ende der Promenade zu, der vom Strand wegführte.

"Woher kennen Sie die Abkürzung durch den Zauberwald?" Der ‚Zauberwald', wie einige den kleinen baumbewachsenen Teil Hörnums getauft hatten, führte vom Leuchtturm zu der Straße, an deren Ende sich der Parkplatz der Strandsauna befand. "So groß ist der Ort gar nicht", antwortete Lena, und Malte sah die Hauptkommissarin vor seinem geistigen Auge, wie sie zur Vorbereitung auf ihren neuen Dienst Sylter Straßen- und Wegekarten ausgiebig studiert hatte.

"Warum nehmen wir nicht das Auto?" Malte hatte Mühe, mit Lena Schritt zu halten. "Das ist wie mit Ihren Fischbrötchen." Malte verstand nicht. "Beim Laufen kann ich besser denken." Malte grinste. "Na, dann toben Sie sich aus. Unsere Insel ist der ideale Ort für ausgedehnte Spaziergänge." Lena musste lächeln. Dieser Claasen konnte ihr sogar die Strafversetzung nach Sylt schönreden.

“Was halten Sie von diesem Rogard?”, lenkt Lena das Gespräch wieder auf den Fall. “Das Alibi ist abgesprochen. Er hat sich nicht einmal viel Mühe gegeben. Die Frage ist nur, warum? Denn wenn einer kein Interesse daran hat, dass Jan Lüders so stirbt, dann er.” Lena nickte. “Genau. Ein Unfall mit dem Kite ist schlecht für sein Geschäft. Das kaufe ich ihm ab.”

Sie hatten das kurze Waldstück hinter sich gelassen und bogen auf die Straße zum Naturschutzgebiet ein. “Aber offensichtlich hat er etwas zu verbergen.” “Was könnte das sein?”, fragte Lena. “Das, was er an diesem Abend wirklich getan hat. Wahrscheinlich ist es nicht ganz legal.” Lena warf Malte einen respektvollen Blick zu. “Gut, Herr Inselkommissar” Malte grinste. „Reicht das für das ‚Du‘?“ “Bestimmt nicht.” Berger verzog keine Miene. Aber Malte war sich sicher, kurz ein leichtes Zucken um die Mundwinkel gesehen zu haben, das auf ein Lächeln hindeutete.

“Wollen Sie nicht wissen, warum wir noch einmal zu den Tetrapoden gehen?”, fragte Lena plötzlich, als sie schon auf dem Parkplatz vor der Strandsauna standen. Malte hatte nur auf diese Frage gewartet. Er ließ ein paar Sekunden verstreichen, bevor er antwortete. “Na ja, auf der Autofahrt hierher haben Sie gesagt, dass Sie mir noch ein Puzzleteil zeigen wollen, das nicht ins Bild passt. Ich schätze, jetzt ist es soweit.” Lena nickte anerkennend. “Sie merken sich jedes Wort.” Diesmal war es Malte, der keine Miene verzog. “Eine meiner größten Stärken.” Dann musste er doch grinsen.

Am Strand hatte sich der Wind gelegt. Trotzdem roch Lena den klaren, salzigen Duft der Nordsee. Als sie auf die Tetrapoden zugingen, sahen sie, wie die Wellen mit voller Wucht an den Betonpfeilern brachen. Das Meer war dunkel und mächtig, als wollte es der Insel klarmachen, wer den Kampf um den Sand am Ende gewinnen würde. Nur ein einziger Urlauber saß am Strand und beobachtete das Schauspiel. Er hielt ein Stück Strandholz in der Hand und schien gedankenverloren etwas daraus zu schnitzen.

Malte fiel er sofort auf. Eigentlich war es viel zu kalt und zu nass, um hier zu sitzen. Seit Sonntagabend hatte es die ganze Nacht geregnet und auch am Montagmorgen hatten kleine Schauer immer wieder die Sylter

Sonne und den blauen Himmel unterbrochen. Der Sand musste feucht und ungemütlich sein.

Als die Kommissare näher kamen, erkannte Malte, wer da saß. Es war kein Urlauber. “Tom Brinkmann?” Wie überrascht drehte sich der junge Mann um und stand sofort auf. “Herr Kommissar, was machen Sie denn hier? Haben Sie mich gesucht?” Lena griff seine letzte Bemerkung umgehend auf. “Ich bin Hauptkommissarin Berger. Warum sollten wir Sie suchen?” Wieder fiel Malte auf, dass der junge Surflehrer irgendwie nervös wirkte. “Weil ... ich weiß nicht, weil Sie hier sind?”, stotterte Tom eine Erklärung zusammen. Es klang eigenartig.

Maltes Blick fiel auf das Stück Holz. “Sind Sie der, der diese Figuren schnitzt? Ich habe sie schon am Samstag in der Surfschule bewundert.” Tom lächelte kurz. “Ja.” Bei dieser Antwort schien er ganz bei sich zu sein. Dann erinnerte er sich an das Messer in seiner Hand und wurde sofort wieder unsicher. “Ist das schlimm? Wegen des Messers?”

Lena und Malte tauschten Blicke aus. “Nein, überhaupt nicht. Keine Sorge. Hier ist ja niemand erstochen worden. Ich fand nur die Surferfiguren schön”, sagte Malte. Tom lächelte wieder. Wenn auch etwas gequälter als vorher. “Danke. Diese Figur ist für Jan.” Er biss sich auf die Lippe. Malte nickte. Es sah aus, als würde der junge Surflehrer sich Vorwürfe machen.

“Haben Sie ihn zu diesen Sprüngen angestiftet?”, wollte Claasen nun wissen. Bei dieser Frage sah Tom den Kommissar schuldbewusst an. Dann nickte er. “Ich weiß auch nicht, wie das passiert ist. Wir haben aus allem einen Wettkampf gemacht. Beim Ausgehen, mit den Mädels, wer die tollsten Geschichten vom Surfen erzählen kann und so. Irgendwann hat es dann mit diesen Sprüngen angefangen.”

Tom Brinkmann war anzusehen, wie sehr er litt. Malte fasste ihn mit beiden Händen an den Schultern und sah ihm klar in die Augen: “Am Ende sind wir alle selbst verantwortlich für das, was wir tun.” Tom sah ihn an. Trotz der Worte stand ihm immer noch die Verzweiflung ins Gesicht geschrieben. “Darf ich gehen?” Malte runzelte die Stirn. “Selbstverständlich. Wir sind nicht Ihretwegen hier.” Das schien Tom zu beruhigen. Schnell verabschiedete er sich und war wenig später über den Aufgang zum Saunaparkplatz verschwunden.

"Hier benehmen sich heute alle wirklich seltsam." Malte sah ihm kurz nach. "Da kommen Sie mal nach Berlin", sagte Lena trocken. "Aber ja, das ist schon der zweite Kitesurfer, der etwas zu verbergen hat. Leider hat auch er ein Alibi und kein Motiv." Ohne ein weiteres Wort abzuwarten, kletterte sie auf die erste Tetrapode. Malte beobachtete, wie sie den Weg über die Betonklippen zu der Stelle nahm, an der Jan Lüders gefunden worden war. Die Wellen schleuderten die Gischt meterhoch. Es war ungemütlich. Malte seufzte tief und kletterte hinterher. "Also, auf zu dem Puzzleteil, das nicht passt."

Es dauerte nicht lange, bis Malte die Stelle erreichte, an der Jan Lüders sich den Schädel eingeschlagen hatte. Nach dem Regen der letzten Nacht war nur noch ein verschwommener Fleck auf dem Tetrapoden zu sehen und es würde keinen Tag mehr dauern, bis das raue Klima der Nordsee alle Spuren verwischt hätte.

"Hier hat er sich den Schädel eingeschlagen." Lena zeigte auf die Stelle, während die Gischt um sie herum spritzte. "Sagen Sie bloß nicht, Sie sind am Sonntag hier herumgeklettert." "Am Samstag, kurz nachdem Sie mich am Haus Dünenblick abgesetzt haben." Malte schüttelte den Kopf. "Und warum bringen Sie mich erst jetzt hierher?" Lena sah ihn an. "Ich sammle lieber erst einmal selbst Fakten, als meine Kollegen aufgrund gewagter Vermutungen am Strand herumlaufen zu lassen."

Das hörte sich ehrenvoller an, als es war. Malte ließ sich nicht täuschen. Seiner Meinung nach war Lena Berger einfach eine Perfektionistin, die sich keine Fehler erlaubte. Schon gar nicht am ersten Tag. Sie wollte sich nicht vor ihm blamieren, wenn sie auf den Tetrapoden nicht das fand, was sie vermutete. Also zog sie es vor, am Samstag erst einmal allein loszuziehen, bis sie sich sicher sein konnte. Mit der Berger ein richtiges Team zu bilden, konnte also noch eine Weile dauern.

"Was haben Sie denn entdeckt?" "Sehen Sie es nicht?" Malte betrachtete die Stelle, an der Jan Lüders sich den Kopf zerschmettert hatte. Sie befand sich etwa auf Augenhöhe an der Betonsäule, die in den Himmel ragte. Malte stellte sich vor, wie der Kiter an dieser Stelle verunglückt war. Auf der anderen Seite der Säule schwappten die Wellen direkt gegen den Beton. Dort hatten sie Lüders im Wasser gefunden. Da begriff Malte.

“Er hätte unmöglich von der Innenseite der Tetrapode ins Wasser fallen können!” “Lena nickte zufrieden. “Wäre er dagegen geprallt, läge er hier zwischen den Tetrapoden, aber er wurde in der Nordsee gefunden.” Malte überlegte. “Die Möglichkeit, dass er noch versucht haben könnte, sich selbst an den Strand zu schleppen und dabei ins Wasser gefallen ist, haben Sie aufgrund der Schwere der Kopfverletzung ausgeschlossen?“

“Sicher konnte ich mir natürlich nicht sein, aber in der Abwägung reichte mir das, um zumindest weitere Nachforschungen anzustellen und die Bevölkerung um Hinweise zu bitten.” “Sie meinen, die halbe Insel verrückt machen und unseren Bürgermeister aufscheuchen?” Lena begann, den Rückweg anzutreten. “Jedenfalls hat mir die Leiche von Jan Lüders heute Morgen recht gegeben. Der Schädelbruch war so schlimm, dass er von alleine keinen Meter mehr geklettert wäre und der ansonsten unversehrte Körper ließ nur einen Schluss zu.” Malte versuchte, ihr schnell zu folgen. Die Flut kam und die Wellen links und rechts der Tetrapoden wurden höher. Der Wind pfiff jetzt und Malte musste gegen ihn anschreien. “Ihre Schlussfolgerung ist also, dass jemand Lüders gepackt und ihm an den Tetrapoden den Schädel eingeschlagen hat. Dann hat er ihn ins Wasser gestoßen, um sicher zu gehen, dass er es nicht überlebt.”

“So sieht es bisher aus. Ein Unfall war es also keinesfalls. Den hatten wir im Prinzip ja schon ausgeschlossen, seitdem klar ist, dass noch jemand bei ihm war und trotzdem kein Krankenwagen gerufen wurde.” “Richtig”, sagte Malte. “Sie denken also, dass dieser zweite Kiter auch der Mörder von Jan Lüders ist.” Lena überlegte. “Oder er kennt den Mörder und deckt ihn aus irgendeinem Grund. Jedenfalls war er vor Ort, als Lüders der Schädel eingeschlagen wurde.” Maltes Gedanken kreisten. “Mir ist immer noch nicht klar, wie man eine solche Tat planen kann?”

Inzwischen waren sie zurückgeklettert und hatten den Strand erreicht, als Maltes Handy klingelte. Er warf einen Blick auf den angezeigten Namen. “Das passt”, sagt er und zeigt Lena das Display. “Darf ich?”, fragte sie knapp. Obwohl sie sonst kaum eine Miene verzog, sah Malte ihr die Zufriedenheit an. “Natürlich, Frau Hauptkommissarin.” Lena nahm ihm das Handy aus der Hand und meldete sich beim Anrufer. “Hier ist Hauptkommissarin Berger. Schön, Sie kennenzulernen, Herr Bürgermeister.”

KAPITEL 22

"Meine Güte, der Mann hat seine Arbeit aber wirklich sehr genau genommen." Hendrik stöhnte. In den letzten Stunden hatte er sich durch einen Stapel von E-Mail-Ausdrucken, Kalendereinträgen und vor allem Aktenvorgängen gearbeitet. "Ich würde sagen, Jan Lüders war ein Pedant. Wenn ich ein Ferienhaus auf dieser Insel hätte, würde ich ihn auch umbringen wollen." Hendrik erhob sich von seinem Schreibtisch und steckte noch ein paar bunte Nadeln an eine große Karte von Sylt, die an der Wand hing. Daneben stand ein kleiner Tisch mit frisch gekochtem Kaffee. Es war schon fast Feierabend, aber Hendrik schenkte sich trotzdem eine Tasse ein. Er nahm einen Schluck und stellte sich demonstrativ vor die große Karte. Sie nahm die halbe Wand ein, und mit den Stecknadeln, die Hendrik angebracht hatte, sah die Insel aus, als hätte sie Pickel.

"Ist das Kunst?" Jorge war neben ihm aufgetaucht und schenkte sich ebenfalls einen Kaffee ein. "Sehr witzig, Pete." Hendrik war nicht zum Lachen zumute. "Was will uns der Künstler damit sagen?", scherzte Petersen unbeirrt weiter. Hendrik schnaubte. "Rote Nadeln sind alle noch offenen Verfahren gegen Ferienhausbesitzer. Blau sind die, die abgeschlossen sind, ohne dass sich der Status der Ferienwohnung geändert hat. Grüne Nadeln stehen für die Fälle, in denen Lüders die Illegalität nachweisen konnte."

Jorge kniff die Augen zusammen. "Ich sehe keine grünen Nadeln." Hendrik trank einen Schluck Kaffee. "Tja, Pete, vom vielen Starren auf den Bildschirm hast du wohl schlechte Augen, was?" Jorgen suchte verbissen die vielen roten und blauen Nadeln ab, konnte aber beim besten Willen keine grünen entdecken. Hendrik sah ihm dabei mit einer gewissen Genugtuung zu. Dann hatte er Mitleid. "Oben vor List in Westerheide ist eine, und unten in Rantum findest du die zweite."

Jetzt sah Jorge die schwer zu findenden Nadeln und verdrehte die Augen. Antje blickte von ihrem Schreibtisch auf. "Das heißt, er hat nur in zwei Fällen überhaupt illegale Ferienwohnungen gefunden?" Hendrik seufzte. "Eigentlich nur in einem. Die in Rantum wird schon lange nicht mehr als Ferienwohnung genutzt. Ein Restaurant stellt die Wohnung seinen Servicekräften zur Verfügung."

"Warum dann die ganze Aufregung?", wollte Antje wissen. "Na ja, wie ihr seht, sind inzwischen zwei Drittel der Fälle ohne Entzug der Genehmigung abgeschlossen." Hendrik deutete auf die vielen blauen Nadeln. "Ein Drittel der Fälle ist aber auch nach zwei Jahren noch in der Prüfung. Wenn ich mir die E-Mails so ansehe, habe ich den Eindruck, dass der Bauamtsleiter Erik Jeschke unserem Jan Lüders nicht gerade geholfen hat, die illegale Nutzung von Ferienwohnungen nachzuweisen." Antje musste nur den Namen Jeschke hören, um sofort wieder an seine schwitzigen Hände zu denken. Sie schüttelte sich.

"Was meinst du damit?", fragte Jorge. "Lüders musste die Fälle alleine bearbeiten und bekam dafür kaum Ressourcen zur Verfügung gestellt. Notwendige Aktenfreigaben erfolgten schleppend und die Anforderungen an die Beweisdokumentation im Einzelfall waren immens hoch." "Klingt ganz nach Jeschke", kommentierte Antje, die sich gut vorstellen konnte, wie der Behördenleiter alle Register zog, um seinem umtriebigen Sachgebietsleiter Steine in den Weg zu legen.

"Wenn Lüders tatsächlich einmal klare Verstöße nachweisen konnte", so Hendrik weiter, "hat Jeschke persönlich die Verhältnismäßigkeit im Einzelfall geprüft und mit seinem Votum immer zugunsten des Ferienhausbetreibers entschieden. Am Ende hat er damit jedes Ergebnis gekippt." Jorge nickte. "Dann ist das aus deiner Sicht der einzige Fall mit einem Motiv?" Petersen deutete auf die übrig gebliebene grüne Nadel in Westerheide. "Auch der Fall gibt nichts her. Dahinter steckt eine zerstrittene Erbengemeinschaft, die sich nicht einig ist und schon die Rückmeldefristen nie eingehalten hat. Die bringen sich eher gegenseitig um, als dem Lüders etwas anzutun."

Antje kam ebenfalls zur Wand und stellte sich neben ihre beiden Kollegen. Beim Anblick der vielen Nadeln runzelte sie die Stirn. "Heißt das, die vielen Fälle bringen uns nicht den geringsten Hinweis auf den Täter?" Auf diese Frage hatte Hendrik gewartet. "Doch, es gibt etwas Brauchbares." Wieder zeigte er auf die roten Nadeln. "Hinter den meisten offenen Fällen steckt ein einziger Ferienhausbetreiber."

Jorge zuckte mit den Achseln. "Na und, der kann sich sicher darauf verlassen, dass Jeschke auch über ihn seine schützende Hand halten wird." Hendrik nickte. "Ja, das stimmt. Aber ein Problem hat er trotzdem, wie ich aus einigen E-Mails erfahren habe." Antje sah ihn an. "Spann uns nicht so auf die Folter." "Hinter dem Ferienhausbetreiber steht ein Unternehmen. Die Objekte sind alle finanziert und noch nicht vollständig abbezahlt. Jetzt stehen die Kreditverlängerungen an. Die anhängigen Verfahren werden der Firma wohl enorme Schwierigkeiten bereiten, diese Verlängerungen von den Banken zu bekommen."

Jorge verstand nichts. Er kannte sich zwar mit Computerkriminalität aus, aber die Finanzwelt war für ihn ein Buch mit sieben Siegeln. Antje dagegen hatte sofort verstanden: "Solange der Status als Ferienwohnung nicht gesichert ist, will keine Bank mehr Geld geben." Hendrik nickte. "Aber seit wann finanzieren Banken keine Wohnungen auf Sylt mehr? Ferienwohnungsstatus hin oder her, die Objekte sind auf jeden Fall ein Vermögen wert und damit beleihbar." Antje verstand das nicht. "Das stimmt", räumte Hendrik ein. "Aber illegale Ferienhäuser hätten sofort zu Schadensersatzforderungen gegen den Betreiber geführt und er hätte sein Geschäft einstellen müssen. Solange dieses Risiko nicht ausgeräumt war, haben die Banken den Kredit nicht verlängert."

"Wann sollten die Verlängerungen erfolgen?" "Das ist das Beste", sagte Hendrik und strahlte: "Die Kredite mussten bis Ende des Monats verlängert werden." „Das heißt nächste Woche." Jetzt verstand Antje. "Na, wenn das kein Anreiz ist, Jan Lüders loszuwerden." Antje hatte bei der Kripo genug Erfahrung gesammelt, um zu wissen, dass Geld bei manchen Leuten jedes Mittel rechtfertigte. Sogar einen Mord.

"Um welche Gesellschaft geht es denn?" Hendrik wollte gerade antworten, da hörte er Jorge sagen: "Um die SFH Sylter Ferienholding GmbH & Co. KG in Wenningstedt. Der Geschäftsführer heißt Dr. Bernd Kolmar." "Woher weißt du das?" fragte Hendrik erstaunt. "Inzwischen habe ich die Telefonverbindungen auf dem Handy ausgewertet. Lüders hat allein in den letzten zwei Wochen dreizehn Mal mit Dr. Kolmar telefoniert." Jorge klang sichtlich stolz. Hendrik blickte auf den Stapel Unterlagen, den er in den letzten Stunden per Hand durchgearbeitet hatte, und wünschte sich in diesem Moment, er hätte auch Informatik studiert.

"Im Kalender von Jan Lüders stehen allein in dieser Zeit fünf Termine mit Dr. Kolmar in der Firmenzentrale in Wenningstedt", ergänzt Hendrik. "Von denen Lüders keinen einzigen wahrgenommen hat", erklärte Jorge stolz. "Woher weißt du das denn schon wieder?", fragte Hendrik sichtlich erstaunt. Jorge hielt das Handy von Jan Lüders hoch: "Ich sage nur Bewegungsdaten". "Dafür brauchen wir einen richterlichen Beschluss", wies Antje ihren Kollegen zurecht. "Nicht mein Bereich", zuckte Jorge mit den Schultern. "Aber den besorgt euch bestimmt der Eisberg."

"Wer besorgt den?" kam es plötzlich von der Tür. Sofort schauten alle in diese Richtung. Dort stand fragend Lena Berger. Claasen war kurz hinter ihr aufgetaucht und schlug theatralisch die Hände vors Gesicht. Beide waren inzwischen von ihren Ermittlungen in Hörnum zurückgekehrt. Jorge lief rot an. "Äh, also...", stotterte er. Hendrik biss sich auf die Lippen, um nicht laut loszulachen. Antje schaute aus dem gleichen Grund schnell in eine andere Richtung. Doch dann sagte Lena, ohne eine Miene zu verziehen. "Schon gut, glauben Sie etwa, ich wüsste nicht, wie man mich in Berlin nennt?" Malte sah sie von der Seite an. Die neue Hauptkommissarin überraschte ihn immer wieder. Sie schien ausschließlich auf den Fall konzentriert zu sein und selbst persönliche Verletzungen als irrelevante Zeitverschwendung zu ignorieren.

"Machen Sie weiter", forderte Lena den IT-Spezialisten auf und betrat mit Claasen das Dienstzimmer. "Sie haben doch sicher noch etwas herausgefunden." Jorge nickte verunsichert. Einen Moment lang war er sich nicht sicher, ob die neue Hauptkommissarin schon wusste, dass er tatsächlich noch auf eine interessante Information gestoßen war. "Fahren Sie fort. Ich sehe Ihnen an, dass Sie uns noch etwas zu sagen haben." Jetzt richteten sich alle Augenpaare auf Jorge, dem die Aufmerksamkeit langsam unangenehm wurde. "Das stimmt", begann er. "Jan Lüders hat zwar keinen der Termine mit Dr. Kolmar in Wenningstedt wahrgenommen ..."

Hendrik unterbrach ihn: "Wahrscheinlich wusste er um die Dringlichkeit der Kredite und sah darin eine Möglichkeit, die laufenden Verfahren in die Länge zu ziehen. Vielleicht hat er so indirekt versucht, die illegale Ferienwohnungspraxis zu beenden. Ohne die Banken und ihre Kredite hätten diese Objekte jedenfalls nicht mehr so genutzt werden können." "Das ist spekulativ", wies Lena ihn zurecht und bedeutete Jorge weiterzusprechen. Der setzte wieder an: "Also, die Termine in Wenningstedt haben nicht stattgefunden, aber dann gab es doch noch ein Treffen."

Nun warteten alle gespannt, was Jorge dazu erzählen würde. Mit dem, was er dann sagte, hatte keiner gerechnet: "Das Treffen fand letzten Freitag in Hörnum statt, kurz bevor Jan Lüders kiten ging".

KAPITEL 23

Seit einer halben Stunde hielt sich Lena Berger in ihrem Büro auf und telefonierte. Draußen im großen Dienstzimmer saßen ihre vier Kollegen und besprachen den Fall. Es war kurz vor 19 Uhr, aber niemand wagte, Feierabend zu machen. Lena und Malte hatten sich noch von den Ereignissen im Bauamt berichten lassen. Dann war die Hauptkommissarin wortlos in ihrem Zimmer verschwunden. Malte hatte die Zeit genutzt, um das Team darüber zu informieren, was ihre Ermittlungen in Hörnum an diesem Tag ergeben hatten.

"Wir suchen also einen Kitesurfer, der an dem Abend mit Jan Lüders auf dem Wasser war. Diese Person ist wahrscheinlich der Mörder oder muss zumindest wissen, wer Lüders an dem Abend den Schädel an den Tetrapoden eingeschlagen hat", fasste Antje noch einmal zusammen. "Sollen wir vielleicht noch einmal einen gezielten Aufruf starten, um weitere Hinweise zu bekommen?", fragte Hendrik in die Runde. Malte griff die Idee auf. "Das könnten wir machen, aber ich glaube nicht, dass wir damit weiterkommen. An dem Abend war es richtig stürmisch. Ideal zum Kiten, aber bei dem Wetter geht da keiner mehr spazieren. Wir können froh sein, dass wir überhaupt zwei Zeugen haben, die Lüders und den anderen Kiter gesehen haben."

“Tom Brinkmann können wir aufgrund seines Alibis ausschließen. Aber was ist mit diesem Nils Rogard?”, fragte Hendrik. Malte sah ihn ernst an: “Der hat was zu verbergen, aber kein Motiv, im Gegenteil. Antje stimmte ihm zu. “Aber mit Tom Brinkmann stimmt was nicht”, sagte Malte. “Das habe ich so im Gefühl.” “Über deine Gefühle haben wir doch schon gesprochen”, lachte Antje und blickte unwillkürlich in Richtung des Büros, in dem die Hauptkommissarin immer noch telefonierte. “Hier kommen wir nur mit Logik weiter.” “Und mit Daten”, ergänzte Jorge, der sich wieder hinter seine drei Monitore verzogen hatte.

“Ich verstehe immer noch nicht, wie du das mit dem Treffen in Hörnum herausgefunden hast, Pete”, sagte Hendrik etwas frustriert. “Das hat er doch erklärt.” Antje nahm sich die Zeit, ihrem jungen Kollegen noch einmal zu erläutern, wie Jorge darauf gekommen war. “Laut Bewegungsdaten war Lüders ab etwa 13.30 Uhr bei der Surfschule an der Strandpromenade. Dort war er bis ca. 16:30 Uhr. Anstatt aber direkt zum Parkplatz der Strandsauna zu fahren, nahm er den Umweg über den Hafen, hinter dem sich der Golfplatz befindet”.

“Ja, und?” “Dort hat die Ferienhausgesellschaft neben der Zentrale in Wenningstedt noch ein kleines Büro.” “Aber woher wissen wir, dass es ein Treffen mit Dr. Kolmar gegeben hat?” “Lüders war bis 17.30 Uhr dort und ist dann erst in Richtung Strandsauna gefahren.” Hendrik zweifelte immer noch. “Die Koordinaten stimmen mit dem Standort der Firma überein und außer dem Golfplatz ist sowieso nichts in der Nähe. Lüders wird nicht einfach so eine Stunde dort verbracht haben.” “Ich würde das trotzdem gerne vor Ort überprüfen und Dr. Kolmar dazu befragen.” Hendrik klang, als würde nur sein persönlicher Einsatz Gewissheit bringen und nicht die Daten, die sein Computerkollege ausgewertet hatte.

“Das kannst du dir sparen, Hendrik”, sagte Malte. “Ich habe auch Daten gefunden, die zeigen, dass die beiden sich getroffen haben.” Jorge schaute direkt hinter den Monitoren hervor. “Ach ja, welche? Ich dachte, ich bin hier der IT-Spezialist.” Malte hielt das Handy von Jan Lüders hoch. “Ich habe mir gerade den Chatverlauf angesehen. Dr. Kolmar hat Lüders um 16:26 Uhr die Standortkoordinaten des Büros in Hörnum mit dem Kommentar ‚Bis gleich‘ geschickt.“ Das Team blickte zu Jorge. Er wurde leicht rot. Hendrik konnte es nicht fassen. “Hast du dir den Chatverlauf nicht angesehen, Pete?" Jorge versteckte sich wieder hinter den Monitoren "Ja, sorry, ich fand die Bewegungsdaten einfach spannender. Die sind nicht so einfach zu analysieren. Jedenfalls nicht, wenn man nur auf das Handy zugreift und sie nicht vom Mobilfunkanbieter bekommt." "Weil man dafür einen richterlichen Beschluss braucht", ergänzte Malte.

"Den haben wir jetzt." Lena kam aus ihrem Büro. Wie immer verzog sie keine Miene, aber Malte kannte sie inzwischen gut genug, um zu wissen, dass sie noch mehr zu verkünden hatte. "Der Fall hat sich inzwischen von einem harmlosen Kiteunfall zu einem mutmaßlichen Mord entwickelt, der möglicherweise mit der Sylter Baubehörde und ihrer Genehmigungspraxis für Ferienhäuser zusammenhängt. Gespannt blickten die vier Kollegen auf ihre neue Chefin. "Der Oberstaatsanwalt in Kiel und die Dezernatsleiterin in Flensburg sind der Meinung, dass wir alle Ressourcen auf diesen Fall konzentrieren sollten." Lena machte eine Pause. Sie blickte in die Runde. "Willkommen bei der SoKo Sylt."

Die Kollegen staunten nicht schlecht. Die neue Hauptkommissarin war noch keinen Tag im Amt, und statt Fahrraddiebstähle zu bearbeiten, bildete das Team nun die erste Sonderkommission bei der Sylter Polizei, die sie kannten. "Ich bin ganz froh, dass die Stelle nicht an mich gegangen ist", raunte Malte Antje zu und schaute sie dabei gewohnt entspannt an. Antje konnte sich vorstellen, dass ihr Kollege Claasen nicht die geringste Lust auf den politischen Wirbel hatte, den das Ganze noch nach sich ziehen würde. Es war gut, eine Lena Berger zu haben, musste Antje sich eingestehen. Von diesem Kaliber musste der Eisberg gewesen sein, der die Titanic versenkt hatte.

"Sie sind natürlich alle auf Probe dabei", fuhr Lena fort. Doch Malte sah wieder das leichte Zucken um ihre Mundwinkel. Langsam schien Lena Berger der neue Job zu gefallen.

"Ja, Herr Bürgermeister." Erik Jeschkes spürte, wie sich Schweißperlen auf seiner Stirn bildeten. "Natürlich können wir die Akten der Kriminalpolizei früher zur Verfügung stellen ... ja, selbstverständlich ... gleich Morgen." Die

Stimme am anderen Ende der Leitung war inzwischen so laut, dass Jeschke den Hörer etwas weiter weg halten musste, um keine Ohrenschmerzen zu bekommen. "Aber sicher ... ich gehe auch davon aus, dass die Unterlagen nur die korrekte Arbeitsweise unserer Behörde zeigen werden und sich daraus keinerlei Hinweise auf einen Zusammenhang mit dem Tod von Herrn Lüders ergeben." Jeschkes Schläfe pochte inzwischen schmerzhaft. "Die Motive liegen sicher im privaten Bereich. Wir sind bald aus den Schlagzeilen." Noch einmal wurde es lauter, dann sagte Jeschke nur noch: "Ihnen auch einen schönen Abend, Herr Bürgermeister." Doch der hatte am anderen Ende der Leitung schon aufgelegt.

Jeschke sank in seinen Stuhl zurück. Sein Herz raste. Langsam wurde ihm das alles zu viel. "Diese Politiker", dachte er verächtlich. "Wie ein Fähnchen im Wind." Heute Morgen hatte der Bürgermeister noch bei Jeschke angerufen und seine Erwartung geäußert, dass die Akten von Jan Lüders sicher nicht mehr in dieser Woche der Kriminalpolizei übergeben würden. Er gehe auch davon aus, dass es sich um einen Unfall handele, wenn ihm heute nicht eindeutige Beweise für das Gegenteil vorgelegt würden, so dass die Sache morgen wohl erledigt sei. Jeschke solle die Herausgabe daher nicht so wichtig nehmen. Die Sache würde sich sowieso von selbst erledigen. Das hatte beruhigend geklungen.

Schon am Abend machte der Bürgermeister eine Kehrtwende. Eine Gewalttat sei zweifelsfrei gegeben und die neue Hauptkommissarin habe viel Staub aufgewirbelt. Eigens dafür sei eine SoKo Sylt gebildet worden. Jeschke müsse schnell handeln und jeden Zweifel ausräumen, dass es eine Verbindung zum Bauamt geben könnte. Plötzlich konnten die Akten gar nicht schnell genug bei der Kripo eintreffen. Jeschke stöhnte bei dem Gedanken.

Dann griff er wieder zum Telefon. Er wählte die vertraute Nummer. An das Warten hatte er sich gewöhnt, doch diesmal meldete sich sein Gesprächspartner schon nach dem dritten Klingeln. „Was gibt‘s?“, dröhnte die Stimme. "Ich muss morgen alle Akten herausgeben." "Dann ruf den Bürgermeister an." Jenschke biss die Zähne zusammen. "Die Anweisung kommt direkt von ihm. Die Kripo geht inzwischen von Mord aus. Was soll der Mist? Sag mir jetzt, dass du nichts damit zu tun hast!"

Jeschke hörte nur ein lautes Atmen. "Wir. Du meinst, wir haben nichts damit zu tun." Jeschkes Puls beschleunigte sich augenblicklich. Der Bauamtsleiter bereute den Tag, an dem er sich in die ganze Sache hatte hineinziehen lassen. Aber jetzt war es zu spät. Nach einer weiteren Pause raunte die Stimme: "Wenn es denen um Mord geht, sollte besser niemand etwas finden, was uns in ein schlechtes Licht rückt." "Uns!", dachte Jeschke wütend. "Schon wieder 'uns'!" Aber er wusste, dass sein Gesprächspartner recht hatte. "Mag sein, dass die eine oder andere Akte morgen noch irgendwo in Bearbeitung ist", knurrte er widerwillig. "So ist es brav", gab die Stimme ruhig zurück. Jeschkes Kopf war knallrot angelaufen. "Aber das ist definitiv das letzte Mal!" Jeschke wartete keine Antwort ab, sondern knallte den Hörer auf die Gabel. Sein Herz schmerzte. Er würde nicht mehr lange so weitermachen können.

KAPITEL 24

Die neue SoKo Sylt hatte noch am Montagabend ihren Einsatz für den nächsten Tag besprochen. Während Antje mit Jorge in der Westerländer Dienststelle die Daten des Bauamtes weiter nach Hinweisen durchforsten und auf die Auswertungen der Spurensicherung und der Rechtsmedizin warten sollte, wurde Hendrik mit der Observation von Nils Rogard beauftragt. "Wir müssen herausfinden, was er zu verbergen hat", hatte Malte seinem jungen Kollegen mit auf den Weg gegeben. Hendrik war in seinem Element. "Ein echter James-Bond-Auftrag", grinste er Jorge an, der hinter seinen Monitoren fleißig Programme laufen ließ. "Die Liste mit den einheimischen Kitern können Sie sich auch gleich in der Surfschule abholen", sagte Lena, als sie das Büro verließ. Jorge sah Hendrik schadenfroh an. "Das ist dann wohl eher ein Botengang statt Bond Mission."

Lena und Malte hingegen hatten sich für den nächsten Tag verabredet, um Dr. Kolmar von der Sylter Ferienholding in Wenningstedt einen Besuch abzustatten und ihm ein wenig auf den Zahn zu fühlen. "Er ist leider in unserem Büro in Hörnum", teilte ihnen eine leicht genervt wirkende Sekretärin mit, als sie am Dienstag um 9 Uhr gemeinsam vor ihrer Tür standen. "Ist er öfter in Hörnum?", fragte Lena. "Eigentlich arbeitet er fast nur von dort aus." Lena und Malte sahen sich an. "Gibt es dafür einen besonderen Grund? Wenningstedt liegt doch viel zentraler, wenn man Ferienwohnungen auf der ganzen Insel verwaltet, oder?"

Die Sekretärin schaute leicht missbilligend. Malte sah ihr an, dass sie etwas ärgerte. Vielleicht machte ihr die ständige Abwesenheit ihres Chefs die Arbeit nicht gerade leichter. "Das müssen Sie ihn selbst fragen", wich sie aus. Doch dann siegte der Unmut über ihre Loyalität, von der sie ihrem Vorgesetzten gegenüber ohnehin nicht viel zu empfinden schien. "Wahrscheinlich ist die Nähe zum Hörnumer Golfplatz seine Motivation für die Standortwahl. Der liegt direkt hinter dem Büro. Am besten, Sie suchen ihn gleich dort."

Die Sekretärin wollte gerade die Tür schließen, als Lena ihr mit einer weiteren Frage zuvorkam: "War Dr. Kolmar gestern auch in Hörnum?" Sie musste nicht lange überlegen. "Trotz der vielen Regenschauer am Vormittag, ja", war ihre prompte Antwort, die wohl zum Ausdruck bringen sollte, dass Dr. Kolmar eher ein Schönwettergolfer war. Malte dachte an den Unbekannten, den sie gestern am späten Vormittag in der Kersig-Siedlung verfolgt hatten. Lena und er vermuteten, dass es sich um den zweiten Kiter handeln könnte, der noch einmal zu Jan Lüders' Bulli wollte. Aber sie hatten trotz ihrer Nachforschungen in der Surfschule noch keine Ahnung, um wen es sich handeln könnte.

"Wissen Sie, ob Dr. Kolmar nicht nur Golf spielt, sondern auch Kitesurfen kann?", fragte Malte weiter. Die Sekretärin überlegte kurz. "Das weiß ich wirklich nicht. Aber wenn es um Freizeitaktivitäten geht, ist Dr. Kolmar sicher immer ganz vorne mit dabei." Im Hintergrund klingelte ein Telefon. "Entschuldigen Sie mich bitte. Ab 9 Uhr gehen hier immer die Gästeanrufe ein und ich bin momentan die einzige Besetzung für unsere Ferienhäuser." Damit schloss sie die Tür und Lena und Malte waren froh, nicht an ihrer Stelle zu sein.

"Wird Sie Dr. Kolmar vorwarnen?", fragte Malte, als sie schon im Auto Richtung Hörnum saßen. "Ich glaube schon. Denn sonst kriegt sie nur Ärger. Wenn er sie fragt, woher wir wussten, dass er in Hörnum ist, dann kommt raus, dass wir bei ihr waren und nach ihm gefragt haben." Malte stimmte Lena zu. "Da stimme ich dir zu. Sie scheint ihren Chef zwar nicht besonders zu mögen, aber deswegen riskiert sie noch lange keine Rüge."

Lena warf Malte einen vielsagenden Blick zu. Er wusste sofort, was sie meinte. “Wir reden uns immer noch mit `Sie` an? Ich dachte, jetzt, wo wir eine richtige SoKo Sylt sind, könnten wir langsam zum ‚Du‘ übergehen?“ “Wir hatten doch eine klare Absprache.” Malte verzog den Mund. „Ja, ich weiß: ‚Das mit dem `Sie` überlege ich mir erst, wenn Sie mich bei den Ermittlungen nachhaltig beeindrucken.‘“ zitierte er seine Chefin. Lena sah ihn zufrieden von der Seite an. “Na, sehen Sie, das haben Sie sich doch ganz gut gemerkt.”

Malte beschloss, das Thema vorerst wieder zu wechseln. Immerhin war das für ihn ungewohnte Siezen mittlerweile zu einer Art Running Gag zwischen ihnen geworden. Das half ihm immerhin, ein etwas persönlicheres Verhältnis zu der sonst immer noch etwas spröden Hauptkommissarin aufzubauen, die sich ansonsten nur auf eines konzentrierte: den aktuellen Mordfall Jan Lüders.

“Schade, dass wir jetzt bei Dr. Kolmar den Überraschungseffekt nicht mehr auf unserer Seite haben”, bedauerte Malte, als plötzlich sein Handy klingelte. Es war Antje Möller. “Hier ist die SoKo Sylt”, nahm Malte den Anruf gut gelaunt entgegen. Aus den Augenwinkeln sah er, wie Lena ein wenig die Augen verdrehte. “Hallo Malte, du wirst nicht glauben, was gerade passiert ist”, begrüßte ihn eine ebenso fröhliche Stimme am anderen Ende. “Unser Mörder hat sich gestellt?” Er sah Lenas irritierten Blick. Mit Späßen konnte seine Chefin anscheinend nichts anfangen. Sie schien wirklich jede Bemerkung ernst zu nehmen. Mit einem leichten Kopfschütteln bedeutete er ihr, dass es um etwas anderes ging, während er Antje weiter zuhörte.

“Nein, du Witzbold. Aber es geht um etwas ähnlich Überraschendes: Seit ein paar Minuten bekommen wir hier kistenweise Akten von der Baubehörde.” Malte runzelte die Stirn. “Oha. Da hat sich die Einrichtung einer neuen SoKo Sylt im Mordfall Lüders aber schnell bezahlt gemacht”, sagte Malte und blickte noch einmal anerkennend in Richtung Lena. Seine Chefin saß jedoch ungerührt hinter dem Steuer und schien in Gedanken die bevorstehende Befragung von Dr. Kolmar durchzugehen.

“Naja, da wird nichts dabei sein, was wir nicht schon elektronisch haben”, bremst Malte Antjes Euphorie ein wenig. “So wie ich den Jenschke kenne, wird er uns im Zweifelsfall eher weniger Informationen schicken, als wir schon auf dem Datenträger haben." Dann entstand eine Pause. Lena, Malte und Antje hatten gleichzeitig dieselbe Idee. „Moment mal! Der Jeschke weiß doch gar nichts von dem Datenträger. Wenn er jetzt tatsächlich noch Akten zurückhält, dann sind die Vorgänge vielleicht wenigstens auf dem Datenträger." Antje war sofort klar, was Malte meinte.

"Klar, wenn wir auf der Festplatte etwas haben, was in den gelieferten Kisten nicht drin ist, dann ist das vielleicht eine heiße Spur." „Das denke ich auch", stimmte Malte ihr zu. "Dann macht euch mal an die Arbeit. Für Jorge ist das sicher kein Problem." Er hörte, wie Antje am anderen Ende der Leitung tief durchatmete. „Na, für Jorge bestimmt nicht", und sie lächelte ihren IT-Spezialisten an. Doch dann wanderte ihr Blick zu den Kisten, die immer noch ins Büro getragen wurden. Sie wusste, dass nur noch sie übrig war, um sie durchzusehen.

"Aber die Akten von Hand durchzugehen, wird etwas länger dauern." Antje wurde bei dem Gedanken ganz schwindelig. "Sie müssen sich beeilen", kam es von Lena hinter dem Steuer. "Als SoKo Sylt müssen wir uns unseren Status erst noch verdienen." Antje hatte es gehört. Malte entschied, dass der Kommentar genug Druck auf das Team ausübte: „Du hast gehört, wie wichtig es ist, also melde dich, sobald du Ergebnisse hast." Mit diesem Satz legte er auf.

Wenig später parkten sie vor dem kleinen Büro der Sylter Ferienholding. Das Gebäude lag weit hinter dem Hafen, und wer nicht gerade Golf spielte, hatte eigentlich keinen Grund, so weit zu fahren. Hinter der großen Fensterscheibe des einstöckigen Gebäudes stand Dr. Kolmar und beobachtete durch die Lamellen, wie die beiden Kommissare aus dem Auto stiegen und langsam auf sein Büro zugingen. Hoffentlich würde ihr Besuch nicht allzu lange dauern. Der Vormittag sollte trocken bleiben und der Wind wehte für Sylter Verhältnisse nur mäßig. Ideale Bedingungen, um 18 Löcher zu spielen. Das wollte er sich nicht entgehen lassen.

Die Türglocke läutete, als Lena und Malte den Raum betraten. "Dr. Kolmar?", fragte Lena in Richtung des Mannes, der nun vom Fenster aus ein paar Schritte auf sie zukam. Kolmar war Mitte fünfzig und viel zu braun gebrannt für diese Jahreszeit auf der Insel. "Der ist bestimmt jeden Tag draußen auf dem Platz", dachte Malte bei seinem Anblick. Kolmar trug keinen Anzug, sondern bereits seine Golfklamotten. "Ja, genau", begrüßte er die beiden Kommissare etwas zu überschwänglich. "Mit wem habe ich das Vergnügen?" Seine überfreundliche Miene passte zu seinen zurückgegelten Haaren, deren schwarze Farbe wohl eher einer dezenten Tönung zu verdanken war. "Hauptkommissarin Berger und das ist mein Kollege Oberkommissar Claasen ...", sie machte eine kurze Pause, bevor sie den Satz beendete, "... von der SoKo Sylt."

Kolmar zog die Augenbrauen hoch. "Seit wann haben wir auf Sylt eine Sonderkommission?", fragte er mit gespielter Überraschung, und Lena und Malte wussten sofort, dass der Bürgermeister gestern Abend nicht nur mit dem Bauamtsleiter telefoniert, sondern auch Kolmar informiert haben musste. "Seit gestern Abend", sagte Lena trocken und kam gleich zur Sache. "Wir ermitteln im Mordfall Lüders", es war das erste Mal, dass Lena jetzt im Zusammenhang mit den Ermittlungen von Mord sprach. Malte beobachtete Kolmars Reaktion. Doch der verzog keine Miene und setzte sich hinter seinen Schreibtisch.

"Setzen Sie sich doch", sagte Kolmar und deutete auf die beiden Stühle, die ihm gegenüber vor dem Tisch standen. "Nehmen Sie sich erst einmal einen Kaffee, wenn Sie möchten." Er deutete auf einen edlen Vollautomaten mit Kaffeepads, der in der Ecke des Raumes stand. "Vielen Dank", lehnte Lena ab, bevor Malte etwas sagen konnte. Etwas Koffein hätte er an diesem Morgen schon vertragen können, dachte er. Aber seine Chefin schien wie immer direkt zur Sache kommen zu wollen.

"Stimmt es, dass Jan Lüders am vergangenen Freitag gegen 16.30 Uhr hier bei Ihnen war?" Kolmar sah die Kommissarin an. "Ja. Nachdem wir fünf Termine in Wenningstedt immer wieder verschieben mussten, kam endlich einer in unserem Büro in Hörnum zustande." Lena schwieg und hörte weiter zu. "Er kannte dieses Büro nicht und war wohl überrascht, dass ich am Freitag in der Nähe war. Ich vermute, deshalb hat er schließlich unserem spontanen Treffen zugestimmt." Kolmar sagte das mit einem zufriedenen Gesichtsausdruck. Malte war sich sicher, dass Kolmar irgendwie herausbekommen hatte, dass Lüders immer um diese Zeit in der Surfschule war, so dass er ihn abfangen konnte.

"Also habe ich ihm die Koordinaten des Standorts geschickt und er kam gegen 16.45 vorbei. Das Treffen dauerte etwa eine Dreiviertelstunde.

Leider ohne das gewünschte Ergebnis." Lena sah Dr. Kolmar an. "Was meinen Sie damit?" "Nun", begann Dr. Kolmar, "Sie wissen vielleicht, dass Herr Lüders alle Ferienhäuser hier auf der Insel auf ihre Rechtmäßigkeit überprüft hat." Lena nickte. "Nun, bei unseren Immobilien stand die Entscheidung noch aus und das war angesichts der anstehenden Kreditverlängerungen etwas ungünstig." Kolmars sehr gewählte Ausdrucksweise wirkte in etwa so schmierig wie sein nach hinten gegeltes Haar.

"Zum Glück hat mir der Bauamtsleiter inzwischen mitgeteilt, dass er sich jetzt persönlich um die Verfahren kümmern will, damit es schneller geht." "Das ist doch eine gute Entwicklung", kommentierte Lena trocken. "Das ist es, nicht wahr? Ich bin gleich mit dem Vorstand unserer Sylter Inselbank verabredet, um ihm die gute Nachricht zu überbringen."

Lena war klar, dass er ein Spiel mit ihnen spielte. Denn beide wussten, worum es bei diesem Verhör ging. Kolmar musste vom Bürgermeister bis ins kleinste Detail gebrieft worden sein, aber so wie die Dinge liefen, ließ er sich nicht mit Wissen aus einem laufenden Ermittlungsverfahren erwischen. Lena kam daher zu der zentralen Frage. "Das heißt, der Tod von Jan Lüders hat ihnen geholfen?"

Kolmar sah sie kühl an. "Sagen wir, es hat die Dinge beschleunigt." Er verzog die Mundwinkel zu einem gepressten Lächeln. "Wo waren Sie am Freitagabend nach dem Treffen?" Kolmar war anzusehen, dass er nur auf diese Frage gewartet hatte. "Ach, das wissen Sie noch nicht?", tat er erstaunt. "Ich habe den Bauamtsleiter in seinem Büro getroffen."

Malte fiel fast vom Stuhl. Lena dagegen ließ sich ihre Überraschung nicht anmerken. Es erschien ihr plausibel, dass Kolmar nach dem gescheiterten Versuch, Jan Lüders von der Einstellung des Verfahrens zu überzeugen, noch einmal Kontakt mit dem Bauamtsleiter aufgenommen hatte. Dennoch wollte sie den Wahrheitsgehalt dieser Aussage noch einmal überprüfen.

"Sie haben ihn persönlich getroffen? Am Freitagabend? Warum haben Sie ihn nicht einfach angerufen?" "Oh, das habe ich. Aber er hatte noch einen Termin, und da ich sowieso nach Hause nach Wenningstedt musste und die Sache wirklich dringend war, bin ich auf dem Heimweg noch bei ihm im Büro vorbeigefahren." "Wie lange hat die Besprechung gedauert?" "Wir saßen bis acht Uhr zusammen." Lena nickte. Kolmar sah auf seine Uhr. "Wenn Sie keine Fragen mehr haben? Wie gesagt, ich bin gleich mit dem Vorstand meiner Bank verabredet."

Lena und Malte verabschiedeten sich. Kolmar folgte ihnen nach draußen. Er schloss das Büro ab und ging gut gelaunt auf einen älteren Herrn zu, der mit seiner Golftasche ein paar Meter weiter in Richtung Golfplatz wartete. Überschwänglich begrüßt er ihn. "Der macht sich nicht mal die Mühe, seine Freude über Lüders plötzliches Ableben zu verbergen", sagte Malte frustriert.

"Entweder hat er wirklich ein hieb- und stichfestes Alibi und tritt deshalb so selbstbewusst auf, oder er ist ein hervorragender Schauspieler und glaubt, sich auf den Bauamtsleiter voll verlassen zu können, wenn er lügt." Lena überlegte. "Wie schätzen Sie ihn ein?" Malte hob den Kopf. "Ich kenne Erik Jeschke, er mag ein Strippenzieher sein und politisch innerhalb und außerhalb seiner Behörde sehr geschickt agieren können ..." Lena wusste, dass gleich ein Aber folgen würde. "Aber er wird niemandem ein falsches Alibi geben. Schon gar nicht bei Ermittlungen in einem Mordfall." Lena überlegte. "Das glaube ich auch nicht. Aber da Sie ihn gut kennen, rufen Sie ihn doch einfach mal an und lassen sich Kolmars Aussage bestätigen."

Während Lena schon wieder im Auto saß, lief Malte auf dem Parkplatz auf und ab und telefonierte. Draußen wehte die Nordseeluft und über dem Watt zogen Vögel ihre Kreise. Es war fast Mittag. Einige Golfer standen an den Abschlägen, die man von hier aus noch sehen konnte, und Malte fragte sich, was Menschen daran reizte, einen kleinen weißen Ball hunderte Meter weit zu schlagen, um ihn in ein winziges Loch zu befördern. Selbst wenn er sich diesen Sport hätte leisten können, hätte er immer die Natur vorgezogen, die Sylt zu bieten hatte.

Es dauerte keine zehn Minuten, dann saß Malte wieder im Auto. "Und?", wollte Lena wissen. "Jeschke hat das Alibi bestätigt." "Das hört sich schon wieder nach einem 'Aber' an", hakte Lena nach. "Na ja. Er hat bestätigt, dass Kolmar zur fraglichen Zeit bei ihm war. Damit können wir ausschließen, dass einer von beiden am Tatort war, als Lüders der Schädel eingeschlagen wurde."

Malte machte eine Pause. "Aber er bestreitet, vorher einen Termin gehabt zu haben." Lena runzelte die Stirn. "Das ist merkwürdig. Das ist doch für das Alibi völlig unerheblich. Warum widersprechen sich ihre Aussagen in diesem Detail?" "Keine Ahnung. Aber irgendetwas übersehen wir die ganze Zeit. Zumindest scheint hier jeder etwas zu verbergen zu haben." Lena stimmte ihm zu.

"Ich habe auch noch etwas", sagte sie plötzlich. "Während Sie mit dem Bauamtsleiter telefoniert haben, hat Arne Richter angerufen." "Hat die Autopsie etwas Neues ergeben?" "Nein. Allerdings hat er noch nicht alle Untersuchungen abgeschlossen. Aber die Spurensicherung hat etwas an der Ausrüstung gefunden." Malte zog die Augenbrauen hoch. "Was denn?" "Die Leine des Kites ist tatsächlich mit einem Messer angeschnitten worden. Sie ist nicht zufällig gerissen."

"Und?" Lena lächelte. Ihr Oberkommissar hatte ein wirklich gutes Gespür dafür, wenn noch nicht alle Informationen auf dem Tisch lagen. "Es wurden geringe Restspuren von Holzsplittern gefunden, die wahrscheinlich von dem Messer stammen." Malte verstand sofort, was sie meinte. "Tom Brinkmann!" "Oder zumindest sein Messer." Sie machte eine Pause. Dann sah sie auf die Uhr. "Ist Hendrik Voss schon in der Surfschule, um die Liste abzuholen?" Malte griff schon nach seinem Handy, als Lena weitersprach. "Er soll sofort nachfragen, ob Brinkmann da ist, das Messer sicherstellen und sofort zur KTU bringen." Malte wählte umgehend Hendriks Nummer und gab die Anweisungen weiter.

"Und was machen wir jetzt?" "Das, was wir immer machen", sagte Lena. Malte hatte das Gefühl, dass es ihr langsam Spaß machte, mit ihm zu arbeiten. Auch wenn sie aus irgendeinem Grund immer wieder versuchte, diesen Eindruck zu zerstreuen. Aber das würde er noch herausfinden. "Wir fahren das kurze Stück zum Hafen und machen eine kurze Lagebesprechung. Hendrik soll auch dorthin kommen, wenn er in der Surfschule fertig ist." "Wo genau?" Wieder verzog Lena keine Miene. "Na, zu dem Stand mit den Fischbrötchen."

KAPITEL 25

Hendrik hatte sich die Observation von Nils Rogard spannender vorgestellt. Voller Tatendrang war er am Dienstagmorgen um 5 Uhr in seiner kleinen Wohnung in Westerland aufgestanden und hatte sich ab 6 Uhr vor Rogards Wohnung in Hörnum postiert. Ausgerüstet mit heißem Kaffee wartete er im Auto und beobachtete den Hauseingang. Gut drei Stunden passierte so gut wie nichts. Hörnum erwachte langsam und das einzige, was Hendrik beobachten konnte, waren die vielen Urlauber, die zum einzigen Bäcker im Ort gingen und mit vollen Brötchentüten zurückkamen. Gegen 9 Uhr bekam auch er langsam Frühstückshunger. Gerade als er überlegte, ob er es sich leisten könnte, seinen Posten zu verlassen, um schnell etwas beim Bäcker zu holen, kam Nils Rogard aus seiner Wohnung und stieg in sein Auto.

Hendrik fuhr ihm unbemerkt hinterher. Rogard lenkte seinen Wagen ein Stück durch den Ort bis zum Parkplatz vor der Fußgängerpromenade, kaufte sich dort einen Kaffee und ging dann zu Fuß zu seiner Surfschule, die um diese Zeit noch geschlossen war. Hendrik wartete einen Moment, stieg dann aus dem Auto und folgte ihm. Aus einiger Entfernung beobachtete er, wie der Surfschulbesitzer die Klappe am Tresen der Surfschule öffnete und in die kleine Hütte ging. Er wirkte etwas verstohlen. Auf dem Weg zur Surfschule überlegte Hendrik fieberhaft, von wo aus er seine Observation am besten fortsetzen sollte. Wenn er weiter in Richtung Schule lief, konnte er sich nirgendwo unauffällig niederlassen, denn am Ende der Promenade gab es nur noch ein Lokal, das um diese Zeit noch geschlossen war.

Also ging er von der Promenade hinunter zum Strand und setzte sich in einen der Strandkörbe. Von dort aus hatte er einen guten Blick auf die Surfschule. Ab und zu sah Hendrik Rogard am Fenster der Theke auftauchen. Soweit er es von hier aus erkennen konnte, schien er in irgendwelchen Papieren zu blättern und sah dabei nicht gerade glücklich aus. "Vielleicht kontrolliert er noch einmal die Liste, die er bis heute Mittag fertig machen muss", überlegte Hendrik, als plötzlich eine zweite Person auftauchte.

Es war eine junge Frau, und Hendrik erkannte Svea Weber, deren Foto wie das von Rogard und anderen an der Ermittlungswand im Dienstzimmer hing. Ein großes Fragezeichen hinter dem Wort "Alibi" war Hendrik im Gedächtnis geblieben. Es stand über der Linie, die Svea Webers Foto mit dem von Rogard verband. Hendrik fand sie schon auf dem Foto attraktiv, aber selbst aus der Entfernung konnte er erkennen, dass sie in Wirklichkeit noch viel hübscher war. Sie schien sich mit Rogard zu streiten. Hendrik überlegte, wie er näher an das Geschehen herankommen konnte, um zu hören, worum es ging.

"Haben Sie den Strandkorb gemietet?" Neben Hendrik tauchte plötzlich ein etwa vierzigjähriger Mann auf, der sich mit fragendem Blick seitlich zu ihm in den Strandkorb lehnte. Eine Schirmmütze verdeckte sein lichter werdendes Haar, und mit seiner braunen Lederumhängetasche über den khakifarbenen Shorts und dem ausgewaschenen T-Shirt sah er aus wie ein Rentner auf Kaffeefahrt.

"Nein, ich habe mich nur kurz hingesetzt", sagte Hendrik und versuchte, die Surfschule nicht aus den Augen zu verlieren. "Sie müssen trotzdem Miete zahlen, wie jeder andere Urlauber auch." Sofort zog der Mann einen Block und einen Stift aus seiner kleinen Umhängetasche und begann zu schreiben. "Ich mache hier keinen Urlaub, ich ..." Hendrik hielt inne. Er durfte dem Mann nichts von der Observation erzählen. "...ich bin dienstlich hier."

Der Mann zog die Augenbrauen hoch. "So, so, dienstlich", begann er mit starkem nordfriesischem Akzent. Wahrscheinlich hatte er schon bessere Ausreden von Leuten gehört, die sich immer wieder in Strandkörbe setzten, ohne sie vorher gemietet zu haben. "Auch wenn Sie nur dienstlich hier sitzen wollen, müssen Sie diesen Strandkorb mieten." Der Mann ließ sich nicht beirren. Inzwischen hatte er den Korb komplett umrundet und versperrte Hendrik die Sicht auf die Surfschule.

"Hören Sie, ich muss mich hier wirklich auf etwas anderes konzentrieren", sagte Hendrik ungehalten und versuchte, an dem Mann vorbeizuschauen. "Kein Problem", brummte der Mann, "zahlen Sie einfach Ihre 80 Euro Miete, dann können Sie sich hier konzentrieren, auf was immer Sie wollen". Dabei reichte er Hendrik einen Zettel, der wohl eine Art Kurzmietvertrag sein sollte. "80 Euro!" entfuhr es Hendrik, als er einen kurzen Blick darauf warf. "Das ist selbst für Sylt ein Wucherpreis."

Der Mann blieb ruhig. Auch diese Reaktion kannte er zur Genüge. "Wenn man den Strandkorb nicht im Voraus mietet, sondern erst bei der Kontrolle, wird eine erhöhte Mietgebühr fällig", erklärte er gelassen. Hendrik platzte der Kragen. Er zögerte einen Moment, entschied sich dann aber doch, seinen Dienstausweis zu zücken, um den Mann schnell wegschicken zu können. "Voss, Kriminalpolizei." Er hielt kurz inne. "SoKo Sylt", fügte er hinzu, um dem Ganzen etwas mehr Gewicht zu verleihen. "Bitte gehen Sie weiter, ich bin gerade im Einsatz."

Doch der Strandkorbvermieter zeigte sich unbeeindruckt. "Und wenn Sie der Kaiser von China wären, müssten Sie trotzdem Ihre Gebühr bezahlen. Gerade Sie von der Polizei sollten das doch wissen." Hendrik war jetzt richtig genervt. "Hören Sie, Sie behindern hier wirklich wichtige Polizeiarbeit. Ich hoffe, das ist Ihnen klar." Hendrik versuchte noch einmal vorbeizuschauen und stellte erschrocken fest, dass er Nils Rogard nicht mehr an der Surfschule sehen konnte.

Mit einem Satz sprang er aus dem Strandkorb und versuchte erneut, den Besitzer der Surfschule ausfindig zu machen. „Verdammt, wo ist er?" Der Strandkorbvermieter hielt ihm immer noch seinen Zettel hin, aber Hendrik schob ihn beiseite und trat ein paar Schritte vor, um besser sehen zu können. Doch von Nils Rogard war nichts zu sehen. Hendrik überlegte fieberhaft. Dann entschloss er sich, schnellen Schrittes zur Promenade zu laufen. Er musste sich noch einmal vergewissern, dass der

Surfschulbesitzer nicht doch noch in der Hütte war. Die wütenden Rufe des Strandkorbvermieters hinter ihm hörte er schon nicht mehr.

Doch als er sich dem kleinen Bretterverschlag näherte, sah er deutlich, dass nur noch Svea Weber darin saß. "Mist! Er ist weg", dachte Hendrik. Sofort rannte er über die Strandpromenade zurück zum Parkplatz, in der Hoffnung, Nils Rogards noch zu erwischen, bevor er in sein Auto stieg. Panik erfasste Hendrik. Er sollte eine Observation durchführen, und nach nicht einmal ein paar Stunden hatte er seine Zielperson schon wieder aus den Augen verloren. *Sie sind natürlich alle nur auf Probe dabei*, gingen ihm die Worte seiner Chefin durch den Kopf.

Er setzte sich in sein Auto und fuhr so schnell er konnte zu Nils Rogards Wohnung. Verzweifelt stellte er fest, dass auch dort keine Spur von dem Surfschulbesitzer oder seinem Auto zu sehen war. Hendrik überlegte angestrengt. Dann fiel ihm etwas ein. Nach kurzem Zögern griff er zum Telefon, suchte die Nummer der Surfschule im Internet und rief an. Einen Moment später meldete sich Svea Weber. „Ja bitte?" „Hier ist der Paketdienst Westerland. Wir haben eine Sendung für Herrn Rogard. Er ist leider nicht zu Hause. Wissen Sie, wo wir ihn finden können?"

Es war ein gewagtes Manöver, aber Hendrik wusste, dass er sonst keine Chance gehabt hätte, herauszufinden, wohin Nils Rogards gefahren war. „Er ist in Rantum. Aber Sie können das Paket gerne hierher bringen." Das genügte Hendrik als Information. „Tut mir leid, persönliche Zustellung", sagte er noch, bevor er schnell auflegte und seinen Wagen wieder startete. Rantum war eigentlich zu groß, um Rogard dort zu erwischen, aber vielleicht würde er ihn vorher auf der Landstraße einholen.

Also gab Hendrik Gas und raste durch die wenigen Straßen des Ortes, bis er die Straße nach Rantum erreichte. Er versuchte, in einem der Autos vor ihm den Wagen von Nils Rogard zu erkennen. Doch vergeblich. Er überholte ein Auto nach dem anderen und wäre beinahe mit einem Lastwagen im Gegenverkehr zusammengestoßen, denn die Straße war eng und selbst an einem Vormittag im Mai stark befahren. Kurz vor Rantum musste er wegen der kurvigen Strecke abbremsen und fuhr dann langsam auf der Hauptstraße durch den Ort, in der Hoffnung, Rogards Wagen irgendwo links oder rechts der Straße zu entdecken.

Nachdem er mindestens 20 Minuten so durch den Ort gefahren war, gab er auf. Niedergeschlagen beschloss Hendrik, zurück zur Surfschule nach Hörnum zu fahren, in der Hoffnung, dass Rogard an diesem Vormittag dort noch einmal auftauchen würde. Mittags musste er ohnehin die Liste von der Schule abholen. Hendrik parkte sein Auto wieder auf dem Parkplatz vor der Fußgängerpromenade und blieb erst einmal darin sitzen. Sollte Nils Rogard zurückkommen, würde auch er sein Auto hier abstellen. Wieder verging einige Zeit, ohne dass etwas passierte. Hendrik hatte das Fenster seines Wagens heruntergelassen und ließ sich die raue Nordseeluft um die Nase wehen. Er war frustriert. Vor allem überlegte er, wie er seinen Fehler erklären sollte. Bei Lena Berger hatte er seit ihrem Dienstantritt kein gutes Bild abgegeben.

Als es Mittag wurde, war Nils Rogard immer noch nicht zurück. Hendrik blieb nichts anderes übrig, als zur Surfschule zu gehen und die Liste zu holen. Vielleicht konnte er von Svea Weber erfahren, wo genau sich Rogard in Rantum aufhielt. Dann konnte er versuchen, seine Observation fortzusetzen. Als er die Strandpromenade entlang ging, klingelte plötzlich sein Handy. Es war Claasen. Mit einem etwas mulmigen Gefühl nahm Hendrik den Anruf entgegen. Er hatte sich noch nicht überlegt, wie er dem Oberkommissar erklären sollte, dass Rogard ihm bei der Observation entwischt war.

"Hendrik, bist du schon in der Surfschule?" "Kurz davor. Warum?" Hendrik betete, dass sein Chef ihn jetzt nicht auf Rogard ansprechen würde. "Die gerissene Leine des Kites von Jan Lüders wurde vorher mit einem Messer angeschnitten. Die Spurensicherung hat auch Holzrückstände gefunden. Wir wissen, dass Tom Brinkmann ein Messer besitzt, mit dem er immer Holzfiguren geschnitzt hat. Du musst unbedingt sein Messer sicherstellen, wenn er in der Surfschule ist, und dich dann melden." Hendrik hatte verstanden. Erleichtert legte er auf. Zum Glück war das Thema nicht auf Nils Rogard gekommen.

"Kommissar Hendrik Voss, SoKo Sylt", stellte er sich Svea Weber vor. "Kommen Sie wegen der Liste?", fragte sie und kramte schon nach den Zetteln, die sie gestern für Nils Rogard zusammengestellt hatte. "Ja, unter anderem", sagte Hendrik und sah sich um. "Ist Tom Brinkmann da?" "Der ist noch unten am Strand." Svea deutete auf eine Stelle kurz vor dem Wasser, wo einige Surflehrer die Ausrüstung des Vormittagskurses zusammenpackten.

"Sein Unterricht ist gerade zu Ende. Er kommt sicher gleich zum Essen hoch." "Wissen Sie, wo er sein Messer hat?" Jetzt sah Svea ein wenig erschrocken aus. "Das, mit dem er die Figuren schnitzt?", fragte sie ein wenig verunsichert und deutete auf die vielen Holzsurfer im Regal. Hendrik nickte. "Ich glaube, in seinem Schließfach hier oben", Svea deutete hinter sich auf einen kleinen Holzschrank, in dem die Surflehrer ihre Wertsachen aufbewahrten. "Darf ich mal reinschauen?" Svea zögerte. "Er hat den Schlüssel dabei. Vielleicht bitten sie ihn gleich, das Fach zu öffnen. Da kommt er." Svea deutete auf den jungen Mann im Neoprenanzug, der jetzt den Strand hinauflief. Wenige Minuten später stand Tom Brinkmann vor der Surfschule.

Hendrik zeigte ihm seinen Ausweis und stellte sich kurz vor. "Sie sind jetzt der vierte Kommissar, den ich treffe, der in diesem Fall ermittelt", sagte Tom. "Wie groß ist Ihre Truppe?" Hendrik ging nicht darauf ein. "Herr Brinkmann, ich muss Sie bitten, mir Ihr Messer auszuhändigen." Tom wurde blass. "Warum denn das? Was wollen Sie mit meinem Messer?" "Geben Sie es mir bitte einfach." Hendrik sah, wie sich die Gedanken in Toms Kopf überschlugen.

"Ich habe es verloren", behauptete Brinkmann plötzlich. Hendrik glaubte ihm kein Wort. "Wann genau haben Sie es verloren?" Tom wurde nervös. "Das weiß ich nicht. Wahrscheinlich gestern auf dem Rückweg vom Strand. Da hatte ich es noch." Hendrik sah ihn an. "Würden Sie bitte einmal Ihr Schließfach öffnen?", sagte Hendrik kurz und deutete in Richtung des Schranks. Svea hatte das Gespräch mit wachsender Verwunderung verfolgt. Sie war sich sicher, dass Tom heute Morgen unter anderem sein Messer dort hineingelegt hatte.

"Natürlich", sagte Tom und machte einen Schritt um den Kommissar herum in den kleinen Anmelderaum der Surfschule. Doch von einer Sekunde auf die andere rannte er los und flüchtete über die Promenade. "Halt!", rief Hendrik noch und rannte ihm sofort hinterher. Damit hatte er nicht gerechnet. Tom lief so schnell er konnte. Aber er musste einigen

Urlaubern ausweichen, die ihm entgegen kamen, und das kostete ihn wertvolle Zeit. Trotzdem kam er im Slalom schnell in Richtung Parkplatz. Fast wäre er mit einer älteren Dame zusammengestoßen, aber er konnte gerade noch ausweichen und hielt sein Tempo auch auf der überfüllten Promenade.

Hendrik stürmte hinterher. Er verzichtete darauf, seine Dienstwaffe zu ziehen, um keine Panik auszulösen. Auf der Promenade waren auch Familien mit kleinen Kindern. “Stehen bleiben!”, rief er noch einmal und stolperte schon über einen angeleinten Hund. Doch Hendrik kam schnell wieder auf die Beine. Noch immer sah er Tom vor sich. Der hatte nur ein paar Meter Vorsprung. Also lief Hendrik weiter und beschleunigte sein Tempo. Die Besucher wichen den beiden aus, die sich im beschaulichen Hörnum um die Mittagszeit eine Verfolgungsjagd lieferten, und Hendrik holte den Surflehrer langsam ein. Der war nicht über den Parkplatz abgebogen, sondern rannte weiter die Strandpromenade entlang in Richtung Hafen. “Der hat keinen Plan, was er da macht”, dachte Hendrik noch kurz, während er keuchend den Abstand immer weiter verkürzte.

Es dauerte keine Minute, da erreichte Tom auch schon den Hafen. “Halten Sie endlich an. Das bringt doch nichts”, rief Hendrik. Die Besucher der Stände an der Hafenpromenade drehten sich jetzt um und sahen in die Richtung von Tom und seinem Verfolger. Doch der Surflehrer ließ nicht locker und rannte an den Ständen vorbei. Dann sah Hendrik, wohin er wollte. Neben dem Hafen führte eine lange, steile Holztreppe hinauf in den Ortsteil Hörnums, wo die Kirche stand. Wenn Tom es bis dorthin schaffte, würde er in einer der Straßen verschwinden und Hendrik bliebe nichts anderes übrig, als Verstärkung anzufordern.

Doch plötzlich sprang ein Mann von einem der Stehtische auf, packte Tom Brinkmann im Laufen am Arm, riss ihn zu Boden und kniete sich über ihn. Hendrik kam Sekunden später dazu und sah, in wen Tom da gerannt war. “Weglaufen macht keinen guten Eindruck”, sagte Malte Claasen und zückte schon die Handschellen. “Sie sind vorläufig festgenommen”, sagte er zu einem blassen Tom Brinkmann, der zitternd am Boden lag. “Den Rest klären wir auf der Wache.” Hendrik sah jetzt auch Lena Berger an einem der Tische stehen. “Wollten Sie beide nicht nach Wenningstedt?", fragte Hendrik erstaunt. "Hier gibt es die besten Fischbrötchen", sagte Malte, immer noch über Tom Brinkmann gebeugt. "Ich fürchte, die müssen wir uns jetzt einpacken lassen. Genau wie das Paket hier." Dann griff er nach Toms Armen und ließ die Handschellen klicken.

KAPITEL 26

Birgit Falk war nervös. Die Saunabesitzerin fragte sich, ob es wirklich eine gute Idee gewesen war, sich auf den Handel einzulassen. Aber sie brauchte das Geld. Das Saunageschäft lief schon lange nicht mehr so gut wie früher. Zu viel Konkurrenz war in den letzten Jahren auf der Insel entstanden. Sogar in Hörnum gab es jetzt ein Luxushotel und eine neue Ferienanlage. Beide Einrichtungen verfügten über ein modernes Wellness-Angebot. Da für das Ferienresort das Kurhaus und die alte Schwimmhalle weichen mussten, hatte die Gemeinde ausgehandelt, dass die Sauna- und Badelandschaft des Ferienresorts auch den Einheimischen zur Verfügung stand. Als Tagesgäste zahlten sie einen eher symbolischen Preis. Das kostete Birgit Falk viele Stammgäste. Zwar war eine Strandsauna mit Zugang zur Nordsee als Abkühlbecken immer noch eine besondere Attraktion, aber die Zahl der Gäste reichte immer weniger aus, um die immens gestiegenen Energiekosten zu bezahlen, mit denen die Saunabesitzerin zu kämpfen hatte.

Auf den ersten Blick schien es ihr also in Ordnung, aus ihrem Wissen Kapital zu schlagen. Schließlich hatte sie gesehen, wer Jan Lüders an jenem Freitagabend an ihrer Sauna vorbei gefolgt war, als dieser bereits auf dem Wasser war. Zwar war ihr das sofort etwas merkwürdig vorgekommen, weil die Person noch nie bei so starkem Wind dort draußen gewesen war, aber sie hatte sich zunächst nichts dabei gedacht. Eher verdächtig war ihr erschienen, dass die Person bereits kurze Zeit später vom Strand zurückgekehrt war. Aber auch das hatte sie zunächst auf das Wetter geschoben und sah sich bestätigt, dass die selbst für einen Kiter wie Jan Lüders sehr herausfordernden Windverhältnisse an diesem Abend auch sonst niemanden lange dort unten bei den Tetrapoden hielten.

Doch als sie vom Tod des jungen Kiters erfuhr und die Polizei die Öffentlichkeit um Hinweise bat, wurde ihr klar, dass es kein Unfall war, der den armen Jan Lüders das Leben gekostet hatte. Sie musste zugeben, dass sie nicht lange für ihren Entschluss gebraucht hatte. Ihre Situation ließ das einfach nicht zu. Deshalb hatte Birgit Falk noch am selben Tag Kontakt mit der Person aufgenommen und sie vor die Wahl gestellt. Entweder sie erzähle der Polizei, wen sie an dem Abend gesehen habe, oder sie bekomme eine stattliche Summe für ihr Schweigen. Als man ihr das Geld ohne Zögern zusagte, ärgerte sie sich zunächst, nicht gleich mehr verlangt zu haben. Doch mit dem Angebot, sie könne sich noch etwas dazuverdienen, war der Ärger sofort verflogen. Wenn sie mehr wolle, müsse sie der Polizei nur einen falschen Tipp geben. Auch dazu war sie angesichts der in Aussicht gestellten Summe schnell bereit.

Doch gerade deshalb hatte Birgit Falk nun ein ungutes Gefühl. Denn ihr war bewusst geworden, dass sie mit ihrer Aussage möglicherweise einen Unschuldigen belastet hatte. Zwar hatte sie sich entgegen der Absprache im letzten Moment dazu entschlossen, besonders vage zu bleiben, wen sie im Bulli gesehen hatte. Aber sie wusste von diesem Moment an, dass sie das nähere Umfeld von Jan Lüders einem Mordverdacht ausgesetzt hatte. Doch für Reue war es zu spät. Gleich würde sie an das Geld kommen, und der Gedanke daran verdrängte zumindest ein wenig ihr schlechtes Gewissen.

Es war schon spät am Dienstagvormittag, als Birgit Falk im Vorraum ihrer Sauna auf die Person wartete, die ihr das Geld für diesen Mittag versprochen hatte. Die Regenschauer der vergangenen Tage hatten sich verzogen, der Himmel klarte auf und durch das Fenster des Vorraums konnte sie die herrliche Dünenlandschaft Sylts bewundern. Der Wind wehte leicht durch die Gräser, und die Saunabesitzerin konnte bei diesem Anblick fast die salzige Luft schmecken, die von der Nordsee herüberwehte und der Insel das raue Klima verlieh, das sie so liebte. Durch dieses Fenster hatte sie die Person am vergangenen Freitag auf dem Weg zum Strand gesehen. Noch einmal ließ sie alles Revue passieren, was seitdem geschehen war. Sie war so in Gedanken versunken, dass sie gar nicht bemerkte, wie sich langsam und lautlos hinter ihr die angelehnte Tür der Sauna ein wenig öffnete.

Ein dunkler Schatten trat hervor. Die Person, mit der Birgit Falk erst später verabredet war, hatte sich in der Sauna versteckt und auf sie gewartet. Nun schlich sie sich bedrohlich an die Saunabesitzerin heran. Der Schatten hatte sich ihr bis auf einen Meter genähert, als Birgit Falk plötzlich spürte, dass noch jemand mit ihr im Raum war. Ein leises Knacken war nun von hinten zu hören, und als ihr Blick von der Dünenlandschaft auf das spiegelnde Glas des Fensters fiel, erkannte sie, wer hinter ihr stand.

Im selben Augenblick warf ihr die Person ein Seil um den Hals, und bevor sie etwas dagegen tun konnte, zog sich die Schlinge zu und schnürte ihr die Luft ab. Instinktiv griff sie sich an den Hals und versuchte, sich zu befreien, aber das Seil machte bereits einen Ruck und zog sie nach oben. Der Schatten hatte das andere Ende über einen der Deckenbalken geworfen und zog sie nun daran hoch. Statt Schreie brachte Birgit Falk nur noch würgende Laute hervor. Das Seil schnürte ihr die Kehle zu. Ihre Beine zappelten über dem Boden, während die Person mit aller Kraft das Seil festhielt. Mit funkelnden Augen sah sie zu, wie die Saunabesitzerin nach Luft rang und um ihr Leben kämpfte.

Ihre Kräfte schwanden schnell. Sie merkte schon, wie sie schwächer wurde und wusste, dass es nun zu Ende ging. Kurz bevor sie das Bewusstsein verlor, fiel ihr Blick noch einmal aus dem Fenster. Die wunderschöne Dünenlandschaft tat sich vor ihr auf. Es war das Letzte, was sie sah. Dann nahm die Dunkelheit sie mit in die ewige Nacht.

Die Person knotete das Seil an einem der Balken fest. Dann betrachtete sie für einen kurzen Moment die tote Frau, die baumelnd in der Luft hing. “Freitod aus Geldnot”, dachte der Schatten. Tragisch, aber plausibel. Niemand würde Fragen stellen. Die Person wusste, wie es sich anfühlte, jemandem das Leben zu nehmen. Aber sie konnte sich nicht daran gewöhnen. Wenn es nach ihr gegangen wäre, hätte man allen den

Tod erspart. Aber es ging ja nicht nach ihr. So hatte sie tun müssen, was sie getan hatte, und verließ den Raum mit tiefem Bedauern. Hoffentlich war es das letzte Opfer, dachte sie, als sie auf dem Dünenweg verschwand. Aber sicher sein konnte sie sich dabei nicht.

KAPITEL 27

Tom Brinkmann saß allein auf einem schmalen, unbequemen Stuhl im trostlosen Vernehmungszimmer der Westerländer Polizeidienststelle. Er war sichtlich angespannt und nervös. Seine Handgelenke schmerzten. Die Handschellen hatte ihm Claasen sofort abgenommen, kurz nachdem er ihn in den Raum geführt und dann ohne ein weiteres Wort wieder allein gelassen hatte. Seitdem war eine kleine Ewigkeit vergangen. Aber Brinkmann spürte immer noch den Druck des Metalls auf seinen Gelenken. Die ganze Fahrt von Hörnum hatte er im Dienstwagen der Polizei gesessen, die Hände auf dem Rücken verschränkt. Die Abdrücke unter seinen Handflächen erinnerten ihn daran.

Der junge Surflehrer hatte seit seiner Festnahme im Hafen von Hörnum kein Wort mehr gesagt. Obwohl ihn Malte über seine Rechte aufgeklärt hatte, hatte Brinkmann nicht nach einem Anwalt gefragt. Dennoch war ihm anzusehen, dass sein Unbehagen mit jeder Minute wuchs, die er allein in dem kargen Raum verbrachte. Er schien schlicht mit der gesamten Situation vollkommen überfordert zu sein. Lena und Malte beobachteten ihn durch die verspiegelte Scheibe. Sie kannten die Wirkung, die das Warten in dem Raum mit den kahl gestrichenen Wänden haben konnte. "Wie lange sollen wir ihn noch so schmoren lassen?", fragte Malte. Lena starrte Brinkmann durch die Glasscheibe an. Fast schien es, als könnte sie anhand seiner Gesichtszüge berechnen, wann der Zeitpunkt gekommen war, an dem er ihnen im Verhör widerstandslos alles erzählen würde. Bevor sie Claasen antworten konnte, trat Hendrik auf sie zu.

"Das Messer haben wir in seinem Schließfach in der Surfschule gefunden." Hendrik stand neben den beiden Kommissaren und hielt eine durchsichtige Plastiktüte hoch, in der sich der gesuchte Gegenstand befand. Malte nickte. "Ich glaube, das ist das Messer, das Tom Brinkmann bei sich hatte, als wir ihn gestern Nachmittag bei den Tetrapoden trafen." "Svea Weber hat uns das Fach geöffnet und auch noch einmal bestätigt, dass es Tom Brinkmanns Messer ist", stimmte Hendrik zu.

"Hatte sonst noch jemand Zugang zu dem Schließfach?", fragt Lena. "Na ja, Frau Weber meinte, dass die Surfschule für Notfälle einen Generalschlüssel für alle Schließfächer hat. Den bekommt aber nur die Person, die gerade an der Anmeldung arbeitet." "Wer kommt da in Frage?" Hendrik zückte seinen Notizblock, auf dem er sich Svea Webers Aussage notiert hatte. "Eigentlich nur sie selbst, eine Kollegin mit dem Namen ..." Hendrik warf einen Blick auf seine Notizen: "...Mareike Lange, die aber immer nur mittwochs, donnerstags und sonntags da ist, und natürlich Nils Rogard." "Verstehe", sagte Lena knapp.

Hendrik blickte von seinen Notizen auf: "Aber ich glaube nicht, dass jemand anderes das Messer benutzt hat, um die Leine des Kites anzuschneiden. Warum sonst sollte Tom Brinkmann erst behaupten, das Messer verloren zu haben, und dann weglaufen, als ich ihn bat, seinen Schließfachschrank zu öffnen, in dem es dann doch lag". "Vielleicht hatte er plötzlich großen Hunger auf Fischbrötchen?", scherzte Malte. Der Gedanke an das Fischbrötchen, das er auf der Fahrt nach Westerland im Auto gegessen hatte, ließ ihn zufrieden lächeln.

Doch dann sah er wieder Lenas irritierten Gesichtsausdruck und fügte schnell hinzu: "Das war ein Scherz", wobei er das letzte Wort absichtlich in die Länge zog. Hatte seine Chefin wirklich keinen Sinn für Humor und nahm jede Bemerkung ernst? Hendrik hingegen schluckte sein Lachen schnell herunter, als ihn Lenas strafender Blick traf. Er hatte bei der neuen Hauptkommissarin noch nicht viele Pluspunkte sammeln können und wollte auf keinen Fall unangenehm auffallen.

“Das werden wir gleich herausfinden”, sagte Lena. “Schicken Sie das Messer erst einmal sofort nach Flensburg zur Spurensicherung. Mal sehen, wer am schnellsten bestätigen kann, ob es das Messer ist, mit dem die Kiteleine an Jan Lüders Ausrüstung angeschnitten wurde, die Spusi oder wir. Am besten kommen Sie beide mit.” Mit diesen Worten machte sich die Hauptkommissarin auf den Weg in den Vernehmungsraum.

“Wollen wir nicht erst mal Antje vorbeischicken und ihm Kaffee bringen, so als “Guter Cop, böser Cop”-Nummer? Er hat bisher nichts gesagt und vielleicht bekommen wir sonst nur noch mehr Schweigen oder die Frage nach einem Anwalt.” Lena war anzumerken, dass sie, wenn überhaupt, die böser Polizist Nummer nachvollziehen konnte, aber sie ließ Malte gewähren. Tom Brinkmann machte auf sie trotz seiner zunehmenden Nervosität nicht den Eindruck, als würde er sein Schweigen brechen, im Gegenteil. Er gehörte eher zu den Verdächtigen, die aus Angst gar nichts mehr sagten. Davon war Lena mittlerweile überzeugt. Also rief Malte zuerst Antje zu sich und erklärte ihr ihre Rolle in diesem Verhör.

“Oh, hat Ihnen noch niemand einen Kaffee gebracht?”, fragte Antje ein paar Minuten später Tom Brinkmann mit besorgter Miene, als sie mit einer Kanne frisch gebrühten, duftenden Kaffees den Vernehmungsraum betrat. Zuerst hatte sie auch daran gedacht, einen Teller mit Keksen auf das Tablett zu legen, aber dann die Idee wieder verworfen, weil sie befürchtete, es mit der „Guter Polizist, böser Polizist“-Nummer zu übertreiben. Freundlich stellte sie den Kaffee mit Milch und Zucker vor Tom Brinkmann auf den Tisch.

Zufrieden sah sie, wie sich sein eingeschüchterter Blick ein wenig aufhellte. „Nur schwarz, bitte“, sagte er leise. „Wenigstens fängt er an zu reden“, dachte Antje bei sich und machte mit der Nummer weiter. „Wir kennen uns doch noch vom Samstag“, sagte sie mit einem warmen Lächeln und reichte ihm die Hand, nachdem er den ersten Schluck Kaffee getrunken hatte. „Antje. Antje Möller. Erinnern Sie sich?“, stellte sie sich noch einmal vor, und in seinen Augen sah sie, dass er ein wenig dankbar war, in dieser Umgebung auf einen freundlichen Menschen zu treffen.

„Der kommt mir ein bisschen naiv vor“, meinte Hendrik etwas abschätzig, als er Tom Brinkmanns Reaktion durch die verspiegelte Fensterscheibe beobachtete. „Oder er ist einfach ein sehr guter

Schauspieler", fügte Malte hinzu und beobachtete dabei aufmerksam jede Regung in Brinkmanns Gesicht. Drinnen im Vernehmungsraum schaute Tom Brinkmann Antje Möller hoffnungsvoll an. „Ja, ich erinnere mich. Sie waren so fürsorglich zu Svea, als Sie ihr die schreckliche Nachricht von ...", er stockte, "... von Jans Unfall überbracht haben."

Antje registrierte aufmerksam, dass Tom Brinkmann immer noch von einem Unfall sprach. Für den weiteren Verlauf des Gesprächs ignorierte sie diese Bemerkung jedoch zunächst. Antje hatte sich eine Strategie zurechtgelegt, um ihn dazu zu bringen, ihr alles über den Einsatz des Messers zu erzählen, und diese Strategie sah nicht vor, seine Aussagen wie in einem Verhör in Frage zu stellen.

"Ja, wirklich sehr tragisch", sagte sie mitfühlend. "Hören Sie", sagte sie plötzlich mit verschwörerischer Stimme und beugte sich ein wenig vor: „Ich glaube Ihnen, dass Ihnen der Tod Ihres Freundes nahe geht, aber meine Kollegen haben Hinweise darauf gefunden, dass da nicht alles mit rechten Dingen zugegangen ist." Sie konnte sehen, wie Tom Brinkmann über diesen Satz nachzudenken begann.

"Ich dürfte es Ihnen eigentlich nicht sagen", begann Antje Müller ihren Trumpf auszuspielen, "aber irgendwie scheint Ihr Messer in die Sache verwickelt zu sein." Sie sah, wie Brinkmann bei dieser Bemerkung unruhig wurde. Er schien sich in einem Konflikt zu befinden. Sie spürte, dass er ihr mehr erzählen wollte und nur einen kleinen Anstoß brauchte, um zu sagen, was er wusste. Also beschloss Antje, alles auf eine Karte zu setzen. „Sie dürfen den Kollegen gegenüber nicht erwähnen, dass sie es von mir haben, aber die Spurensicherung hat wohl inzwischen zweifelsfrei nachgewiesen, dass eine Leine des Kites mit Ihrem Messer angeschnitten wurde."

Draußen vor der Scheibe wurden die Augen von Lena Berger immer größer, als sie das hörte. Das war ein völlig unzulässiges und vor allem nicht abgesprochenes Vorgehen. Lena wollte gerade in den Vernehmungsraum gehen, doch Malte hielt sie kurz zurück. „Geben Sie ihr noch eine Minute, Antje weiß normalerweise, was sie tut." "Sieht nicht so aus", stieß die Hauptkommissarin hervor und konnte nicht fassen, was sich gerade vor ihren Augen abspielte.

Dann passierte es. Mit großem Erstaunen sahen sie, wie plötzlich im Verhörraum Tom Brinkmann weinend vor der Kommissarin zusammenbrach. „Das sollte doch nur ein Scherz sein, woher sollte ich wissen, dass Jan an diesem Abend noch so gefährliche Sprünge machen würde und das ganz alleine. Das Wetter sah an diesem Tag überhaupt nicht mehr nach Kiten aus."

Antje sah Tom jetzt so verständnisvoll an, wie sie nur konnte. „Das heißt, Sie haben die Leine mit dem Messer angeschnitten?" Weinend senkte Tom Brinkmann den Blick und nickte. "Aber warum? Was für ein Spaß sollte das werden?" Antje wartete geduldig, bis Tom sich langsam beruhigt hatte. Schließlich fand er seine Stimme wieder.

"Am Samstagvormittag wollten wir, wie immer zum Abschluss des Kurses, den Teilnehmern noch ein paar Kunststücke vorführen. Jan war zwar keiner der Lehrer, aber er kam öfter, um zu zeigen, was man als ehemaliger Teilnehmer alles kann, wenn man nur ein paar Stunden mehr Unterricht bei uns nimmt. Mit der Zeit wurden diese Vorführungen allerdings zu einem regelrechten Wettbewerb zwischen uns". Toms Stimme klang brüchig.

"In dem Kurs am Samstag war ein Mädchen, auf das wir beide ein Auge geworfen hatten. Jan hatte mich als Lehrer bei solchen Wettbewerben immer übertrumpft, und diesmal wollte ich es mir nicht nehmen lassen, einen besseren Eindruck zu machen." Tom hielt wieder inne. "Sie manipulierten seinen Kite mit der Absicht, dass er am nächsten Tag einen seiner Tricks verpatzen würde. Sie wollten, dass er ins Wasser fällt und vor dem Mädchen schlecht dasteht?", fragte Antje verständnisvoll.

Tom nickte traurig. "Ich weiß, ich hätte das nicht tun sollen, aber er hat sich die letzten Male so oft über mich lustig gemacht und an diesem Freitag vor allen anderen Lehrern damit geprahlt, dass er mir am Samstag wieder die Show stehlen würde." Lena, Malte und Hendrik schauten gebannt zu, wie Antje dem jungen Surflehrer die ganze Geschichte entlockte.

"Wie genau haben Sie das gemacht?", fragte Antje ihn jetzt, und zum ersten Mal klang es für Tom ein wenig offizieller als vorher. Aber da er seine Tat bereits gestanden hatte und sie ihn immer noch freundlich ansah, konnte er ihr nun auch gleich die ganze Geschichte erzählen. "Jan hatte sich am Freitag vor Kursbeginn unten am Strand mit dem Mädchen unterhalten. Als ich das von der Surfschule aus beobachtete, sah ich zufällig, dass er seinen Autoschlüssel auf dem Tresen hatte liegen lassen. Diese Gelegenheit wollte ich mir nicht entgehen lassen. Ich habe den Schlüssel genommen und bin schnell zum Parkplatz an der Strandpromenade gelaufen, wo sein Bulli immer stand, wenn er zu uns in die Surfschule kam. Dann bin ich eingestiegen und habe unauffällig eine der Leinen seines Kites angeschnitten. Ich wollte nur, dass er am Samstag ins Trudeln kommt. Wenn ich gewusst hätte..."

Wieder konnte Tom nicht weitersprechen. Unter heftigem Schluchzen hielt er inne. Antje reichte ihm noch einen Kaffee, um ihn zu beruhigen. "Hat denn keiner gemerkt, was Sie da im Bulli gemacht haben?" Tom hob erstaunt den Kopf. "Nein, ich glaube nicht, dass mich jemand dabei gesehen hat. Und selbst wenn, wäre es nicht ungewöhnlich gewesen, dass ich bei der Ausrüstung im Bulli war, denn wir sind öfter zusammen unterwegs gewesen", erzählte Tom jetzt wieder mit klarer Stimme. "Jeder, der mich dabei gesehen hätte, hätte nur gedacht, dass ich dort etwas für einen gemeinsamen Kiteausflug vorbereite". Antje nickte und ließ ihren Blick zur Spiegelscheibe wandern. Das war das Zeichen, dass die anderen nun übernehmen konnten.

"Machen Sie sich keine Vorwürfe", sagte Antje noch mitfühlend und klopfte Tom auf die Schultern. Dann verließ sie das Vernehmungszimmer. "Gut gemacht", sagte Malte anerkennend, als sie sich auf dem Flur trafen. Antje lächelte. "Glück gehabt", kam es dagegen kühl von Lena Berger. "Normalerweise dulde ich so etwas nicht. Aber das Ergebnis erspart Ihnen eine Rüge." Antje sah Lena an. Das sollte wohl ein Lob sein, dachte sie.

"Ich hatte so ein Gefühl, dass er uns das sagen wollte", sagte sie und zwinkerte Malte unauffällig zu. "So ein Gefühl?", zitierte Malte seine Kollegin. Beide wussten, dass Antje ihm noch am Samstag auf dem Parkplatz der Sauna dringend davon abgeraten hatte, den Fall mit Gefühl statt mit Logik anzugehen. Antje grinste. Als Lena schon im Verhörraum verschwunden war, sagte sie noch leise zu Malte: "Ich habe dir doch gesagt, dass unsere neue Chefin so eine Vorgehensweise nicht nachvollziehen kann." Dann grinste sie. "Das heißt aber nicht, dass sie Recht hat." Malte schüttelte lachend den Kopf. Dann ging auch er zu Tom Brinkmann in den Vernehmungsraum.

KAPITEL 28

Als Hanno Grievers am frühen Dienstagnachmittag eine winddichte Jacke überzog und vor die Tür seines Reetdachhauses trat, zeigte sich Sylt von seiner schönsten Seite. Sonnenstrahlen wärmten sein Gesicht, und ein leichter Wind strich über seine Haut. In der Ferne rauschte das Meer, und wenn Grievers sich konzentrierte, konnte er sogar das gleichmäßige Brechen der Wellen hören. Diese Insel und ihre Natur hatten einfach etwas Beruhigendes, dachte er. Grievers holte tief Luft und atmete die salzige Nordseeluft ein. Er liebte diese Momente.

Grievers hatte seine Saunatasche dabei und ging ein kurzes Stück die Straße hinunter bis zu der Stelle, wo ein schmaler Bretterweg durch die Dünen zur Strandsauna führte. Auf diesem Weg war gestern der so freundliche Kommissar zur Straße hochgelaufen, und Grievers musste zugeben, dass ihn der dramatische Auftritt der Polizei vor seinem Haus ziemlich beunruhigt hatte. Erst als er sicher sein konnte, dass die von Claasen versprochene Polizeistreife mit verlässlicher Regelmäßigkeit durch die Kersig-Siedlung fuhr, legte sich dieses Gefühl ein wenig.

Grievers Sorge war endgültig verflogen, als er mit Freude feststellen konnte, dass die Polizisten sogar dreimal am Tag Streife fuhren und nicht nur alle zwölf Stunden, wie es der Oberkommissar in Aussicht gestellt hatte. Schon am Montagnachmittag um 15 Uhr war die erste Streife zu sehen gewesen, und als abends um 23 Uhr ein weiterer Polizeiwagen an Grievers Haus vorbeifuhr, ließ ihn das beruhigt einschlafen.

Am Dienstagmorgen gegen 7 Uhr wartete Hanno Grievers daher mit frisch gebrühtem Kaffee auf die Polizisten, um sich für ihren Einsatz zu bedanken und ein kurzes Gespräch mit ihnen zu führen. Als sie pünktlich an seinem Haus ankamen, stärkte das erneut sein Vertrauen in die Zuverlässigkeit der Beamten. Sie versicherten ihm, dass sie ihre Touren auch in den nächsten Tagen fortsetzen würden und er bereits am Nachmittag wieder mit ihren Kollegen rechnen könne.

Jetzt war Grievers endgültig beruhigt. Denn um diese Zeit stand sein traditioneller wöchentlicher Saunabesuch an. Da war es gut, dass die Polizei in der Nähe war, wenn er sich wie immer um diese Zeit zu Fuß auf den Weg machte. Entsprechend entspannt ging er nun den kleinen Holzweg entlang und genoss die Landschaft um sich herum. Am Himmel hingen nur wenige Wolken, die schnell über die Insel zogen. Der Wind wehte leicht durch das Dünengras und Grievers genoss die salzige Luft, die er tief in seine Lungen sog.

Die Besitzerin der Sauna kannte er schon seit vielen Jahren. Grievers war Birgit Falk immer ein treuer Gast geblieben, auch als in Hörnum wesentlich modernere Saunen entstanden, die eine echte Alternative zur etwas in die Jahre gekommenen Strandsauna boten. Vor allem aber schätzte Hanno Grievers die für ihn einzigartige Lage. Denn die Sauna lag nur wenige Gehminuten von dem Haus entfernt, das seine verstorbene Frau und er vor fast zehn Jahren auf einem der letzten freien Grundstücke in der Kersig-Siedlung gebaut hatten. Damals hatten sie sogar auf eine eigene Sauna verzichtet und waren manchmal direkt im Bademantel den kurzen Weg hinuntergegangen, und hatten nach dem Saunagang nackt in der Nordsee gebadet.

Für Stammgäste wie Grievers hinterlegte Birgit Falk schon mal den Saunaschlüssel in einem kleinen Versteck am Eingang, um nicht immer selbst vor Ort sein zu müssen. Das war ein weiterer Grund, warum Grievers die Strandsauna so schätzte. Als er die letzten Meter auf dem Sandweg zurücklegte, sah er zu seiner Freude schon die Polizeistreife, die pünktlich wie angekündigt am Parkplatz der Sauna vorbei in Richtung

Kersig-Siedlung fuhr. Beruhigt winkte er den Beamten zu. Jetzt konnte er sich entspannen.

Die Tür zur Sauna war nur angelehnt, so dass Grievers nicht erst nach dem Schlüssel suchen musste. "Birgit, bist du da?", rief er laut von draußen und hatte die Türklinke schon in der Hand. Als er eintrat, sah er sofort etwas Dunkles, das mitten im Raum von der Decke baumelte. Grievers spürte, dass es nichts Natürliches war, was da hing. Als die Sonne hinter einer der Wolken hervorkam und Licht in den Vorraum fiel, sah er mit Schrecken, wer sich vor ihm befand. Die toten Augen von Birgit Falk starrten ihn an, und bei diesem grausigen Anblick stieß Hanno Grievers einen entsetzlichen Schrei aus und rannte in heller Panik nach draußen.

Die Polizeistreife hatten die Kersig-Siedlung noch nicht ganz erreicht, als Hanno Grievers aus der Sauna rannte. "Hilfe! Helfen Sie mir. Birgit hat sich erhängt!", rief er so laut er konnte. Im Rückspiegel bemerkten die beiden Streifenpolizisten, wie Grievers mit aufgeregt wedelnden Armen auf dem Parkplatz stand.

Es dauerte nicht lange, bis die Männer bei ihm waren. "Sie ist da drin", sagte Hanno Grievers, völlig in sich zusammengesunken. Er zitterte. Die Polizisten hatten Mühe, ihn zu beruhigen. Hanno Grievers hatte so viele schöne und unbeschwerte Jahre auf dieser Insel verbracht, und nun hatte der Tod innerhalb weniger Tage zweimal in seiner unmittelbaren Nachbarschaft zugeschlagen.

KAPITEL 29

"Sie geben also zu, am vergangenen Freitagnachmittag die Leine von Jan Lüders Kite angeschnitten zu haben?" Der Ton, den Lena Berger jetzt anschlug, klang eher nach einem Verhör als nach dem freundschaftlichen Gespräch, das Tom eben noch mit Antje Möller geführt hatte. Die Hauptkommissarin war die perfekte Besetzung für die Rolle des bösen Polizisten. Die Kühle und Distanz, die sie ausstrahlte, verlieh ihren Worten einen so eisigen Nachdruck, dass jedes Gespräch mit ihr zu einem unangenehmen Ereignis wurde, das man so schnell wie möglich hinter sich bringen wollte.

"Das habe ich doch schon gesagt." Toms Stimme klang jammervoll. Malte beobachtete ihn ein wenig mitfühlend und spürte, wie sehr er jetzt zu bereuen schien, was er angerichtet hatte. Doch Lena ließ sich davon nicht beeindrucken. Empathie war ihr fremd und in diesem Fall auch fehl am Platz. Das galt für alle Gefühle. Denn ihre Aufgabe war es, einen Mord aufzuklären, und dieser junge Surflehrer hatte mit seiner Tat eine Kette von Ereignissen in Gang gesetzt, die schließlich zum Tod von Jan Lüders führten. Die Frage war nur, ob dies mit Absicht geschehen war oder ob es sich nur um einen dummen Jungenstreich handelte, wie es Tom Brinkmann darstellte.

Lena versuchte, die Sache logisch zu betrachten: Entweder sagte Brinkmann die Wahrheit. Doch dann stellten sich eine Reihe weiterer Fragen. Wer war der zweite Kiter an diesem Abend? Wenn dieser Kiter Jan Lüders an den Tetrapoden getötet hatte, wie konnte er diese Tat vorher geplant haben, wenn Brinkmann doch nur einen Scherz machen wollte? Er musste von der manipulierten Leine gewusst haben, aber woher? Lenas Gedanken kreisten schon lange um diese Fragen, aber sie fand keine logischen Antworten. Irgendetwas übersah sie.

Sollte Tom Brinkmann jedoch gelogen haben und Lüders an jenem Abend an den Tetrapoden abstürzen lassen wollen, blieben weitere Fragen offen: Wie konnte er wissen, dass sich die Windverhältnisse an diesem Abend ändern würden? Oder hatte er den Kite erst später manipuliert? Aber wann und wo? Hatte er sich mit dem unbekannten Kiter verabredet, der bei den Tetrapoden auf den absehbaren Unfall von Lüders warten sollte, während Brinkmann sich für diese Zeit ein Alibi verschaffte? Was aber wäre dann das Motiv Brinkmanns? Eifersucht wegen des erwähnten Mädchens?

Auch in diesem Fall passte nicht alles zusammen. Lena versuchte deshalb, die Aussage von Tom Brinkmann noch einmal durchzugehen, um zu sehen, ob er sich in Details widersprach. “Sie haben die Leine also zu einem Zeitpunkt angeschnitten, als für den Abend noch keine besseren Windbedingungen vorhergesagt waren?” Tom blickte verständnislos auf. “Natürlich. Ich wollte doch nicht, dass Jan sich schwer verletzt oder...”, Tom musste wieder innehalten. “...oder zu Tode kommt. Ich war sein Freund!” “Ein toller Freund”, dachte Hendrik, der mit Malte im Raum das Verhör verfolgte und versuchte, irgendeine Regung in Brinkmanns Gesicht zu lesen.

“Wann genau war das?”, fragte Lena. Tom überlegte noch einmal. “Das war kurz bevor der Unterricht am Nachmittag angefangen hat. Ich glaube, so gegen 14.40 Uhr. Der Kurs beginnt um 15 Uhr und dauert zwei Stunden. Jan war schon weg, als ich gegen 17:30 Uhr wieder hoch zur Surfschule kam.” Lena schaute ihn prüfend an. Aber die Aussage stimmte. Jan Lüders war um 16:30 Uhr zu Dr. Kolmar gefahren und von dort aus zum Kiten. Birgit Falk hatte ausgesagt, ihn um 18 Uhr auf dem Parkplatz der Sauna gesehen zu haben, wie er mit seinem Material zum Strand ging.

Dass der Wind drehen würde, war frühestens um 16 Uhr klar, das hatte Lena noch einmal beim örtlichen Wetterdienst überprüfen lassen. Hier kam sie also nicht weiter. Die Aussage von Brinkmann klang glaubwürdig. Also versuchte sie es jetzt mit dem einzigen Trumpf, den sie noch hatte. Sie hoffte auf irgendeine Reaktion von Brinkmann, die ihr weiterhelfen könnte. Also stellte sie ihre Frage.

"Wer war der zweite Kiter, mit dem Jan Lüders an diesem Abend auf dem Wasser war?" Tom Brinkmann blickte erstaunt auf. "Jan war nicht allein?" "Beantworten Sie meine Frage. Wer könnte sonst noch mit Ihrem Kumpel auf dem Wasser gewesen sein?" Tom schaute ins Leere. Er schien nachzudenken. "Ich kenne niemanden, der noch mit Jan kiten war. Unter den anderen Surflehrern hatte er keine Freunde, dafür gab er zu viel an, und von den Kursteilnehmern konnte an der Stelle niemand gefahrlos aufs Wasser." Lena nickte. Sie dachte daran, dass sie noch einmal die Liste der einheimischen Kitesurfer durchgehen mussten, die sie von Rogard bekommen hatten. Vielleicht gab es ja unter den ehemaligen Kiteschülern auf der Insel noch jemanden, der mit Jan Lüders in Verbindung stand.

Tom konnte immer noch nicht glauben, dass Lüders nicht alleine kiten war. "Wer hat Ihnen gesagt, dass Jan noch mit jemand anderem auf dem Wasser war?", fragte er. Lena wollte Brinkmann nicht zu viel Einblick in die Ermittlungen geben. "Das spielt jetzt keine Rolle", sagte sie knapp. Dann schoss ihr ein Gedanke durch den Kopf. "Könnte es jemand gewesen sein, mit dem Lüders sich gar nicht verabredet hatte, sondern der unabhängig von ihm dort war?" Tom zuckte bei dieser Frage nur hilflos mit den Schultern. "Ich weiß es nicht. Die Kitelehrer waren jedenfalls alle in der Bar auf dem Campingplatz. Ich weiß nicht, wer sonst noch in Frage kommen könnte." Dann bleibt nur noch die Liste als nächster Anhaltspunkt, dachte Lena.

Tom dachte weiter über das nach, was die Hauptkommissarin ihm gerade gesagt hatte. "Wenn während des Unfalls noch jemand bei Jan war, warum hat er ihm dann nicht geholfen?" Lena ignorierte die Frage. "Wir sind gleich fertig. Dann machen wir erst mal eine Pause." Doch Tom ließ sich nicht beirren. "Wenn der zweite Kiter, von dem sie reden, Jan nicht geholfen hat, wollte er dann, dass Jan stirbt?" Dann kam Tom der entscheidende Gedanke. "Bin ich dann gar nicht schuld an Jans Tod?"

Lena blickte aus den Augenwinkeln zu ihren Kollegen. Auch wenn Tom Brinkmann glaubwürdig schien, durften sie ihm nichts über die genauen Umstände von Lüders Tod erzählen. Wenn Brinkmann ihnen etwas vorspielte und doch in den Fall verwickelt war, würde die Preisgabe dieser Information seine Überführung erheblich erschweren. Also ließen sie ihn im Unklaren und nahmen in Kauf, dass er sich weiter Vorwürfe machte.

“Wenn Sie Ihrem Freund Lüders nur einen Streich spielen wollten, warum sind Sie dann vor meinem Kollegen weggelaufen?”, stellte Lena ihre letzte Frage. Toms dachte wieder an die Verfolgungsjagd von heute Mittag. “Weil ich plötzlich Angst bekommen habe”, gab er unumwunden zu. “Angst wovor?”, hakte Hendrik nach. Tom sah ihn an, dann Malte. “Dass Sie mich verhaften, weil ich die Leine angeschnitten habe und mir keiner glaubt, dass es nur ein blöder Scherz war. Als Sie dann das Messer sehen wollten, habe ich einfach Panik bekommen.” Tom Brinkmann klang glaubwürdig. “Das hat sicher keinen guten Eindruck hinterlassen”, kommentierte Lean kühl. Dann stand sie ohne ein weiteres Wort auf und verließ den Raum. “Wir unterbrechen an dieser Stelle”, sagte Malte und erhob sich ebenfalls. “Bin ich immer noch verhaftet?”, fragte Tom unsicher. “Im Moment ja”, sagte Malte und verließ mit Hendrik den Vernehmungsraum. Tom Brinkmann sollte ruhig noch eine Weile schmoren.

“Was halten Sie von seiner Aussage?”, fragte Lena, als sie wieder im großen Besprechungsraum waren. Malte gab als Erster seine Einschätzung ab. “Ich glaube, Brinkmann sagt die Wahrheit. Er hat keinen Mord aus Eifersucht begangen, sondern wollte seinem Freund nur einen Streich spielen. Aber mein Gefühl sagt mir, dass wir etwas Entscheidendes bisher völlig übersehen haben.” Bei seiner Antwort schielte er zu Antje hinüber, die bei dem Wort „Gefühl“ wieder einmal leicht den Kopf schüttelte. “Hmmm”, machte Lena nur, und alle im Raum ahnten, dass sie mit Maltes Bauchgefühl nicht viel anfangen konnte.

“Ich finde, wir sollten uns auf den zweiten Kiter konzentrieren”, schlug Antje vor. “Wir können den Fall nur lösen, wenn wir wissen, wer er ist. Sonst können wir nicht herausfinden, ob Tom Brinkmanns Verhalten ein echter Tatbeitrag oder nur ein harmloser Spaß war. Unser Bauchgefühl wird uns da nicht weiterhelfen.” Dabei fiel Antjes Blick wieder auf Malte.

Sie hatte seine intuitive Herangehensweise in der Vergangenheit sehr geschätzt, aber bei Lena Berger führten solche Ansätze nicht zum Ziel.

"Hat die Kiterliste schon etwas ergeben?", fragte Lena in Richtung Hendrik. "Wir sind dran, aber noch nicht ganz durch." "Ich habe auch noch mal den VDWS kontaktiert", meldete sich Jorge aus seiner Ecke. "Den was?", wollte Hendrik wissen. "Den Verband deutscher Wassersportschulen, der stellt die ganzen Lizenzen aus. Die schicken uns auch noch mal eine komplette bundesweite Liste mit allen Kitelizenzen." Jorge machte eine kurze Pause und sah sich bewusst den Papierstapel auf Hendriks Schreibtisch an. "Natürlich elektronisch." Dann grinste er in Richtung seines Kollegen, dem beim Anblick der vielen Zettel nichts anderes übrig blieb, als den Mund zu verziehen. Lena hingegen war zufrieden. "Gut, gleichen Sie diese Liste nicht nur mit den Sylter Einwohnern ab, sondern auch mit den Urlaubern, die in der letzten Woche hier gemeldet waren", wies Lena Jorge an. "Bin schon dran", kam es knapp hinter den Monitoren zurück.

"Was ist mit dem Abgleich der Akten mit dem Datenträger?" "Da haben wir noch nichts gefunden. Das sind aber auch ganz schön viele Vorgänge", sagt Antje und zeigt auf die vielen Kartons, die sich auf einer Seite des Dienstzimmers stapelten. "Dann helfen Sie ihr Hendrik." Der sah ziemlich säuerlich aus. Sekunden später vibrierte sein Handy. Als er einen Blick auf die Nachricht warf, presste er die Lippen zusammen. *Mein Name ist Bond, Akten-Bond,* stand da, und Hendrik sah verkniffen auf die drei Monitore, hinter denen er sich Jorges Grinsen wieder lebhaft vorstellen konnte.

Ungeachtet dessen setzte Lena ihre Abfrage fort. "Haben wir sonst irgendwelche neuen Erkenntnisse? Etwas von der Spurensicherung oder das endgültige Ergebnis der Obduktion?" "Das wird für morgen erwartet. Arne Richter hat uns gesagt, dass sie in Flensburg gerade überlastet sind und er schon alles getan hat, um unseren Fall zu priorisieren." "Und die Spurensicherung im Bulli?", erkundigte sich Lena. "Die hat dort wie erwartet diverse Fingerabdrücke und DNA-Spuren gefunden", berichtete Antje. "Die lassen wir gerade abgleichen, soweit das möglich ist. Tom Brinkmann dürfte auf jeden Fall dabei sein, aber vielleicht finden wir noch welche aus dem Umfeld der Surfschule. Das wäre noch einer der besten Hinweise auf den zweiten Kiter, der laut Birgit Falk ja vorher an Lüders Wagen war."

"Bleiben noch das unglaubwürdige Alibi von Svea Weber für Nils Rogard und die Beziehung des Bauamtsleiters zu Dr. Kolmar", fasste Lena zusammen. Sie war zu der Wand gegangen, an der die Fotos der in den Fall verwickelten Personen hingen. In der Mitte hing ein leeres Foto mit einem Fragezeichen, das für den unbekannten Kiter stehen sollte. Darum herum gruppierten sich die Bilder des toten Jan Lüders, von Erik Jesche, Dr. Kolmar, Nils Rogard, Svea Weber und den Zeugen Birgit Falk und Hanno Grievers. Fehlte hier jemand? Lena dachte kurz an die Frau, die Antje und Jorge im Bauamt die Festplatte zugesteckt hatte und pinnte eine weitere unbekannte weibliche Figur mit Fragezeichen an die Wand. Dann kam ihr ein Gedanke.

Doch sie wurde durch das Klingeln des Telefons unterbrochen. Malte nahm den Anruf entgegen. "Verstehe", sagte er, nachdem er eine Weile geschwiegen und mit ernstem Blick zugehört hatte. "Wir kommen gleich." Dann legte er auf. "Haben wir was Neues?", fragte Lena. Malte nickte traurig. "Noch eine Leiche. Birgit Falk wurde gerade tot in ihrer Sauna gefunden. Sie hat sich erhängt."

KAPITEL 30

Die ganze Fahrt über war Malte in Gedanken. Er kannte Birgit Falk schon seit Jahren. Wie viele andere war er Stammgast in der Hörnumer Strandsauna. Er wusste, dass das Geschäft nicht mehr so gut lief wie früher. Das war allgemein bekannt. Auf Sylt sprach sich so etwas schnell herum. Aber auch Birgit Falk selbst hatte nie ein großes Geheimnis daraus gemacht. Als Lena und er gestern bei ihr waren, hatte Malte zudem nicht den Eindruck gehabt, dass die Saunabesitzerin durch diese wirtschaftlichen Herausforderungen gerade besonders belastet schien. Deshalb traf ihn die Nachricht von ihrem Selbstmord wie ein Schock.

"Ich verstehe es immer noch nicht", sagte er nach einer Weile. Sie hatten gerade Rantum durchquert und waren nur noch zehn Minuten von Hörnum entfernt. "Hat Birgit Falk gestern auf Sie so gewirkt, als wäre sie kurz davor, sich das Leben zu nehmen?" Lena blickte kurz zu Malte. "Nach allem, was ich wissenschaftlich über das Thema gelesen habe, ist eine Selbstmordabsicht schwer zu erkennen. Jedenfalls nicht, wenn man nicht professionell geschult ist, und das bin ich nicht." Das war eine typische Lena Berger-Antwort, so viel wusste Malte nach nicht einmal einer Woche Zusammenarbeit. Genauso gut hätte er einen Roboter nach seinen Gefühlen fragen können.

"Aber wie war Ihr persönlicher Eindruck von ihr?", versuchte Malte es noch einmal und sah Lena schon an, dass sie mit der Frage nichts anzufangen wusste. "Spielt das eine Rolle?", fragte die Hauptkommissarin zurück. "Ich denke, wir sollten uns vor Ort einen unvoreingenommenen Eindruck verschaffen." Malte sah Lena noch eine Weile von der Seite an. Er wurde das Gefühl nicht los, dass es in ihrer Vergangenheit eine Geschichte gab, die sie ihm nicht erzählte. Sie musste eine sehr schlechte Erfahrung gemacht haben, die sie seitdem davon abhielt, ihr Bauchgefühl in die Ermittlungen einfließen zu lassen. Aber jetzt war nicht die Zeit, sie danach zu fragen.

Sie passierten das Ortseingangsschild von Hörnum. Malte rief sich noch einmal die Umstände der gestrigen Begegnung mit Birgit Falk ins Gedächtnis. Die Saunabesitzerin hatte sich auf den öffentlichen Aufruf der Polizei nach weiteren Hinweisen zum Tod von Jan Lüders gemeldet. Sie hatte bestätigt, dass Lüders gegen 18 Uhr mit seiner Kiteausrüstung zum Strand gegangen war. Durch ihre Aussage hatte sie auch von dem zweiten Kiter erfahren, den die Saunabesitzerin gegen 19 Uhr im Bulli gesehen hatte. Malte musste nun an den Unbekannten denken, der sie gestern beim Verlassen der Sauna vom Bretterweg in den Dünen aus beobachtet hatte. Wenn er der gesuchte Kiter war, der verdächtigt wurde, Jan Lüders ermordet zu haben, könnte er dann ein Interesse daran haben, auch Birgit Falk etwas anzutun? Malte konnte keinen Grund dafür erkennen, aber einen Selbstmord von Birgit Falk wollte er nicht akzeptieren.

Lena lenkte den Wagen bereits auf den Parkplatz vor der Sauna und Malte schob den Gedanken erst einmal beiseite. Die Kollegen, die den Fund der toten Saunabesitzerin gemeldet hatten, waren eindeutig von einem Selbstmord ausgegangen. Wahrscheinlich hatte ihr Tod also nichts mit dem Mordfall zu tun. Auch wenn es Malte ein wenig seltsam vorkam, dass die einzige Person, die sich mit einem Hinweis im Fall Lüders an sie gewandt hatte, einen Tag später Selbstmord begangen hatte.

Der Bereich um die Sauna war bereits mit Polizeiband abgesperrt. Streifenpolizisten sorgten dafür, dass sich niemand dem Fenster näherte, das vom Strandweg aus den Blick in den Vorraum der Sauna freigab. Denn von hier aus hätten Schaulustige die Leiche der Saunabesitzerin sehen können. Die Außentür zeigte auf den ersten Blick keine Spuren von

Fremdeinwirkung. Drinnen arbeitete bereits die SpuSi und Arne Richter nahm Lena und Malte in Empfang, als sie den Raum betraten.

"Das wird jetzt ein tägliches Vergnügen mit uns." Die Begrüßung des Gerichtsmediziners klang leicht zynisch, denn im Hintergrund sah man immer noch die erhängte Birgit Falk von der Decke baumeln. Lena schob sich kommentarlos an Richter vorbei und betrachtete die Tote aus der Nähe. "Aber nicht, dass Sie wieder meine Arbeit machen", sagte Richter. Doch er musste erneut feststellen, dass Lena Berger bereits voll auf den Fall konzentriert war und ihn ignorierte.

"Selbstmord also?", fragte Malte, der völlig fassungslos das Bild betrachtete, das sich ihm bot. "Dem Anschein nach ja. Vermutlich gerade vor ein paar Stunden gegen Mittag. Die Leichenstarre ist noch nicht vollständig eingetreten. Aber ich werde mich diesmal erst verbindlich äußern, wenn ich sie genau untersucht habe und die SpuSi hier fertig ist. Beim letzten Mal habe ich mich vom ersten Eindruck sehr täuschen lassen." Er dachte an den unversehrten Körper von Jan Lüders und seine vorschnelle Annahme eines Unfalls. Lena drehte sich um und ging schon wieder zum Ausgang. "Das scheint bei Ihnen zur Gewohnheit zu werden", sagte sie im Vorbeigehen. Arne Richter runzelte die Stirn. Was hatte diese Berger schon wieder entdeckt, was ihm entgangen war?

"Kein Selbstmord?", fragte Malte erstaunt seine Chefin. "Offensichtlich nicht", antwortete Lena knapp und gab Richter sofort ihre Anweisungen. "Schicken Sie die Leiche diesmal am besten gleich nach Flensburg und untersuchen Sie hier alles gründlich auf DNA-Spuren, vor allem das Seil. Das können sich die Kollegen vom Festland dann gleich mit ansehen." Damit war Lena schon wieder durch den Eingang nach draußen verschwunden. Sie verlor wirklich keine Zeit.

Richter konnte es nicht fassen. Er starrte auf die erhängte Birgit Falk. Auf den ersten Blick war keine Fremdeinwirkung zu erkennen. "Was entgeht mir hier?", fragte er verunsichert. Malte betrachtete die Szene noch einmal und wusste sofort, was Lena meinte. "Der fehlende Stuhl", sagte er knapp und klopfte Arne Richter beim Hinausgehen kurz auf die Schulter. Jetzt sah auch er es. Um die Tote herum gab es tatsächlich nichts, worauf sie vorher hätte klettern können. Jemand musste die arme Frau an dem Balken hochgezogen haben.

Lena Berger war schon bei den beiden Streifenpolizisten, als Malte herauskam. “Wer hat sie gefunden?”, fragte die Hauptkommissarin ihre beiden Kollegen. “Ein älterer Herr, der wohl jeden Dienstagnachmittag in die Sauna geht. Er war Stammgast und wusste, wo der Schlüssel war. Aber als er kam, war die Tür angelehnt, hat er ausgesagt. Sein Name ist Grievers.” “Hanno Grievers hat sie gefunden?”, fragte Malte. Er hatte den Namen gerade gehört, als er zu ihnen kam. Die Beamten nickten. “Ja, er ist völlig mitgenommen und steht unter Schock. Der Notarzt hat ihn erst einmal versorgt. Mittlerweile müsste er aber wieder oben in seinem Haus sein.” Einer der beiden Polizisten deutete auf das reetgedeckte Haus, das von hier aus gerade noch oben in der Kersig-Siedlung zu sehen war.

“Sollen wir noch mal hochgehen und ihn befragen?”, fragte Malte an Lena gewandt. Doch bevor sie antworten konnte, klingelte Maltes Handy und sie bedeutete ihm, dranzugehen. “Ja, bitte?”, meldete sich Malte und seine Miene hellte sich sofort etwas auf, als er hörte, wer am anderen Ende der Leitung war. “Schön, dass Sie anrufen, Frau Weber”, sagte er und sah Lena vielsagend an. Dann hörte er eine Weile zu. Schließlich sagte er: “Das haben Sie gut gemacht, Frau Weber. Wo sind Sie jetzt?” Malte sah auf die Uhr. Es war kurz vor fünf. “Gut, warten Sie dort. Ich bin gleich da.” Dann legte er auf.

Lena sah ihn fragend an. Maltes Miene verriet, dass es eine gute Nachricht war: “Svea Weber hat gerade gestanden, Nils Rogard ein falsches Alibi gegeben zu haben.” Lena war verblüfft. “Das hatten wir ja schon vermutet. Aber woher kommt der plötzliche Sinneswandel?” “Die Verhaftung von Tom Brinkmann hat sie wohl sehr mitgenommen. Sie glaubt fest an seine Unschuld und will jetzt auf keinen Fall, dass durch ihre Aussage ein falscher Täter gefasst wird.” Lena sah Malte ernst an. “Glaubt Frau Weber, dass Nils Rogard unser zweiter Kiter ist?” Malte schüttelte den Kopf. “So weit wollte sie nicht gehen. Aber er hat sie wohl eingeschüchtert und sie hält ihn zumindest für gewalttätig. Sie ist jetzt auf dem Parkplatz vor der Promenade. Wir sollten sie dort abholen und gleich mit auf die Wache nach Westerland nehmen, um ihre Aussage aufzunehmen, bevor sie es sich noch einmal anders überlegt.”

“Gut”, stimmte Lena zu. “Machen Sie das. Ich mache noch einen Spaziergang durch die Kersig-Siedlung und schaue, ob ich Hanno

Grievers noch einmal befragen kann." Malte dachte, dass es gut wäre, wenn er mitkäme, um den verunsicherten Herrn ein wenig zu beruhigen und ihn nicht Lenas emotionsloser Befragung auszusetzen, aber Svea Weber hatte jetzt Vorrang.

"Danach machen Sie Schluss für heute", sagte Lena noch. "Wir sollten alle mit etwas Abstand über diesen merkwürdigen Verlauf des Falles nachdenken. Morgen früh treffen wir uns zur Dienstbesprechung mit dem gesamten Team." Malte nickte. Lena schien Fortschritte in Sachen Teamfähigkeit zu machen, dachte er. Zumindest sah es so aus, als wolle sie nicht einfach wieder ein paar Anweisungen verteilen wie an ihrem ersten Tag. "Was machen wir mit Tom Brinkmann?" "Der kann die Nacht auch zum Nachdenken nutzen. Behalten Sie ihn bis morgen in einer der Arrestzellen. Einen richterlichen Beschluss bekommen wir heute sowieso nicht mehr." Malte sah Lena an. "Wollen Sie morgen einen Haftbefehl gegen ihn erwirken? Mit dem Mord an Birgit Falk hat er jedenfalls nichts zu tun. Zur Tatzeit haben wir ihn ja verhört." Malte war sich selbst nicht sicher, welche Rolle Tom Brinkmann in diesem Fall spielte. Er sah, wie Lena in Gedanken alle möglichen Konstellationen durchspielte.

"Nein, im Gefängnis nützt er uns nichts. Denn wenn er den Mörder kennt, hilft er uns vielleicht, ihn zu fassen. Ich habe da schon eine Idee." Mehr sagte Lena nicht. Sie wünschte Malte noch einen schönen Feierabend und ging dann den Bretterweg in Richtung des reetgedeckten Hauses von Hanno Grievers hinauf. Malte sah ihr noch einen Moment nach und fragte sich, was die Hauptkommissarin wohl vorhatte.

KAPITEL 31

Der Mord an Birgit Falk verbreitete sich wie ein Lauffeuer in Sylter Insiderkreisen. Noch am selben Abend wusste auch Bauamtsleiter Erik Jeschke Bescheid. Sein Puls kam seitdem nicht mehr zur Ruhe. Nervös saß er an seinem Schreibtisch. Eigentlich hätte Jeschke längst zu Hause sein müssen. Doch seit er kurz vor Feierabend vom Tod der Saunabesitzerin erfahren hatte, war er nicht mehr in der Lage gewesen, sein Büro zu verlassen. Panik hatte ihn erfasst. Seine Gedanken kreisten immer wieder um die gleiche Frage, auf die er keine Antwort fand. Worauf hatte er sich da nur eingelassen?

Erst gestern Abend habe er vom Bürgermeister erfahren, dass sein Mitarbeiter Jan Lüders nicht durch einen Unfall ums Leben gekommen war, sondern durch ein Gewaltverbrechen. In der Nacht hatte er kaum schlafen können. Bis in die frühen Morgenstunden hatte er wach gelegen und dann dafür gesorgt, dass die Polizei alle von ihr angeforderten Akten von ihm erhielt. Gleich danach hatte er dem Bürgermeister die Erledigung des Auftrags gemeldet. Wobei das nicht ganz stimmte. Denn nicht alle Akten waren ins Westerländer Polizeirevier gebracht worden. Eine hatte er zurückgehalten, und diese eine Akte lag nun geöffnet vor Jeschke auf dem Schreibtisch. "So ein Mist", dachte er und klappte sie zu. Dann ließ er sie in der untersten Schublade seines Schreibtisches verschwinden und verschloss das Fach.

Er dachte kurz an seinen Tag zurück. Müde hatte er sich durchgeschleppt. Pflichtschuldig hatte er alle Termine wahrgenommen und versucht, sich nichts anmerken zu lassen. In den letzten zwei Stunden vor Feierabend ging er noch einmal die wichtigsten Vorgänge durch und kämpfte sich durch seine Unterschriftenmappe. Kaum war er damit fertig, erreichte ihn die Nachricht vom Tod der Saunabesitzerin. Ein Golffreund hatte es nach seiner Nachmittagsrunde erfahren und ihn kurz vor Feierabend angerufen. Jeschke musste nur ein, zwei Bekannte in Hörnum kontaktieren, dann war die Nachricht bestätigt. Dabei erfuhr er auch, dass die Polizei nicht von einem Selbstmord ausging, wie es zunächst den Anschein hatte, sondern von einem weiteren Mord auf der Insel.

Von da an war Jeschke nicht mehr er selbst. Bisher war es für ihn nur darum gegangen, eine bestimmte Verwaltungsangelegenheit so lange unter der Decke zu halten, bis sie sich von selbst erledigt hatte. Jan Lüders hatte ihn zuletzt mit dieser Akte ziemlich im Nacken gesessen. Aber wie bei allen Ferienwohnungsfällen, die Jan Lüders ihm vorgelegt hatte, würde Jeschke auch dieses Problem, das sein übereifriger Sachgebietsleiter verursacht hatte, mit den Winkelzügen und Fallstricken lösen, die ihm die Bürokratie bot. Den Unfall von Lüders hatte er zunächst sogar als Erleichterung empfunden. Bis er sich plötzlich als Gewaltverbrechen entpuppte. Einen Mord hatte er dem Menschen, dem er in dieser Sache half, nicht zugetraut. Aber er musste zugeben, dass ihm der Zusammenhang etwas merkwürdig vorkam. Aber da es viele Menschen auf der Insel gab, die ein Interesse an Lüders‘ Tod hatten, konnte er den Gedanken, dass seine Kontaktperson darin verwickelt war, noch gut verdrängen. Doch nun war ein weiterer Mensch tot, und Erik Jeschke musste sicher sein, dass er nichts mit einem Gewaltverbrechen zu tun hatte. Denn das wäre eine ganz andere Nummer, als behördliche Abläufe zu beeinflussen.

So entschloss sich der Bauamtsleiter erneut, die Person zu kontaktieren, obwohl er sich schon beim letzten Mal geschworen hatte, kein weiteres Gespräch in dieser Angelegenheit zu führen. Mit zitternden Händen wählte er die bekannte Nummer. Er wusste nicht so recht, wie er dieses Telefonat führen sollte, aber am Ende musste er sicher sein, dass er es nicht mit einem Mörder zu tun hatte.

"Ja", meldete sich die Stimme knapp, nachdem Jeschke es mehrmals hatte klingeln lassen. "Sag mir, dass du nichts damit zu tun hast!", fuhr der Bauamtsleiter seinen Gesprächspartner ohne weitere Begrüßung an. Alle aufgestauten Emotionen der letzten Stunden entluden sich in ihm. Ein Moment verging. Dann fragte die Stimme zurück: "Womit soll ich denn nichts zu tun haben?" Jeschke stieg die Zornesröte ins Gesicht. "Womit? Womit?", schrie er fast in den Hörer und merkte, dass das seinem Blutdruck nicht gut tat. In seinen Ohren dröhnte es unaufhörlich. "Mit dem zweiten Mordopfer!"

Wieder trat eine Pause ein. "Wer ist tot?", kam es knapp zurück. Jeschke hielt inne. War sein Gegenüber nur ein guter Schauspieler oder hatte er wirklich nichts mit der Sache zu tun? "Birgit Falk." "Die Saunatante?" "Ja, die Saunatante. Du hast da nicht deine Finger im Spiel?" Diesmal kam die Antwort schneller. "Bin ich immer schuld, wenn jemand stirbt? Bis jetzt wusste ich noch nicht einmal, dass sie tot ist. Was genau ist passiert?"

Der Bauamtsleiter beruhigte sich. Sein Gesprächspartner schien wirklich nicht in die Sache verwickelt zu sein. Jeschke betete nur, dass er sich nicht irrte. "Das spielt keine Rolle. Jedenfalls wird diese neue SoKo Sylt jetzt noch mehr herumschnüffeln. Sorge nur dafür, dass jetzt niemand auf die Idee kommt, dass es eine Verbindung zwischen uns gibt." Jeschke hatte sich weit aus dem Fenster gelehnt. Normalerweise gab nicht er die Anweisungen. Aber der Druck des Tages war einfach zu groß. Nicht mehr lange und er würde die Nerven verlieren. "Ich befolge hier keinen deiner Befehle, merk dir das", blaffte die Stimme zurück. Eine kurze Pause folgte. "Ich habe alles Nötige veranlasst. Mach dir da mal keine Sorgen." Dann war die Leitung tot.

Erik Jeschke wischte sich den Schweiß von der Stirn. Hoffentlich irrte er sich nicht. Zwei Menschen waren tot. Die Sache schien immer größere Ausmaße anzunehmen. Mit Mord wollte er auf keinen Fall etwas zu tun haben. Aber er ahnte bereits, dass es zu spät war. Er blickte zu der verschlossenen Schublade, in der die Akte lag, die er hatte verschwinden lassen. Wenn ihr Inhalt in die falschen Hände geriet, würde alles, was er getan hatte, auffliegen.

KAPITEL 32

Als Malte Claasen am Mittwochmorgen die Dienststelle der Westerländer Polizei betrat, war die SoKo Sylt schon fast komplett. "Hendrik fehlt noch", begrüßt ihn Antje. "Er hat bis spät in die Nacht Akten gewälzt. Ich habe ihm gesagt, dass er heute eine Stunde länger schlafen soll." Malte nickte. Er hatte gestern noch die Aussage von Svea Weber aufgenommen und dann Antje gefragt, ob er sie beim Aktenstudium ablösen solle. Aber sie hatte abgelehnt und sich dann selbst gegen zehn Uhr abends verabschiedet. Hendrik dagegen hatte darauf bestanden, weiter zu arbeiten.

"Der will wohl bei der Chefin punkten", spottete Jorge von seinem Platz aus. "Aber für den ersten Eindruck bekommt man nie eine zweite Chance." Antje verdrehte die Augen. Malte sah in diesem Moment, dass hinter Jorge an der Wand ein Foto von Hendrik mit seinem Pflaster und dem geschwollenen Kinn hing. "SoKo Sylt sucht den Akten Bond" stand darauf. Jorge musste seinen Kollegen heimlich mit dem Handy fotografiert und das Bild dann am Computer als Fahndungsfoto bearbeitet haben. Malte schüttelte schmunzelnd den Kopf. Seine beiden jungen Kriminalkommissare würden wohl nie Frieden miteinander schließen. Immerhin waren ihre kleinen Scharmützel ganz unterhaltsam und er fragte sich, welche Retourkutsche sich Hendrik wohl ausdenken würde, wenn er das Foto entdeckte.

"Was macht denn unser Gast?", fragte Malte und deutete auf die Arrestzelle, in der Tom Brinkmann die Nacht verbracht hatte. "Hat bestimmt nicht viel geschlafen." Antje sah Malte etwas verschwörerisch an und deutete auf das Büro der Hauptkommissarin. "Ihr ist aber schon klar, dass wir ihn bald wieder laufen lassen müssen, wenn wir keinen Haftbefehl beantragen?" Malte zuckte nur mit den Schultern. "Wenn das in Berlin nicht anders war, wird sie das schon wissen", sagte er trocken. „Seit wann ist Lena denn in ihrem Büro?" "Sie war schon da, als ich kam." Antje senkte immer noch die Stimme, als fürchtete sie, Lena könnte sie hören. „Aber der Wachhabende vorne hat mir gesagt, dass sie so gegen halb sechs gekommen sein muss."

Malte wusste nicht so recht, ob er den Arbeitseifer seiner neuen Hauptkommissarin bewundern sollte. Aber er selbst hatte in dieser Nacht auch kein Auge zugetan. Der Mord an Birgit Falk beschäftigte ihn noch immer. Er konnte nicht aufhören, sich zu fragen, aus welchem Grund sie umgebracht worden war. Es ergab für ihn einfach keinen Sinn.

"Denkst du an Birgit Falk?" Antje kannte Malte einfach zu gut. "Ja, ich verstehe einfach nicht, warum sie ermordet wurde", begann er seine Gedanken zu teilen. "Sie hatte uns doch schon alles erzählt, was sie über den Mord an Lüders wusste. Wenn der Mörder der Unbekannte ist, den wir in Hörnum bis zur Kersig-Siedlung verfolgt haben, dann hat er doch gesehen, dass wir bei ihr waren. Er wusste also, dass sie schon mit uns gesprochen hat. Warum dann noch jemanden töten?"

Antje überlegte. "Na ja, es gibt verschiedene Möglichkeiten: Kann es sein, dass sie euch noch nicht alles erzählt hat?" Darüber hatte Malte auch schon nachgedacht. "Aber warum sollte sie uns erst anrufen und dann einen Teil ihres Wissens zurückhalten?" Jetzt schaltete sich Jorge in die Diskussion ein. "Vielleicht hat sie euch etwas Falsches erzählt?" Das wollte Malte kaum glauben. "Ihre Aussage deckt sich mit der von Hanno Grievers. Beide haben an dem Abend noch eine zweite Person gesehen." "Vielleicht haben die Morde gar nichts miteinander zu tun und es war ein anderer Täter?", brachte Antje eine weitere Theorie ins Spiel.

Die Diskussion wurde unterbrochen, als Hendrik das Büro betrat. Er sah völlig übermüdet aus. "Du solltest doch länger schlafen", sagte Antje etwas mütterlich. Doch Hendrik winkte ab. "Ein Kaffee wäre schön", sagte er verschlafen. Malte stand an der Kaffeemaschine und schenkte sich gerade ein. Er füllte eine zweite Tasse und reichte sie Hendrik. "Hast du noch was in den Akten gefunden?" Müde schüttelte er den Kopf. "Aber es ist nur noch eine Kiste übrig." Hendrik deutete auf einen Karton, der neben seinem Schreibtisch stand.

"Die wollte ich mir gleich vornehmen. Gestern bin ich beim Lesen irgendwann halb eingeschlafen. Das hatte dann keinen Sinn mehr." "Mein Kollege hier schläft nie", kam es von Jorge aus der Ecke, der dabei liebevoll seinen Computer tätschelte. Hendrik schaute ihn müde an und wurde mit einem Schlag munter, als er das Foto von sich sah. "Pass auf, dass ich keine Fotomontage von dir mache, wie du auf einem Eisberg sitzt", sagte er leicht genervt und spielte damit auf Jorges kürzlichen Fauxpas an, vor Lena Berger ihren Spitznamen zu erwähnen.

"Sind wir jetzt vollzählig?" Lena war überraschend aus ihrem Büro aufgetaucht und Hendrik biss sich auf die Lippen. Jetzt hatte er vom „Eisberg“ gesprochen. Jorge kicherte leise hinter seinen Bildschirmen. Die Hauptkommissarin bemerkte die Szene zwischen den beiden. "Wie gesagt, ich kenne meinen Berliner Spitznamen und bin, wie er es schon treffend beschreibt, bei solchen Dingen völlig unempfindlich." Malte meinte, ein kurzes Lächeln auf ihrem Gesicht gesehen zu haben. Er war sich ziemlich sicher, dass unter der eisigen Fassade ein humorvoller Mensch steckte, der sogar über sich selbst lachen konnte.

Für Lena war das Thema damit abgeschlossen und sie kam direkt auf den Stand der Ermittlungen zu sprechen. "Fassen wir noch einmal zusammen", begann sie und ging zu der Wand, an der sie alle den Fall visualisiert hatten. Lena deutete auf das Foto des jungen Surflehrers. "Tom Brinkmann hat also am Freitagnachmittag heimlich die Leine des Kites von Jan Lüders angeschnitten. Nach eigener Aussage, um ihn bei den Vorführungen am nächsten Tag zu blamieren. Unerwartet dreht jedoch der Wind und Lüders geht aufgrund der Wetterbesserung schon am Abend spontan kiten und macht seine gefährlichen Sprünge an den Tetrapoden."

Lena machte eine Pause. “Bei einem der hohen Sprünge reißt die Leine durch das Körpergewicht. Aber er kann den Sturz abfangen und fällt nur ins Wasser. Als er versucht, seinen Kite von den Tetrapoden zu befreien, nutzt jemand die Situation, um einen Unfall vorzutäuschen. Der Täter packt ihn, schlägt seinen Kopf gegen einen der Betonpfeiler und stößt Lüders dann ins Wasser.” Die Hauptkommissarin sieht, wie ihr Team zustimmend nickt, bevor sie fortfährt.

“Soweit zu dem, was wir wissen. Was wir nicht wissen ist, wer bei Jan Lüders war und die Tat begangen hat. Dass es einen zweiten Kiter gab, wissen wir von der Saunabesitzerin und von Hanno Grievers.” “Hat seine Vernehmung gestern neue Erkenntnisse gebracht?”, fragte Malte dazwischen. Lena schüttelte den Kopf. “Nein. Es war alles dunkel im Haus und er hat nicht aufgemacht. Ich glaube, der Notarzt hat ihm ein starkes Beruhigungsmittel gegeben und er hat schon geschlafen. Wir werden ihn heute noch einmal besuchen und befragen.” Irgendwie war Malte erleichtert, dass Lena Grievers gestern nicht getroffen hatte. Heute konnte er dabei sein, um die kühle Art seiner Chefin ein wenig auszugleichen und den armen Mann nicht noch mehr in Aufregung zu versetzen.

“Seltsam, dass mit Birgit Falk eine der beiden Zeugen, die den zweiten Kiter gesehen haben, nun tot ist”, warf Antje ein. “Dazu kommen wir gleich”, lenkte Lena das Thema zurück auf den ersten Mord. “Für die Tatzeit hat Tom Brinkmann ein Alibi. Das Alibi von Nils Rogard ist dagegen seit gestern geplatzt.” “Wenn man sich schon verdächtig machen will, dann mit einem falschen Alibi”, kommentierte Hendrik und nippte an seinem Kaffee.

“Das stimmt. Seit gestern kommt er also grundsätzlich als unser gesuchter zweiter Kiter in Frage. Wo war er denn, als Birgit Falk ermordet wurde?”, fragte Lena in Richtung Hendik. Der verschluckte sich fast an seinem Kaffee. “Ähm, also, ich glaube, er ist nach Rantum gefahren.” Lena runzelte die Stirn. „Was heißt ‚wohl‘?“ “Na ja”, stammelte Hendrik, “da war so ein Strandkorbbesitzer, der hat mir kurz die Sicht auf die Surfschule versperrt und ...” “...da haben Sie ihn aus den Augen verloren?” Lena war fassungslos. Hendrik nickte.

“Sie wissen also nicht, was er zu der Zeit gemacht hat, als Birgit Falk ermordet wurde?” Hendrik nickte wieder. “Er könnte also in die Sauna gegangen sein und wir haben es nicht mitbekommen, weil du ihn nicht richtig beobachtet hast?", mischte sich Malte jetzt ein. "Ja, tut mir leid." Hendrik versank jetzt völlig im Boden vor Verlegenheit. Claasen hatte alle Mühe, bei dem Gedanken gelassen zu bleiben, dass der Mord an Birgit Falk vielleicht hätte verhindert werden können, wenn sein Kollege Nils Rogard nicht aus den Augen verloren hätte.

"Darüber reden wir später", beendete Lena das Thema. "Für uns heißt das, dass Nils Rogard durchaus der Mörder der beiden gewesen sein könnte. Das Einzige, was uns bei ihm noch fehlt, ist ein Motiv." Sie machte eine kurze Pause. "Was haben wir sonst noch?"

Antje ergriff das Wort. "Heute Morgen kam das endgültige Obduktionsergebnis aus Flensburg. Wie schon vermutet, ist Lüders an der Schädelverletzung gestorben. Es gab keine anderen Einwirkungen, auch kein Gift oder andere Substanzen." "Was hat die Spurensicherung ergeben?", fragte Lena. "Außer dem Messer nichts. Keine fremde DNA oder ähnliches am Kite. Im Bulli von Lüders haben wir Fingerabdrücke und DNA-Spuren gefunden. Einige der Abdrücke stammen von Tom Brinkmann, aber das ist auch nicht verwunderlich, er hat den Bulli ja oft benutzt. Die anderen stammen wahrscheinlich von anderen Surflehrern. Wir haben jedenfalls keine Treffer in irgendwelchen Datenbanken gefunden".

Malte überlegte. "Nachdem Rogard jetzt ein falsches Alibi angegeben hat, sollten wir zumindest überprüfen, ob auch seine Fingerabdrücke dabei sind." Antje nickte. "Klar, aber du weißt, dass das allein nicht viel beweist. Nils Rogard war bestimmt schon mal vorher in dem Wagen. Mit dem ist Lüders schließlich jeden Freitag zur Surfschule gefahren." Malte musste Antje leider Recht geben.

"Was ist mit der Liste der Kiter?", fragte Lena weiter. Das war Jorges Stichwort. "Ich habe gestern schon alle Listen abgeglichen. Das war nicht schwer. Ich habe ein kleines Programm auf meinem Computer installiert, das..." Er sah Lenas Blick, der ihm bedeutete, sich nicht in unwichtigen Details zu verlieren. "Also, ich hätte nicht gedacht, dass wir so viele Kiter auf der Insel haben."

"Maggie vom Lokal auf dem Campingplatz ist eine ziemlich gute Kiterin und ein paar Ferienhausbesitzer stehen auch auf der Liste." Jorge deutete auf die Syltkarte an der Wand mit den vielen roten und blauen Stecknadeln, die Hendrik dort angebracht hatte. Malte wartete gespannt. Er wusste, dass Jorge gleich noch einen Joker präsentieren würde.

"Es gibt noch jemanden, von dem ich gar nicht gedacht hätte, dass er schon so lange und so regelmäßig auf der Insel kitet." Jetzt hatte Jorge die ganze Aufmerksamkeit. Er ließ noch eine kleine Pause verstreichen, bevor er mit der Sprache herausrückte. "Tatsächlich hat er sogar eine Lizenz als Kitelehrer." Das Erstaunen war groß, als Jorge endlich sagte, um wen es sich handelte: "Dr. Kolmar von der Sylter Ferienholding".

KAPITEL 33

Alle Augenpaare waren immer noch auf Jorge gerichtet. Die Tatsache, dass Dr. Kolmar nicht nur eine Kite-Lizenz besaß, sondern sogar Kitelehrer gewesen war, hatte alle überrascht. Gebannt verfolgten sie Petersens weitere Ausführungen. "Es scheint, dass unser Doktor nicht nur ein leidenschaftlicher Golfer ist, sondern sich auch noch die Zeit zum Kiten nimmt. Seinen Schein hat er schon als junger Mann vor über 25 Jahren gemacht". "In der Surfschule in Hörnum?", fragte Hendrik. "Nein, die gab es damals noch nicht. Die Nachfrage nach dem Erlernen von Wassersportarten ist erst im Laufe der Jahre stark gestiegen und damit auch die Zahl der Surfschulen. Dr. Kolmar hat seinen Kiteschein damals in einer Surfschule am Ellenbogen gemacht."

"Hm", machte Lena. Sie schien nachzudenken. "Hat die Befragung denn etwas ergeben?", wollte Antje wissen. "Eigentlich nur, dass er ein Alibi hat. Er war beim Bauamtsleiter und Jeschke hat das auch sofort bestätigt", sagte Malte. "Kitet der Jeschke auch?", fragte Hendrik. "Nope", kam es aus Jorges Ecke. "Aber dafür spielt er Golf." "Woher weißt du das schon wieder? Sag bloß, du hast dafür auch ein Programm geschrieben, das solche Daten aus dem Netz holt?" "Nein. Ich habe die Golftasche in seinem Büro gesehen, als wir am Montag bei ihm waren." Jorge grinste. "Gut", nickte Lena ihm anerkennend zu. Hendriks Blick wurde dagegen etwas säuerlich. Malte konnte nicht sagen, ob es daran lag, dass Jorge bei diesen Ermittlungen bisher eine deutlich bessere Figur gemacht hatte als Hendrik, oder daran, dass Hendrik ständig auf sein "Akten-Bond gesucht"-Foto mit dem unvorteilhaften Pflaster am Kinn blicken musste, wenn er in Jorges Richtung an die Wand schaute.

Lena starrte auf das Foto von Dr. Kolmar an der Visualisierungswand. "Wir sollten ihn auf jeden Fall noch einmal vorladen und seine Aussage zu Protokoll nehmen. Er hat doch zu seinem Alibi gesagt, dass noch jemand bei Jeschke im Büro war, bevor er selbst an dem Abend dort seinen Termin hatte." Malte nickte. "Ja, in diesem Punkt haben sich die Aussagen von Jeschke und Kolmar widersprochen. Der Bauamtsleiter hat nur das Treffen mit Kolmar bestätigt, aber bestritten, dass vorher jemand bei ihm war."

Lena verzog keine Miene. Aber ihr Gehirn schien alle möglichen Szenarien durchzuspielen, um eine Erklärung zu finden. "Dann laden wir am besten noch heute Dr. Kolmar vor. Sobald wir seine Aussage haben, konfrontieren wir Jeschke noch einmal damit. Vielleicht ist Rogards Alibi ja nicht das einzige, das nicht stimmt." Die neue Erkenntnis, dass Kolmar zumindest die Fähigkeiten hatte, der zweite gesuchte Kiter zu sein, hatte Lenas Einschätzung zu seinem Alibi ein wenig verändert. War sie nach dem Treffen mit Kolmar gestern Morgen in Hörnum noch der Meinung gewesen, dass der Bauamtsleiter nicht so weit gehen würde, Kolmar ein falsches Alibi zu geben, wollte sie das jetzt nicht mehr ganz ausschließen. Malte hingegen konnte sich das immer noch nicht vorstellen. Eher würde der Bauamtsleiter einen seiner Termine verheimlichen. Jeschke war so umtriebig, dass er sicher nicht alle Kontakte, mit denen er zu tun hatte, öffentlich machen wollte. Malte glaubte immer noch an das Alibi. Aber er musste zugeben, dass es Sinn machte, den Widerspruch in den Aussagen der beiden aufzuklären.

"Was ist mit Nils Rogard? Sollen wir ihn vorladen?", fragte Antje weiter in die Runde. Lena schüttelte den Kopf. "Noch nicht. Wir haben noch kein Motiv und wissen nur, dass er ein falsches Alibi hat. Rogard hat noch keine Ahnung, dass Svea Weber es hat platzen lassen, oder?", wollte Lena von Malte wissen. "Nein, ich habe ihr gesagt, dass wir ihn erst damit konfrontieren, wenn wir mehr wissen. Ein falsches Alibi allein begründet noch keinen dringenden Tatverdacht. Wir sollten diese Karte also erst dann ausspielen, wenn wir so viel wissen, dass wir ihn festnehmen können." "Einverstanden. Dann bin ich dafür, dass wir ihn zunächst weiter observieren." Allein bei dem Wort ‚observieren' wagte Hendrik kaum, in Richtung seiner Chefin zu blicken. "Das machen Malte und ich diesmal persönlich", sagte Lena und traf Hendrik mit diesem Satz wie mit einem Knüppel.

"Was ist mit Brinkmann?", fragte Malte. "Den observieren wir auch", rückte Lena nun mit ihrer Idee heraus. Malte schaute etwas verwundert. Dann erklärte sie ihren Plan. „Antje, Sie spielen jetzt wieder Ihre Rolle als ‚guter Polizist'. Lassen Sie Tom Brinkmann sein Vernehmungsprotokoll unterschreiben und deuten Sie dabei an, dass wir eigentlich einen Haftbefehl gegen ihn beantragen wollten". Antje hörte Lena aufmerksam zu. "Dann lassen Sie durchsickern, dass das Alibi von jemandem geplatzt ist, gegen den wir jetzt vorrangig ermitteln. Aber sagen Sie nicht, um wen es sich handelt."

Malte sah Lena an und lächelte. "Sie meinen, wenn er doch der Komplize von jemandem ist, wird er diese Person kurzfristig kontaktieren und warnen?" "Das ist zumindest eine Möglichkeit." Malte gefiel der Gedanke. "Wer observiert Brinkmann?" "Das sollten Sie machen, Antje", sagte Lena und sah dann erst einmal Hendrik an. Der freute sich schon über seine zweite Chance, bis Lenas Blick über ihn hinweg zu Jorge wanderte. "Da Sie ja ein Auge fürs Detail haben", sagte sie in Anspielung auf die Golftasche in Jeschkes Büro, die Jorge nicht entgangen war, "werden Sie Antje begleiten."

„Ich bin sofort dabei", strahlte Jorge begeistert in die Runde. So viel wie in dieser ersten Woche seiner neuen Chefin war er schon lange nicht mehr im Außeneinsatz gewesen. Er musste zugeben, dass er mit dem Eisberg ganz gut zurechtkam. Das konnte sein Kollege Hendrik Voss nicht von sich behaupten. "Kümmern Sie sich um die restlichen Akten. Vielleicht haben Sie damit mehr Glück", strafte ihn die Hauptkommissarin ab. Dann verließ sie mit Malte das Kommissariat. Antje machte sich daran, das Vernehmungsprotokoll zu schreiben, während Jorge immer noch die Rollenverteilung genoss. "Sei nicht traurig, Akten-Bond", zog Jorge seinen

Kollegen Hendrik auf. “Denn vergiss nicht, auch beim Lesen gilt: Immer die Augen offen halten.”

Hendrik seufzte. Nachdem er sich eine weitere Tasse Kaffee eingeschenkt hatte, hievte er den letzten Karton auf seinen Schreibtisch und begann, die darin gestapelten Vorgänge mit denen auf dem Datenträger zu vergleichen. Knapp siebzig Akten zu den von Lüders bearbeiteten Verfahren mussten sich nach dem Inhalt des Datenträgers noch in dem Karton befinden. Mit wenig Begeisterung ging Hendrik eine nach der anderen durch. Seine Motivation wäre sicher größer gewesen, wenn er bereits gewusst hätte, dass er diesmal auf etwas wirklich Erstaunliches stoßen würde.

KAPITEL 34

Lena und Malte parkten ihren Wagen in einer Seitenstraße von Hörnum, von wo aus sie die Wohnung von Nils Rogard gut sehen konnten. Sein Auto stand vor der Tür und ab und zu war Rogard am Küchenfenster aufgetaucht. Aber in den letzten anderthalb Stunden hatte er keine Anstalten gemacht, seine Wohnung zu verlassen. In der Zwischenzeit hatte Malte in der Bäckerei in Hörnum zwei Kaffee geholt. Das gab ihm die Gelegenheit, einen kleinen Spaziergang durch den Ort ganz im Süden der Insel zu machen.

Als er durch die kleinen Straßen ging, wurde ihm klar, warum er seine Heimat so sehr liebte. Sylt, das bedeutete nicht nur frische Nordseeluft und Meeresrauschen, sondern auch eine unglaubliche Vielfalt: So wie sich die Strände auf der Wattseite von denen auf der Westseite unterschieden, war auch jeder Ort ein wenig anders. Hörnum strahlte für ihn eine unaufgeregte Ruhe aus, anders als das manchmal hektische Westerland oder die noblen Gassen von Keitum mit ihren hübschen Boutiquen. Die Insel war wirklich wie ein buntes Mosaik und Malte liebte jeden Stein. Er freute sich schon auf das nächste Fischbrötchen am Hafen und kehrte dementsprechend gut gelaunt mit zwei Kaffeebechern in der Hand zum Auto zurück.

"Die nächste Pause sollten Sie mal für einen Spaziergang nutzen", ermunterte er Lena, als er wieder neben ihr im Auto saß. Doch die konnte mit dem Vorschlag nicht viel anfangen. "Was hat das mit unserem Fall zu tun?", fragte sie ernst zurück. Lena schien tatsächlich einen Moment darüber nachzudenken, ob Malte sie auf etwas aufmerksam machen wollte, das bei der Aufklärung des Mordes hilfreich sein könnte. Malte schwieg und überlegte, wie er darauf reagieren sollte. Dann setzte ein leichter Regenschauer ein und nahm ihnen ein wenig die Sicht. Der Scheibenwischer verwischte die Tropfen auf der leicht salzigen Windschutzscheibe zu Schlieren.

"Auf Sylt ist erstaunlich viel relevant, manchmal sogar das Wetter", kommentierte Malte dann trocken und fügte hinzu: "Vor allem, weil es so schnell wechselt." Dabei dachte er an die wechselnden Windverhältnisse am vergangenen Freitag und daran, dass es letztlich ein solcher Wetterumschwung war, der Jan Lüders aufs Wasser gebracht und dann das Leben gekostet hatte. "Wie konnte der Täter diese Tat nur planen?", dachte er immer wieder und fand einfach keine Antwort.

"Er kommt", riss Lena ihn aus seinen Gedanken. Sie deutete auf Rogards Haus und ließ sich ein wenig in den Sitz sinken, um nicht gesehen zu werden. Nils Rogard hatte seine Wohnungstür bereits abgeschlossen und zog sich gerade die Kapuze über den Kopf. Auch ihn schien der Regenschauer überrascht zu haben. Mit wenigen Schritten war er bei seinem Auto, stieg ein und fuhr sofort los. "Jetzt heißt es dranbleiben", sagte Malte und lächelte auf seine charmante Art. Lena hatte den Wagen bereits gestartet und lenkte ihn unauffällig und in sicherem Abstand hinter Rogard her.

Sie folgten ihm nur ein paar Straßen durch Hörnum, dann waren sie schon auf der Landstraße. "Vielleicht ist er gestern wirklich nach Rantum gefahren?", fragte Malte. Lena verzog keine Miene. Sie war immer noch verärgert darüber, dass Hendrik Nils Rogard aus den Augen verloren hatte. Aber das merkte man ihr kaum an. "Wenn er gestern dort war, dann wissen wir wahrscheinlich gleich, was er dort gewollt hat."

Einige Minuten fuhren sie direkt hinter ihm. Dann überholte Rogard ein Auto und der Abstand vergrößerte sich. Am Ortseingang von Rantum verlangsamte der Surfschulbesitzer sein Tempo und bog nach wenigen

Straßen in den Strandweg ein, fuhr noch ein paar Querstraßen entlang, vorbei am Rantumer Supermarkt, und parkte dann vor einem Haus. Lena fuhr langsam, aber unauffällig weiter und wendete, als Rogard von der Straße in Richtung Hauseingang verschwunden war.

“Konnten Sie auf dem Türschild einen Namen erkennen?”, fragte sie Malte. “Nein, nicht mal eine Hausnummer.” Lena fuhr noch ein Stück weiter, aber als Rogards Wagen in Sichtweite kam, parkte sie lieber in einiger Entfernung. “Gehen Sie unauffällig zu dem Haus und notieren Sie sich den Namen und die genaue Adresse. Aber passen Sie auf, dass Sie nicht entdeckt werden. Ich bleibe im Auto”, sagte sie und hörte plötzlich Maltes Magen knurren. Jetzt bekam er doch noch Hunger auf sein Fischbrötchen. Malte lächelte entschuldigend und stieg aus dem Wagen.

Die Regenschauer hatten aufgehört und Malte näherte sich langsam und unauffällig dem Haus, in dem Rogard verschwunden war. Er war schon an dessen Auto vorbeigegangen, als er sich plötzlich umdrehte und zurücklief. Lena schaute verwirrt. Was war in ihren Hauptkommissar gefahren? Malte konnte gerade noch rechtzeitig einsteigen, als sie sah, dass Rogard schon wieder aus dem Haus kam und zu seinem Wagen lief. Lena und Malte sanken tief in ihre Sitze und waren erleichtert, als Rogard sein Auto erreichte, ohne sie gesehen zu haben.

“Das war knapp”, musste Malte zugeben. “Ob er uns gesehen hat?” Lena sah, dass Rogard inzwischen in seinen Wagen gestiegen war und schon losfuhr. “Ich glaube nicht”, sagte sie und startete ebenfalls ihr Fahrzeug. “Haben Sie etwas gesehen?” Malte nickte. “Ja. Da stand ein junges Mädchen in der Tür. Sie kam mir irgendwie bekannt vor.” “Sie kennen wirklich die halbe Insel, oder?” fragte Lena und Malte konnte nicht sagen, ob sie es abschätzig oder bewundernd meinte.

“Na ja, es sind einfach zu viele, um sich alle Namen zu merken”, gestand Malte. Dann war er sich plötzlich nicht mehr sicher, ob das nicht ein bisschen missverständlich geklungen hatte. “Die Namen aller Inselbewohner”, ergänzte er deshalb, aber Lena schien sich bereits darauf zu konzentrieren, Rogard in sicherem Abstand zu folgen. “Da war noch etwas”, sagte Malte. Lena sah ihn kurz aus den Augenwinkeln an, bevor er weitersprach. “Das Mädchen war eindeutig schwanger.”

Lena runzelte die Stirn. Sie waren kurz vor dem Haus und die Hauptkommissarin beschloss, etwas langsamer zu fahren, obwohl Rogard bereits wieder in den Strandweg eingebogen war und sie Gefahr liefen, ihn zu verlieren. Aber Lena wollte versuchen, ein Türschild zu erspähen oder wenigstens die Hausnummer zu notieren, damit sie später eine Abfrage machen konnten, wer dort gemeldet war. Doch das war nicht mehr nötig. Fast gleichzeitig entdeckten sie das kleine Klingelschild und staunten nicht schlecht. Lena und Malte konnten kaum glauben, welchen Namen sie gerade gelesen hatten.

KAPITEL 35

"Bitte unterschreiben Sie hier", bat Antje Tom Brinkmann in mütterlichem Ton, als sie ihm das Vernehmungsprotokoll hinhielt. Brinkmann zitterte noch ein wenig, als er den Stift in die Hand nahm. Antje bemerkte es sofort. Er hatte die Nacht in der Zelle kein Auge zugetan. In seinem Kopf kreisten die Gedanken. Er fragte sich, ob er für das, was er getan hatte, den Rest seines Lebens hinter Gittern verbringen würde. Mit bangem Blick sah er Antje Möller an. Er hatte noch kein Wort von dem gelesen, was in dem Protokoll stand.

"Was passiert, wenn ich das unterschreibe? Muss ich dann ins Gefängnis?" Antje hatte fast Mitleid mit dem jungen Surflehrer, als sie ihn so sah. Die Nacht auf der Polizeiwache hatte ihn ziemlich mitgenommen. Er schien ihr mit der Situation völlig überfordert zu sein. Da fiel es ihr nicht einmal schwer, den guten Polizisten zu spielen.

"Nein, sobald Sie das Protokoll unterzeichnet haben, können Sie gehen", sagte sie mit einfühlsamer Stimme. Brinkmanns Augen weiteten sich. Er glaubte, nicht richtig verstanden zu haben. "Ich kann gehen? Sie sperren mich nicht ein?" Antje nickte und schaute ihn warmherzig an. "Sie sind ein freier Mann." Tom war die Erleichterung anzusehen. Er zögerte nicht länger und unterschrieb schnell das ungelesene Protokoll.

Dann sah Tom Antje erwartungsvoll an. Die letzten Stunden steckten ihm noch in den Knochen und das Gefühl der Hilflosigkeit, dem er die ganze Zeit ausgesetzt war, kam sofort wieder hoch. Zweifel überkamen ihn. Hatte er einen Fehler gemacht? War dieses Protokoll ein unwiderrufliches Geständnis und die Kommissarin hatte ihn reingelegt? Tom sah schon, wie Polizisten den Raum betraten und ihn abführten.

Bevor die Gedanken in ihm weiter galoppieren konnten, beugte sich Antje noch einmal vertrauensvoll zu ihm. "Ich darf es Ihnen eigentlich nicht sagen", begann sie verschwörerisch, "aber Sie haben großes Glück gehabt." Mit diesem einen Satz fiel die ganze Anspannung von Tom ab. Er war also wirklich mit einem blauen Auge davongekommen. Fragend sah er Antje an. "Wie meinen Sie das?" Sie beugte sich noch etwas weiter vor und sagte nun leise: "Die Hauptkommissarin hatte gestern Abend eigentlich vor, heute Haftantrag gegen Sie zu stellen." Sofort spürte Tom, wie das flaue Gefühl in der Magengegend zurückkehrte, bei der Vorstellung, weiterhin in einer Zelle sitzen zu müssen.

"Aber?", fragte Tom. Der letzte Satz der Kommissarin schrie förmlich nach einer weiteren Erklärung. Antje lächelte. Sie hatte sehr schnell ein Vertrauensverhältnis zu dem jungen Surflehrer aufbauen können. Und das war wichtig. Denn was sie ihm jetzt erzählte, konnte über den Erfolg der weiteren Ermittlungen entscheiden. Sie musste glaubwürdig wirken. Wenn Tom Brinkmann mit dem Täter in Kontakt stand, war es möglich, dass er sie direkt zu ihm führte. Das setzte aber voraus, dass er ihr die Geschichte abkaufte, die sie ihm gleich erzählen würde.

"Nun, es gab noch einen Verdächtigen", begann sie langsam. Sie merkte, wie Toms Aufmerksamkeit plötzlich deutlich anstieg. Deshalb ließ sie sich einen kleinen Moment Zeit, bevor sie fortfuhr. "Aber er hatte ein Alibi und ist deshalb schnell aus dem Täterkreis ausgeschieden." Tom hörte weiter gespannt zu. "Was ist dann passiert?", wollte er schließlich wissen. Antje sah ihn eindringlich an. "Gestern Abend ist das Alibi geplatzt." Sie ließ den Satz wirken und versuchte, etwas aus Brinkmanns Reaktion herauszulesen. Doch sein Gesichtsausdruck verriet ihr nichts. Sie konnte nicht einmal einschätzen, ob er zumindest eine Ahnung hatte, um wen es sich handeln könnte. Schon gar nicht sah es so aus, als ob er an einen konkreten Täter dachte. Tom Brinkmann schien immer noch der etwas naive, junge Kitelehrer zu sein. Antje hoffte inständig, dass sie sich damit nicht täuschte.

“Um wen geht es?” Tom stellte die Frage, die sich aufgedrängt hatte. Antje sah ihn ernst an. “Tut mir leid, das kann ich Ihnen wirklich nicht sagen. Ich habe schon genug erzählt.” Antje bemühte sich immer noch um einen verständnisvollen Ton in ihrer Stimme. Sie musste auf jeden Fall sicherstellen, dass er ihr vertraute. Denn jetzt kam der entscheidende Teil der Information, die Brinkmann dazu bringen sollte, den Täter zu warnen, falls er sein Komplize war. “Ich kann Ihnen nur sagen, dass wir die Person morgen früh festnehmen werden. So lange braucht die Hauptkommissarin, um den Haftbefehl und den Durchsuchungsbeschluss zu beantragen.” Auch diesen Satz ließ sie wirken. Doch bei Tom Brinkmann schien er nichts weiter auszulösen. Jedenfalls war ihm nichts anzumerken. “Aber das sollten Sie eigentlich auch nicht wissen”, setzte Antje noch einmal nach und beließ es dann dabei. Sie durfte ihre Rolle nicht übertreiben, wenn er keinen Verdacht schöpfen sollte.

“Dann kann ich jetzt gehen?”, fragte Tom Brinkmann noch einmal zögerlich. “Ja, natürlich. Kommen Sie mit, ich bringe Sie nach vorne zum Wachhabenden. Dort bekommen Sie noch Ihre persönlichen Sachen und dann sind Sie entlassen.” Tom stand auf und folgte ihr durch ein paar Gänge bis zum Empfangstresen der Westerländer Polizeistation. Nachdem er alle Formalitäten erledigt hatte, sah er Antje noch einmal kurz an. “Danke. Für alles.” Tom Brinkmann sah aus, als ob er gerade nach einer schweren Operation im Krankenhaus hinter sich hatte und nun seiner Ärztin dankte, die ihm das Leben gerettet hatte. Antje nickte kurz. Dann drehte Tom sich um und ging erleichtert durch die Tür des Polizeigebäudes nach draußen, in die Freiheit.

Auf der Straße musste er sich kurz orientieren. Dann ging er schnellen Schrittes in Richtung des Zentrums von Westerland. Jorge stand unauffällig auf der anderen Straßenseite und setzte sich mit ihm in Bewegung. In gebührendem Abstand folgte er Brinkmann in die Innenstadt. Schon nach den ersten Metern informierte er Antje per Telefon: “Ich glaube, er will in die Friedrichstraße. Ich sage dir Bescheid, wenn er sich irgendwo länger aufhält. Dann kannst du dorthin nachkommen.“ “Gut. Irgendwas Auffälliges bisher?” “Eigentlich nicht. Aber ich sehe gerade, wie er sein

Handy rausholt. Vielleicht haben wir ja Glück und er meldet sich bei dem Täter."

Tatsächlich hatte sich Tom Brinkmann zu Fuß auf den Weg in die Fußgängerzone von Westerland gemacht. Als er ein paar Straßen von der Polizeistation entfernt war, griff er nach seinem Telefon und wählte eine Nummer. "Ja", meldete sich dieselbe unfreundliche Stimme, die Erik Jeschke schon ein paar Mal angerufen hatte. "Sie haben mich gerade entlassen", informierte Brinkmann seinen Gesprächspartner. "Ich habe noch ein paar Neuigkeiten. Aber die erzähle ich dir am besten persönlich. Gilt unsere Abmachung noch?" Die Person am anderen Ende der Leitung schwieg wieder einen Moment. Tom Brinkmann hörte nur ein lautes Atmen. Für einen Moment befürchtete er, dass sich etwas geändert hatte. "Ja, natürlich", kam es plötzlich vom anderen Ende der Leitung. "Wir sehen uns um 13 Uhr." Dann hatte sein Gesprächspartner aufgelegt.

Brinkmann war beruhigt. So viel hing für ihn von diesem Treffen ab. Seine Verhaftung hätte fast alles zunichte gemacht, wofür er in den letzten Jahren gearbeitet hatte. Es war ihm in diesem Moment sogar egal, ob sein Gesprächspartner morgen früh wirklich verhaftet werden würde. Hauptsache, das Geschäft ging noch heute über die Bühne. Dass die Polizei ihn immer noch als Komplizen betrachtete, kam ihm ebenso wenig in den Sinn wie er bemerkte, dass Jorge ihm weiterhin unauffällig folgte.

KAPITEL 36

Jorge folgte Tom Brinkmann weiter durch Westerland. Nachdem der Surflehrer telefoniert hatte, war er zunächst in ein kleines Café gegangen, wo er sich einen Kaffee to go und ein Brötchen auf die Hand gekauft hatte. Dann war er weiter durch die Innenstadt geschlendert, ohne dass etwas Auffälliges passiert wäre. Jorge begann sich fast zu langweilen, bis der Surflehrer gegen Mittag zielstrebig ein kleines Bürogebäude ansteuerte, das etwas abseits der Westerländer Fußgängerzone lag. Jorge hatte gehofft, dass Brinkmann vor der Tür jemanden treffen würde, aber er wurde enttäuscht. Der Surflehrer klingelte nur kurz und verschwand dann im Gebäude. Wenn das eine Spur zu einem möglichen Täter war, dann traf sich Brinkmann mit ihm in einem Büro im Haus, dachte Jorge. Also musste er zumindest versuchen herauszufinden, mit wem genau der Surflehrer einen Termin hatte. Jorge wartete ein paar Minuten, dann ging er unbemerkt zum Eingang und sah sich die Klingelschilder an.

Jorge ging die Namen der Firmen durch, die dort ihre Büros hatten. Die meisten sagten ihm nichts. Er überlegte kurz, ob er am Computer in der Dienststelle einige Firmendatenbanken abfragen sollte, um eine Verbindung zu dem Surflehrer zu finden. Aber dann schaute er durch die gläserne Eingangstür in den Flur des Gebäudes und ihm fiel etwas auf. Noch einmal ging er die Schilder durch. Dann nickte er zufrieden. Jorge war sich nun ziemlich sicher, bei wem Tom Brinkmann einen Termin hatte.

Daraufhin entfernte er sich rasch von dem Gebäude. Deshalb bemerkte er auch nicht, dass in diesem Moment ein anderer Mann aus einer der Straßen hinter dem Gebäude kam. Er überquerte eine Kreuzung, ging zur Ecke gegenüber dem Büroeingang und blieb dort stehen. Ohne Jorge gesehen zu haben, beobachtete die Gestalt, was sich vor dem Gebäude abspielte. Jorge jedoch wusste aufgrund des Klingelschildes bereits, dass noch jemand zu dem Treffen mit Brinkmann kommen würde. Er hoffte, dass diese Person nicht schon vor dem Surflehrer eingetroffen war. Denn dann bräuchte er nur weiter den Eingang zu beobachten und in wenigen Minuten müsste der Täter hier eintreffen.

Jorge war ganz aufgeregt. Diese Außeneinsätze begannen ihm Spaß zu machen. Er suchte sich einen Platz im Café gegenüber dem Bürogebäude. Von hier aus hatte er einen guten Blick auf den Eingang. Selbst wenn Brinkmanns Kontakt schon mit ihm im Gebäude war, würden sie beide durch diese Tür wieder hinausgehen. Jetzt musste er nur noch seine Kollegin informieren. Jorge griff zum Telefon und rief Antje an. Als sie hörte, wo Brinkmann war, verlor sie keine Zeit mehr und machte sich so schnell wie möglich auf den Weg zum Bürogebäude. Schon bald saßen sie zusammen im Café und beobachteten den Eingang.

"Bist du sicher, dass er oben im Büro einen Termin hat?", fragte Antje noch einmal ein wenig verunsichert. "Ganz sicher", bestätigte Jorge. "Aber woher weißt du, dass er nicht zu einer der anderen Firmen gegangen ist? Du kannst doch nicht von so weit weg gesehen haben, wo er geklingelt hat." Jorge grinste. "Das stimmt." Antje merkte, dass Jorge seinen kleinen Erfolg so lange wie möglich auskosten wollte, indem er sie auf die Folter spannte. "Jetzt erzähl mal. Wie hast du es herausgefunden?" "Brinkmann ist ja nur ein paar Minuten vorher reingegangen und dann zu einem der Büros hochgefahren. Als ich durch die Glastür in den Flur sah, konnte ich erkennen, dass der Fahrstuhl noch im obersten Stockwerk stand. Über der Aufzugstür leuchtete die Nummer." Antje rollte mit den Augen. "Sehr scharfsinnig, Herr Programmierer", stichelte sie ein wenig. "Du weißt ja, Zahlen sind mein Ding", antwortete Jorge ein wenig stolz.

Seit einer Stunde warteten die beiden Kommissare in dem Café. Seitdem hatte niemand mehr das Gebäude betreten. Aber Antje und Jorge machten sich keine Sorgen. Sie konnten sicher sein, dass Brinkmann dort mit jemanden zusammentraf. Denn im obersten Stockwerk befand sich nicht irgendeine Firma. Dort oben hatte eines der alteingesessenen Westerländer Notariate seinen Sitz.

"Das Notariat von Dr. Bäuminger hat sicher auch einige der Ferienhausverkäufe begleitet. Es würde mich nicht wundern, wenn die Sylter Ferienholding einige Geschäfte bei ihm hat beurkunden lassen", meinte Antje. "Soll ich mal Büro Bond anrufen und ihn bitten, das zu überprüfen?", lachte Jorge und wollte sich schon einen Spaß daraus machen, seinen Kollegen Hendrik zu kontaktieren. Doch Antje hielt ihn zurück. "Das können wir gleich machen, wenn wir wieder in der Dienststelle sind." Sie machte eine kleine Pause. "Außerdem hast du das am Computer viel schneller herausgefunden als der arme Hendrik, wenn er sich wieder durch die Akten wühlen muss." Jorge grinste wieder. "Aber einen Versuch war es wert", sagte er ein wenig übermütig. Antje merkte, dass er es kaum noch aushielt vor Aufregung, wer da gleich mit Tom Brinkmann vom Notartermin kommen würde.

"Ich hole noch schnell ein Schokocroissant von vorne", sagt Jorge und deutet in Richtung Theke. "Soll ich dir was mitbringen?" Antje schüttelte den Kopf. Jorge ging schnell zum Verkaufstresen und reihte sich in die Schlange ein. Fieberhaft überlegte er, mit wem Brinkmann wohl einen Termin im Notariat hatte. Fast hätte er vor lauter Gedanken den Eingang aus den Augen verloren. Er musste sich zusammenreißen. Ein bisschen Zucker würde helfen, dachte Jorge. Dann war er endlich an der Reihe. "Ein Schokoladencroissant, bitte", gab er seine Bestellung auf. Im selben Moment merkte er, wie der Mann hinter ihm in der Schlange den Blick von der Auslage abwandte und ihn anstarrte. "Jorge?" Petersen war ebenso überrascht. Er hatte sich so auf den Fall konzentriert und das Gebäude beobachtet, dass er gar nicht bemerkt hatte, wer sich hinter ihm in die Schlange eingereiht hatte.

"Malte?", fragte er überrascht zurück. "Ich dachte, Lena und du beobachten Nils Rogard?" Malte nickte. "Und ich dachte, Antje und du seid an Tom Brinkmann dran?" Sie starrten sich beide an. In ihren

Gesichtern war deutlich zu erkennen, wie ihnen zeitgleich derselbe Gedanke durch den Kopf schoss. Als sie gemeinsam wieder zum Eingang des Bürogebäudes blickten, sahen sie erstaunt, wie sich die Tür öffnete und Tom Brinkmann und Nils Rogard zusammen das Gebäude verließen.

KAPITEL 37

Die Kommissare staunten nicht schlecht, als sie feststellten, dass ihre jeweiligen Observationen von Tom Brinkmann und Nils Rogard sie vor einem Westerländer Notariat zusammengeführt hatten. Auch Antje hatte die beiden Surflehrer hinausgehen sehen und war inzwischen vorne im Café bei ihren Kollegen. "Seit wann bist du hier?", fragte sie Malte erstaunt. "Wir sind vor gut einer Stunde angekommen. Rogard hat sein Auto in einer Parallelstraße geparkt und ist dann durch den Hintereingang ins Gebäude gegangen. Lena wartet dort noch im Wagen. Ich habe mich an der Ecke neben dem Café postiert und wollte gerade einen Kaffee holen." "Dann haben wir uns vorhin wohl knapp verpasst", vermutete Jorge. "Jedenfalls sollten wir uns beeilen", unterbrach ihn Antje und zeigte auf die beiden Surflehrer, die gerade in einer der Seitenstraßen verschwanden. "Die beiden scheinen zu Rogards Auto zu wollen", sagte Malte knapp. Er überlegte kurz und entschied dann, was zu tun war.

"Ihr bleibt hier und versucht herauszufinden, was die beiden da im Bürogebäude gemacht haben. Lena und ich folgen ihnen und schauen, wohin uns diese Verbindung noch führt." "Und wenn sie sich trennen?", fragte Antje. "Dann verfolgen Lena und ich sie getrennt weiter. Ihr konzentriert euch darauf, mehr über dieses Treffen herauszufinden." Jorge und Antje nickten, während Malte sich beeilte, das Café zu verlassen. "Ich muss los, sonst verlieren wir sie", sagte er knapp. "Ruft an, sobald ihr etwas wisst!" Damit überquerte er schnell, aber immer noch unauffällig die Straße und folgte Rogard und Brinkmann in die Seitenstraße.

Antje und Jorge gingen zu dem Bürogebäude, in dem sich das Notariat befand. "Glaubst du wirklich, dass die beiden unter einer Decke stecken?", fragte Jorge. Antje hätte bei dem Gespräch mit Brinkmann schwören können, dass er keinesfalls Komplize eines Mörders war, aber nun gab sie zu, dass sie sich auch getäuscht haben könnte. "Ganz ehrlich, Jorge, ich habe keine Ahnung. Dieser Fall gibt mir wirklich Rätsel auf. Denn selbst wenn die beiden den Mord an Lüders geplant haben sollten, waren die Ereignisse des Abends von so vielen Zufällen abhängig. Woher sollte Tom Brinkmann wissen, dass das Wetter umschlagen würde, als er die Leine anschnitt? Später hatte er dazu ja keine Gelegenheit mehr".

Jorge überlegte. "Vielleicht war er es gar nicht und Rogard hat die Leine später selbst angeschnitten, als klar war, dass Jan Lüders kiten gehen würde. Er hätte noch die Gelegenheit gehabt und das erklärt, warum er ein Alibi brauchte." "Aber warum hat sich Brinkmann dann dazu bekannt?" Antje verstand das nicht. "Na, um uns auf eine falsche Fährte zu locken und Rogard zu entlasten." Sie überquerten die Straße. Antje wusste, dass sie dieses Gespräch jetzt nicht zu Ende führen konnten.

"Na gut", sagte sie abschließend, "aber wenn wir das einmal annehmen, dann frage ich mich, wie man damit einen Mord planen kann. Denn Rogard konnte ja kaum damit rechnen, dass Jan Lüders so stürzt, dass er zwar unverletzt bleibt, aber sein Kite sich in den Tetrapoden verfängt. Ganz zu schweigen davon, dass beide kein wirkliches Motiv haben. Bei Rogard sehe ich jedenfalls immer noch keins." Jorge nickte. "Dann finden wir heraus, was die beiden zusammen beim Notar gemacht haben. Vielleicht bringt das etwas Licht ins Dunkel."

Antje klingelte. "Ja bitte", meldete sich sofort eine freundliche Stimme. "SoKo Sylt, hier sind die Kriminalkommissare Möller und Petersen. Wir möchten bitte Herrn Dr. Bäuminger sprechen." Als Jorge das von Antje hörte, schwoll ihm immer noch ein wenig die Brust vor Stolz, einer echten SoKo anzugehören. "Einen Moment bitte", kam es aus der Gegensprechanlage. Antje und Jorge schauten sich an. Sie stellte sich einen nervösen Notariatsangestellten vor, der zu seinem Chef ins Büro stürmte und aufgeregt berichtete, dass die Polizei vor der Tür stand.

“Hallo?”, fragte Antje und klingelte noch einmal, als sie nichts mehr hörte. “Sollen wir Verstärkung holen?”, schlug Jorge vor. Ihm gefiel die Vorstellung, dass gleich zwei Streifenwagen mit lauten Sirenen vorfuhren und eine Polizeitruppe das Notariat stürmte. “Sicher nicht”, widersprach Antje und fühlte sich wie eine Erzieherin, die ihren unreifen Schützling im Auge behalten muss. “Wir könnten wenigstens unseren Büro-Bond holen”, konnte sich Jorge einen Scherz nicht verkneifen und erntete wieder nur verständnisloses Kopfschütteln.

Nach einer weiteren kurzen Pause meldete sich wieder der Empfang. “Kommen Sie bitte hoch, wir sitzen im obersten Stock. Der Aufzug ist gleich geradeaus.” “Das war jetzt fast ein bisschen zu höflich”, dachte Jorge. Aber Antje wusste aus Erfahrung, dass gerade Notare sehr darauf bedacht waren, ihren Kooperationswillen zu zeigen, soweit sie nicht gegen Verschwiegenheitspflichten oder andere Gebote verstießen. Letztlich blieb es aber bei solchen Floskeln, es sei denn, man hatte einen Durchsuchungsbeschluss dabei. Antje musste sich also schnell etwas einfallen lassen, wenn sie bei Dr. Bäuminger wirklich etwas erreichen wollte.

Antje sollte mit ihrer Befürchtung recht behalten. Oben empfing sie zwar ein überaus freundlicher Notariatsangestellter, aber schon bald fanden sich Antje und Jorge in einem Besucherzimmer wieder. Den edlen Espresso hatte Antje vorsorglich auch in Jorges Namen abgelehnt, ebenso wie Wasser und Kekse. Damit wollte sie wenigstens deutlich machen, dass sie sich nicht mit Höflichkeiten aufhalten lassen wollten, sondern dass es um etwas Ernstes ging. Trotzdem warteten sie nun schon fast eine halbe Stunde unverrichteter Dinge.

“Der nimmt uns nicht ernst”, sagte Jorge genervt und sah Antje etwas hilflos an. Sie atmete tief durch. “Dann werden wir das jetzt ändern. Komm mit.” Mit der gebotenen Entschlossenheit stand sie auf und ging festen Schrittes auf den Empfangstresen zu. Das aufgesetzte Lächeln des Notariatsangestellten hielt nur kurz, als Antje loslegte. “Schade, dass Dr. Bäuminger keine Zeit für uns hat”, stellte sie knapp fest. “Bitte richten Sie ihm aus, dass dies ein gut gemeinter Versuch unsererseits war, der Kanzlei weiteren Ärger zu ersparen." Damit wandte sie sich zum Gehen.

"Wir kommen wieder mit einem Durchsuchungsbefehl. Aber mit einer größeren Anzahl von Kollegen und mehr Zeit. Darauf sollte sich Herr Dr. Bäuminger dann bitte einstellen." Antje bluffte und es funktionierte bei dem jungen Kollegen ganz gut. "Einen Moment", rief er ihr nach und eilte in den Raum, in dem sich wohl das Büro des Notars befand.

Wenige Augenblicke später kam ein Herr mittleren Alters aus dem Büro und ging mit schnellen Schritten auf die Kommissare zu. Sein dunkelblauer Anzug war tadellos geschnitten. In der Brusttasche seines Jacketts trug er ein hellblaues Einstecktuch, das perfekt zu seiner gepunkteten Krawatte passte. Antje wusste sofort, dass es sich um Dr. Bäuminger handeln musste. Sein Haar war gepflegt, wenn auch leicht ergraut, was ihm ein würdevolles hanseatisches Aussehen verlieh. In seinem leicht gebräunten Gesicht entdeckte Antje den Ausdruck verbindlicher Autorität. "Notar Bäuminger", stellte er sich kurz vor, ohne ihnen die Hand zu reichen. "Was kann ich für Sie tun?"

Antje erläuterte den Hintergrund ihres Besuchs und dass es für ihre laufenden Ermittlungen in zwei Mordfällen äußerst wichtig sei, mehr über die Hintergründe des Termins zu erfahren, den die Herren Rogard und Brinkmann soeben in seinem Notariat gehabt hätten. Dr. Bäuminger lächelte freundlich, wenn auch etwas zurückhaltend. „Und diese ‚äußerste Wichtigkeit' drückt sich in einem Durchsuchungsbeschluss für meine Kanzlei aus?" Die Stimme des Notars klang ruhig, aber bestimmt. Antje schüttelte den Kopf und versuchte, dem Notar gegenüber ebenso verbindlich aufzutreten.

"Nein, aber wie ich dem Kollegen schon sagte ..." Bei dem Wort „Kollegen" zuckte es kurz unter dem Augenlid des Notars, dann schnitt er Antje das Wort ab. "Dann darf ich sie bitten, wiederzukommen, wenn sie einen haben. Einen schönen Tag noch." Damit drehte er sich auf dem Absatz um, warf seinem Notariatsangestellten im Vorbeigehen einen scharfen Blick zu, der bedeutete, die beiden Kommissare sofort nach draußen zu begleiten, und verschwand im selben Augenblick in seinem Büro.

"Das ist gründlich schief gegangen", dachte Antje frustriert, als sie und Jorge von dem jungen Mitarbeiter freundlich, aber bestimmt zum Aufzug begleitet wurden. Dr. Bäuminger war zu erfahren und juristisch mit allen Wassern gewaschen, um auf ihren Bluff hereinzufallen. Er wusste, dass die Hürden für einen Durchsuchungsbeschluss in einem Notariat sehr hoch waren, und er schien sich auch sehr sicher zu sein, keinen Anlass dafür gegeben zu haben. Antje dachte an das kühle Auftreten ihrer Chefin: "Da hätte selbst der Eisberg nicht viel ausrichten können", versuchte sie sich ein wenig zu trösten.

"Tut mir leid, das war ein totaler Reinfall." Antje sah Jorge etwas unglücklich an, als sie wieder draußen vor dem Gebäude standen. "Warum?", fragte er und konnte sich ein Grinsen nicht verkneifen. "Du hast sie doch so schön abgelenkt." Antjes fragendes Gesicht ließ Jorges Grinsen nur noch größer werden. "Was meinst du damit?", wollte sie wissen und hoffte, dass ihr Besuch doch nicht so umsonst gewesen war, wie sie bisher gedacht hatte.

"Du hast mit deiner kleinen Show die ganze Aufmerksamkeit von Bäuminger und seinem Assistenten auf dich gezogen. Ich dachte, das war Absicht." "Absicht wofür ...?" Jetzt wusste Antje mit Sicherheit, dass Jorge etwas herausgefunden hatte. "Nun, vorne am Empfang lag noch die Akte von der letzten Beurkundung. Der Notariatsangestellte hatte sie gerade bearbeitet. Auf dem Deckblatt standen eindeutig die Namen unserer beiden Surfer."

Antje begann zu strahlen. "Erzähl mir nicht, dass du die Gelegenheit genutzt hast, sie dir anzuschauen." "Niemand hat es bemerkt, und was ich auf der ersten Seite gesehen habe, hat mir auch gereicht." Wieder machte Jorge eine Pause. Antje war einfach nur neugierig. Sie spürte, dass Jorge eine für ihren Fall relevante Information gefunden hatte. "Na los, erzähl schon", forderte sie ihn auf. "Dr. Bäuminger hat einen Kaufvertrag zwischen den beiden beurkundet." Antje ahnte, dass das Beste gleich kommen würde. "Dreimal darfst du raten, was Nils Rogard unserem Tom Brinkmann gerade verkauft hat." Antje dachte kurz an eine Ferienwohnung, aber bei dem, was Jorge ihr dann erzählte, klappte ihr doch die Kinnlade herunter.

KAPITEL 38

Henrik saß genervt an seinem Schreibtisch in der Kripo Sylt und ging den letzten Aktenordner durch. Gerade noch hatte es sich so gut angefühlt, Teil der ersten SoKo Sylt zu sein, aber dann hatte er die Überwachung von Nils Rogard vermasselt und seitdem war irgendwie alles schief gelaufen. Jetzt saß er hier an seinem Schreibtisch und war nur noch für die Recherche zuständig, während alle seine Kollegen draußen im Einsatz waren.

Sogar der Computerfreak Petersen durfte mit auf Verbrecherjagd gehen. Der Gedanke daran steigerte Hendriks Frust nur noch mehr. Außerdem fiel sein Blick immer wieder auf das Foto, auf dem er mit geschwollenem Kinn und Pflaster von der Wand an Jorges Platz ziemlich unvorteilhaft zu sich herüberblickte. Nachdem die vier Kollegen gegangen waren, hatte er kurz überlegt, es abzuhängen und wegzuwerfen. Doch dann hatte er sich im letzten Moment zurückgehalten, denn das Verschwinden des Fotos wäre wahrscheinlich das Erste gewesen, was Jorge bei seiner Rückkehr bemerkt hätte. Hendrik befürchtete zu Recht, dass sein Kollege ihn dann erst recht lange damit aufgezogen hätte. Also spielte er lieber den "Akten-Bond", wie es unter dem Foto stand, und redete sich ein, dass er diese Schmach wie ein echter Mann ertragen würde.

Hendrik war bei der letzten Akte angelangt und seine inzwischen müden Augen fanden auch diesen Vorgang auf dem externen Laufwerk, das ihnen die unbekannte junge Frau im Bauamt zugespielt hatte. Er legte die Akte zurück in die Kiste und trug sie zu den anderen Kartons, die sie am Dienstagmorgen vom Bauamt erhalten hatten. Dann setzte er sich wieder an seinen Computer und versuchte, sich noch einmal zu konzentrieren.

Alle Vorgänge auf dem Datenträger waren in der Aktenlieferung des Bauamtes zu finden. Und das waren nicht wenige. Als Hendrik die Dateien durchging, fand er keine, die nicht zu den Akten passte. Er wollte schon aufhören und der Hauptkommissarin mitteilen, dass die stundenlange Arbeit zu keinem brauchbaren Ermittlungsergebnis geführt hatte, als er eine Datei sah, die er noch nicht abgeglichen hatte. Es schien die einzige zu sein, zu der es keine inhaltsgleiche Akte in den Kartons gab.

Hendrik spürte, wie sein Puls ein wenig schneller schlug, als er sie anklickte. Er hoffte inständig, etwas Relevantes zu finden und endlich auch einen Beitrag zu den Ermittlungen leisten zu können. Doch was er dann las, übertraf seine kühnsten Erwartungen bei weitem. "Volltreffer!" Hendrik jubelte innerlich. Das gab dem Fall eine völlig neue Wendung. Er tastete schon nach seinem Handy, um Lena und Malte sofort zu informieren, als ihn jemand unterbrach.

"Bin ich hier richtig?", hörte er eine dunkle Stimme fragen. Der Mann stand schon mitten im Dienstzimmer. Hendrik hob den Kopf. "Wer hat Sie denn hier reingelassen?" fragte er verwundert, denn das Dienstzimmer der SoKo sollte eigentlich für Außenstehende nicht zugänglich sein. Hinter dem sonnengebräunten Mann mit den zurückgegelten schwarzen Haaren blickte Hendrik etwas nervös auf die Visualisierungswand mit dem aktuellen Ermittlungsstand.

Der Mann bemerkte es jedoch nicht und antwortete nur etwas verärgert: "Na, Sie sind ja lustig. Erst bestellen Sie mich her, und dann behandeln Sie mich wie einen Eindringling". Dr. Kolmar kochte innerlich. Nicht nur, dass er eine Partie Golf hatte absagen müssen, jetzt lief er auch noch den halben Tag in einem unbequemen Anzug mit Krawatte herum, nur um diesen dienstlichen Termin wahrzunehmen. "Aber wenn ich gerade ungelegen komme, kann ich auch gleich wieder gehen."

In diesem Moment fiel Hendrik wieder ein, dass er den Geschäftsführer der Sylter Ferienholding noch einmal aufs Revier bestellt hatte, um seine Aussage zu protokollieren und mit der des Bauamtsleiters abzugleichen. "Dr. Kolmar?" fragte er zögernd. "Richtig", sagte der immer noch verärgert. "Tut mir leid", versuchte Hendrik sich zu rechtfertigen, "aber der Wachhabende vorne informiert uns eigentlich, sobald jemand da ist." "Da vorne war niemand", sagte Kolmar knapp. Hendrik verstand, dass es ihn nicht interessierte, wie die Polizei ihre Dienststelle organisierte. "Wahrscheinlich ist der Kollege nur kurz weggegangen", sagte Hendrik noch, aber Kolmar sah weiter so aus, als wolle er den Termin nur schnell hinter sich bringen.

Um keine Zeit zu verlieren, bat Hendrik ihn, sich direkt an seinen Schreibtisch zu setzen. Dann ging er mit ihm noch einmal die Ereignisse des vergangenen Freitagnachmittags durch. Dr. Kolmar schilderte, wie er sich mit Jan Lüders getroffen hatte und dann direkt nach Westerland ins Bauamt gefahren war. "Das alles habe ich auch schon den Kollegen erzählt. Die Arbeitsweise dieser neuen SoKo Sylt erscheint mir nicht wirklich koordiniert und zielführend", schloss er seine Ausführungen. Kolmar versuchte gar nicht erst, seine offensichtlich abschätzige Meinung über die neuen Polizeistrukturen zu verbergen.

"Wir versuchen nur noch einmal, den Widerspruch zu Herrn Jeschkes Aussage, der sich nach Ihrer Vernehmung ergeben hat, besser zu verstehen." Dr. Kolmar schaute Hendrik erst überrascht an. Dann wurde er wieder ärgerlich. "Hat Erik den Termin mit mir nicht bestätigt?" Hendrik versuchte, etwas aus der Reaktion herauszulesen, aber Kolmar schien ihm nur verärgert zu sein, weil er seine Zeit auf der Polizeiwache verbringen musste und nicht auf dem Golfplatz sein konnte.

"Doch, Herr Jeschke hat Ihr Treffen bestätigt. Er hat aber gesagt, dass er vorher keinen anderen Termin hatte." "Warum sollte das wichtig sein? Hauptsache, er hat bezeugt, dass ich da war." Bevor Hendrik weiter darauf einging, hielt er den Moment für gekommen, seinen einzigen kleinen Trumpf auszuspielen und Dr. Kolmar vielleicht ein wenig zu verunsichern. "Aber Sie kiten sehr gut." Hendrik ließ den Satz wirken. Kolmar schien kurz irritiert. "Ja, ich kann viele Dinge sehr gut", antwortete er mehr reflexartig als überlegt. Dann ahnte er, worauf Hendrik hinauswollte, und sein Puls beschleunigte sich schlagartig.

“Was wollen Sie damit sagen?” “Nichts. Aber wie Sie wissen, suchen wir jemanden, der an dem Abend mit Jan Lüders auf dem Wasser war. Da kommen nur hervorragende Kiter in Frage.” Kolmar war kurz davor, sich lautstark über die Unterstellung zu empören, er habe etwas mit dem Mord an Lüders zu tun, doch dann beschloss er, seinen Ärger besser hinunterzuschlucken. Er wollte so wenig Zeit wie möglich für diese Vernehmung aufwenden, und jeder Protest hätte sie nur unnötig in die Länge gezogen, fürchtete er. “Na ja, Golf spiele ich noch besser. Jedenfalls, wenn ich dazu komme. War‘s das?“ Mit diesen Worten wollte Dr. Kolmar das Gespräch beenden, das er allmählich nur noch als Zumutung empfand.

Aber Hendrik war noch nicht ganz fertig: “Eine Sache noch: Woher haben Sie die Information, dass Herr Jeschke vor Ihnen noch einen Termin hatte?” “Ich habe Erik in seinem Büro angerufen und bin im Vorzimmer gelandet. Dort hat man mir gesagt, dass er noch einen Termin hat.” “Wissen Sie, wen er getroffen hat?” Kolmar war zunehmend genervt. “Was geht mich das an? Ich habe gefragt, wie lange er ungefähr noch da ist und habe Erik dann ausrichten lassen, dass ich in einer halben Stunde bei ihm bin.”

Hendrik sah Dr. Kolmar an. Er schien mit sich zu ringen, ob er noch etwas hinzufügen sollte. Tatsächlich schob er noch einen entscheidenden Satz nach: “Als ich ankam, verließ gerade ein junger Mann sein Büro. Ich bin mir also ziemlich sicher, dass Erik vor mir jemand anderen getroffen hat”. Es war wohl eine Art rechthaberische Eitelkeit, die Kolmar zu diesem letzten Satz veranlasste. Obwohl er ihn sofort bereute. Er ahnte, dass er damit nur weitere Fragen provoziert hatte.

“Sie haben gesehen, wer vorher bei ihm war?” Hendrik erhoffte sich mehr Details. “Das habe ich doch gerade gesagt.” “Können Sie den Mann beschreiben?” Kolmar überlegte. “Keine Ahnung. Ein junger Mann eben. Wahrscheinlich Mitte dreißig, kurze Haare, groß und sportlich. Ich habe ihn nur kurz gesehen und ehrlich gesagt nicht weiter beachtet. Sind wir jetzt fertig?”

Hendrik überlegte. Mehr würde er wohl nicht erfahren. Die Beschreibung war viel zu vage, so viel war klar. Aber Kolmars

Kooperationsbereitschaft sank gegen Null. Jetzt konnte er höchstens noch Jeschkes Sekretärin befragen und sich den Kalender zeigen lassen, wenn er den Bauamtsleiter mit dieser Aussage konfrontierte. Da Hendrik aber nicht den Eindruck hatte, dass dieser Punkt das Alibi von Dr. Kolmar ins Wanken bringen würde, schien der Widerspruch zunächst keine weitere Bedeutung zu haben. Hendrik ließ Kolmar daher das Protokoll unterschreiben und beendete die Befragung.

Als Dr. Kolmar aufstand und sich zum Gehen wandte, fiel sein Blick kurz auf die Visualisierungswand. "Da. Mit dem hat sich Erik getroffen." Kolmar deutete auf ein bestimmtes Bild an der Wand. Als Hendrik sah, wen Dr. Kolmar meinte, fiel er aus allen Wolken. "Das wird Lena und Malte gar nicht gefallen", dachte er und griff nach seinem Handy. Diese Information musste er so schnell wie möglich weitergeben.

KAPITEL 39

Malte und Lena waren den beiden Surflehrern von Westerland aus gefolgt. Zum Glück hatten sich Rogard und Brinkmann nicht getrennt, sondern waren gemeinsam in das Auto des Surfschulbesitzers gestiegen und wieder Richtung Hörnum gefahren. Die Regenschauer hatten erneut eingesetzt. Lena kümmerte es nicht, aber Malte fragte sich, wie ihr die ersten Tage auf der Insel eigentlich gefallen hatten.

Als sie auf der langen Landstraße ganz in den Süden der Insel fuhren und links und rechts die herrliche Sylter Heide auftauchte, ließ Malte das Fenster herunter, um mehr von der frischen Nordseeluft einzuatmen. Für ihn war die Insel Freiheit pur, und mit diesem Gefühl konnte er besser denken. Die Puzzleteile der letzten Stunden breiteten sich vor seinem geistigen Auge aus. Maltes Ansatz war es, sich zu entspannen und gedanklich ganz in die raue und zugleich schöne Landschaft Sylts einzutauchen. In diesem Zustand verbanden sich die Aspekte eines Falles wie von selbst, und oft sah er Zusammenhänge, auf die er selbst bei angestrengtestem Nachdenken nicht gekommen wäre.

“Können Sie bitte das Fenster schließen? Es regnet rein”, sagte Lena plötzlich. Sie schien die Insel und ihr einzigartiges Klima wirklich nicht zu mögen. “Ich kann bei frischer Luft klarer denken”, versuchte Malte kurz einzuwenden, sah aber sofort an Lenas Gesichtsausdruck, dass sie ihm nicht folgen konnte. Malte war ein umgänglicher Typ und so versuchte er gar nicht erst, eine Diskussion mit ihr anzufangen. Er atmete noch einmal tief die salzige, regenfeuchte Luft ein und schloss dann das Fenster.

"Wenn wir den Fall gelöst haben, zeige ich Ihnen mal die schöne Natur Ihrer neuen Heimat", versuchte Malte seine neue Chefin ein wenig für die Insel zu begeistern. Lena überlegte. Sie teilte nicht gerne persönliche Dinge mit Kollegen. Aber dann rang sie sich doch zu einer Bemerkung durch. "Danke, aber ich kenne Sylt seit meiner Kindheit." Das verblüffte Malte dann doch. "Wie bitte? Das sagen Sie erst jetzt?" Lena sah ihn ausdruckslos an. "Wäre das für unseren Fall wichtig gewesen?"

Malte konnte es nicht fassen. "Nein, aber...", dann brach er ab. Ihm fiel einfach nichts mehr ein, was er dazu noch sagen konnte. Zumindest wusste er jetzt, warum die Hauptkommissarin sich so gut auf der Insel zurechtfand.

"Gut", sagte Lena, „dann lassen Sie uns lieber darüber nachdenken, wie Rogard und Brinkmann in diese Morde verwickelt sind." Malte gab sich damit fürs Erste zufrieden. Aber er nahm sich vor, irgendwann darauf zurückzukommen, was Lena mit der Insel verband. Seine Chefin und ihre Verschlossenheit wurden ihm immer mehr zum Rätsel.

Inzwischen waren sie dem Auto der beiden Surflehrer bis nach Rantum gefolgt. "Vielleicht sollten wir erst einmal die Beziehung zu dem schwangeren Mädchen klären, das Rogard hier besucht hat", schlug Malte vor, während sie weiter durch den Ort fuhren. "Nehmen wir an, Rogard ist ihr Freund und damit auch der Vater des Kindes. Das ergibt eine interessante Verbindung. Denn wie das Türschild vermuten lässt, ist sie die Tochter von..."

In diesem Moment wurde Malte unterbrochen. Sein Handy klingelte und der Name von Antje Möller erschien auf dem Display. Sofort nahm Malte das Gespräch an und stellte auf laut. "Lena und ich sitzen noch im Auto und verfolgen die beiden gerade durch Rantum. Ich vermute, sie fahren weiter zu Rogards Surfschule nach Hörnum. Habt ihr inzwischen etwas herausgefunden?" "Das kann man wohl sagen", ertönte Antjes Stimme aus dem Lautsprecher. Lena und Malte hörten jetzt gespannt zu. "Wir sind ganz Ohr." "Rogards Surfschule ist nicht mehr Rogards

Surfschule." Malte wechselte einen überraschten Blick mit Lena, die diese Nachricht bereits zu verarbeiten schien. "Er hat sie vorhin an Tom Brinkmann verkauft."

Malte wollte gerade antworten, als ein weiterer Anruf auf seinem Display erschien. "Hendrik ruft an. Ich schalte ihn gleich mal dazu." Wenig später befand sich die SoKo Sylt in einer Konferenzschaltung, während Lena den Wagen in gebührendem Abstand hinter Rogards Auto lenkte, das inzwischen auf die Landstraße nach Hörnum einbog.

"Ich habe Neuigkeiten", begann Hendrik. Seine Stimme klang allerdings weit weniger euphorisch als die von Antje zuvor. "Jeschke hat uns tatsächlich eine Akte vorenthalten. Auf dem Datenträger habe ich eine Datei gefunden, zu der es in den gelieferten Kisten des Bauamtes keine Akte gab." Alle hörten gespannt zu. "Hat jemand eine Idee?", Hendrik wollte die Information noch etwas hinauszögern, um sich mit dem Ergebnis besser in Szene setzen zu können.

"Jetzt sagen Sie schon", sagte Lena knapp, die für solche Spielchen kein Verständnis hatte. "Ich weiß es", kam Jorge ihm plötzlich zuvor und nutzte mit dem nächsten Satz die Gelegenheit, Hendrik endgültig die Show zu stehlen. "Es geht um die Surfschule." Hendrik konnte es nicht glauben. "Ja, das stimmt. Aber woher weißt du ..." "Jan Lüders hat die Bretterbude bestimmt auf ihre baurechtliche Zulässigkeit geprüft. Das wäre Rogard bei einem Verkauf auf die Füße gefallen", erkannte Jorge den Zusammenhang.

Hendrik erfuhr bei dieser Gelegenheit, dass Brinkmann und Rogard gerade beim Notar waren und ärgerte sich nun maßlos, dass er das Ergebnis seiner Ermittlungen nicht gleich mitgeteilt hatte. Denn mit der zweiten Nachricht, die er noch zu verkünden hatte, konnte er sicher keine Punkte sammeln. Doch bevor er dazu kam, übernahm Malte wieder die Gesprächsführung.

"Jetzt ergibt alles einen Sinn. Das ist unser fehlendes Motiv. Lüders war eine Bedrohung für das Geschäft. Hätte er die Surfschule geschlossen, wäre es nicht zum Verkauf gekommen." Hendrik wollte etwas sagen, kam aber nicht dazu. "Aber warum hatte Jeschke ein Interesse daran, die Akte zurückzuhalten?", fragte Antje dazwischen. "Weil Nils Rogard der Freund von Jeschkes Tochter ist, die ein Kind von ihm erwartet."

Das Erstaunen war groß, als Malte berichtete, dass sie bei der Beobachtung von Rogard den Namen “Jeschke” auf dem Türschild in Rantum gelesen hatten. “Die junge Frau kam mir auch irgendwie bekannt vor. Nachdem ich den Namen an ihrem Haus gelesen hatte, erinnerte ich mich auch daran, dass ich sie als kleines Mädchen einmal bei Jeschke im Büro gesehen hatte”, erzählte Malte.

Noch einmal versuchte Hendrik, sich Gehör zu verschaffen, aber wieder kam Antje ihm zuvor. “Jeschke hat also versucht, den Verkauf für seinen zukünftigen Schwiegersohn zu retten. Wahrscheinlich hat er die Akte längst verschwinden lassen und hätte den Fall dann irgendwann abgeschlossen, wenn genug Zeit verstrichen wäre”, sagte Antje und erinnerte sich wieder an den schweißnassen Händedruck des schmierigen Bauamtsleiters. “Ob er wusste, dass er damit in einen Mordfall verwickelt wird?”, fragte Antje. “Auf jeden Fall ist es Amtsmissbrauch und wegen der wirtschaftlichen Beziehung vielleicht sogar Vorteilsnahme”, antwortete Malte, der Jeschke gut genug kannte, um ihm solche Wirtschaftsdelikte zumindest grundsätzlich zuzutrauen.

Eine Pause entstand. Hendrik wusste nicht so recht, wie er seine zweite Neuigkeit dem Team mitteilen sollte und zögerte einen Moment zu lange. “Wie soll der Mord abgelaufen sein?”, fragte Lena kurz. Jetzt begann Jorge mit seiner Theorie und Hendrik verzichtete vorerst darauf, sich einzumischen. “In Wirklichkeit war es Rogard, der die Leine angeschnitten hat, als klar war, dass Jan Lüders an diesem Abend doch noch kiten würde. Später hat er Tom Brinkmann überredet, die Tat zur Ablenkung auf sich zu nehmen, genauso wie er Svea Weber unter Druck gesetzt hat, um ein Alibi zu bekommen.”

Das klang für die SoKo erst einmal plausibel. Jorge ließ sich nicht bremsen und erklärte seine Theorie weiter. “Rogard war dann später beim Bulli und wurde von Birgit Falk gesehen, aber nicht erkannt. Wahrscheinlich wollte er sich vergewissern, dass Lüders wirklich mit dem manipulierten Kite auf dem Wasser ist. Dann ist er selbst aufs Wasser, falls er bei dem Unfall nachhelfen müsste, was ja auch der Fall war.”

Inzwischen waren Lena und Malte in Hörnum angekommen und bis zur Strandpromenade gefahren. Sie parkten das Auto und sahen gerade noch, wie die beiden Surflehrer zur Surfschule liefen. “Dann nehmen wir Rogard mal vorläufig fest", sagte Lena und wollte aussteigen. "Ich habe noch etwas", konnte Hendrik endlich durchdringen. "Kann das nicht warten, bis wir mit Rogard und Brinkmann auf dem Revier sind?" Für Lena stand jetzt die Festnahme im Vordergrund. Sogar Hendrik Voss musste doch begriffen haben, dass es hier um die Festnahme eines Mörders und seines mutmaßlichen Komplizen ging. Da durften sie keine Zeit verlieren.

"Ich fürchte, es kann nicht warten. Leider ist es auch keine gute Nachricht." Jetzt hatte Hendrik die volle Aufmerksamkeit des Teams. "Das sind wir von Ihnen gewohnt. Also beeilen Sie sich", sagte Lena für ihre Verhältnisse ungewohnt spitz und ließ sich wieder in den Sitz fallen. Dann endlich rückte Hendrik mit der Sprache heraus: "Nils Rogard hat doch ein Alibi."

"Was soll das heißen?" Lena war irritiert. Hendrik holte noch einmal tief Luft, bevor er die bisherigen Ermittlungen wie ein Kartenhaus zusammenfallen ließ. "Er war zur Tatzeit bei Jeschke im Bauamt in Westerland." Allen im Team stockte der Atem. Malte war der Erste, der seine Sprache wiederfand. "Bist du sicher, Hendrik?" "Leider ja", seufzte der junge Kommissar. "Dr. Kolmar hat ihn erkannt. Rogard war kurz vor ihm bei Erik Jeschke. Kolmar hat ihn noch aus dem Büro kommen sehen. Das war der Termin, den Jeschke abgestritten hat."

"Warum sagen Sie das erst jetzt?" Lena war ungehalten. Doch diesmal sprang Malte für Hendrik ein. "Ich glaube, wir haben ihn nicht zu Wort kommen lassen. Dabei hat Hendrik uns gerade vor einem großen Fehler bewahrt." Lena verstummte. Sie überlegte einen Moment, dann nickte sie. Sofort hatte ihre rationale Seite wieder die Oberhand gewonnen. Ihre zunehmende Verärgerung über Hendrik hatte sie dazu gebracht, seinen Beiträgen keine Bedeutung mehr beizumessen. So etwas passierte ihr immer, wenn sie nicht sachlich und logisch vorging. "Mein Fehler, Hendrik", gestand sie ein und fügte hinzu: "Das haben Sie gut gemacht. Auch wenn wir jetzt wieder von vorne anfangen müssen".

Das ganze SoKo-Team war niedergeschlagen. Selbst Hendrik konnte sich über das ungewohnte Lob seiner Chefin nicht richtig freuen. Nils Rogard hatte zwar sein Umfeld manipuliert und sogar den Bauamtsleiter unter Druck gesetzt. Aber alles nur, um seine Surfschule noch rechtzeitig zu verkaufen, bevor Jan Lüders ihm die Genehmigung entzog. Erik Jeschke handelte im Interesse seiner schwangeren Tochter. Er hatte sich an jenem Freitagabend bei dem Treffen mit Rogard in seinem Büro dazu überreden lassen, das Verfahren gegen die Surfschule aufzuschieben. So wie er es schon einige Male mit den Ferienwohnungen gemacht hatte. Tom Brinkmann hingegen hatte sich tatsächlich nur einen schlechten Scherz mit seinem Kumpel Lüders erlaubt, wie er es auch zugegeben hatte. Selbst Kolmar hatte nun ein wasserdichtes Alibi. So gut wie alle Verdächtigen schieden als Täter aus. Etwas war dem Team entgangen.

"Was machen wir jetzt?", fragte Lena Malte, als sie das Telefonat mit dem Team beendet hatten. Sie musste zugeben, dass sie im Moment keine Ahnung hatte, in welche Richtung sie weiter ermitteln sollten. Malte saß neben ihr im Auto auf dem Parkplatz vor der Fußgängerpromenade und überlegte.

"Wir essen erst mal ein Fischbrötchen", sagte er plötzlich und sein Lächeln verbreitete sofort gute Laune. Wie auf Kommando knurrte dazu sein Magen. Selbst Lena musste unwillkürlich lachen. "Okay. Wenn Sie mich in so einer Situation aufheitern können, bin ich zuversichtlich, dass wir früher oder später auch diesen Fall noch lösen werden." "Das ist jetzt keine sehr logische Schlussfolgerung", scherzte Malte. "Das sagt mir mein Bauchgefühl", gab sie zurück und war doch langsam dankbar, Malte an ihrer Seite zu haben. Wenigstens konnte ihr Oberkommissar sogar die verfahrendste Situation ein wenig entspannen.

Als die beiden Kommissare aus dem Auto stiegen und über die Strandpromenade in Richtung Hafen liefen, ahnten sie noch nicht, wie nahe sie dem Mörder waren.

KAPITEL 40

Lena und Malte hatten nicht viel gesagt, seit sie am Fischstand am Hörnumer Hafen angekommen waren. Sie standen an einem der Stehtische und aßen schweigend ihr Brötchen. Beide dachten nach. Malte beobachtete wieder die Möwen, die im Hafen ihre Kreise zogen. Das Wetter war ausnahmsweise trocken und die Nordseeluft vermischte sich mit dem speziellen Geruch der Krabbenkutter, die von ihrem Tagesfang zurückgekehrt waren und im Hafen lagen.

"Haben Sie schon eine Idee?", fragte Lena nach einer Weile. "Na ja, zu dem Mordfall direkt nicht. Aber ich werde auf jeden Fall nachher zu Erik Jeschke fahren und ihn mit der Surfschule und seiner unterschlagenen Akte konfrontieren. Wenn wir Glück haben, gesteht er gleich alles. Dann haben es die Kollegen von der Staatsanwaltschaft später leichter und ich habe das Gefühl, heute nicht ganz erfolglos gewesen zu sein." "Nehmen Sie Hendrik mit", sagte Lena. "Er hat es verdient, dabei zu sein." Malte nickte. Langsam zollte er Lena Respekt, wie sie mit dem Team umging. Das Sylter Klima schien ihr gut zu bekommen, dachte er schmunzelnd.

Während sie sich noch unterhielten und überlegten, was sie vielleicht übersehen hatten, bemerkte Malte zufällig, dass am Nebentisch ein anderer Gast seine Brieftasche auf dem Stehtisch vergessen hatte, als er ging. Er wollte den Gast gerade darauf aufmerksam machen, als der Kellner schon da war, um den Tisch abzuräumen. Dieser sah die Geldbörse und Malte rechnete fest damit, dass der Kellner den Gast sofort zurückrufen würde. Doch der Kellner schaute sich nur kurz verstohlen um und steckte zu Maltes Überraschung das Portemonnaie ein, als wäre nichts geschehen. Malte konnte es kaum glauben.

Lena bemerkte es sofort. "Was ist denn?" "Einen Moment", bat Malte sie und hielt den Kellner auf, als er an ihrem Tisch vorbeikam. "Ich nehme an, Sie wollten das Portemonnaie gerade dem Gast geben, der da hinten zum Ausflugsdampfer läuft, und haben es nur deshalb eingesteckt." Der Kellner errötete sofort. "Was meinen Sie?", versuchte er noch kurz so zu tun, als verstünde er nicht, worum es ging. Malte zog unauffällig sein Jackett zurück, so dass der Kellner seinen Schulterhalfter sehen konnte.

"Die Sylter Polizei isst hier besonders gerne ihre Brötchen, weil es so ein ehrlicher Laden ist", kommentierte Malte. Mehr musste er nicht sagen. "Natürlich", stotterte der ertappte Kellner und rannte dem Gast hinterher. Er erreichte ihn, noch bevor dieser die Laufbrücke des Ausflugsdampfers betreten konnte. Der Gast strahlte und bedankte sich überschwänglich. Dann zog er einen 100-Euro-Schein aus seiner Brieftasche und reichte ihn dem Kellner. Dieser blickte verstohlen in Richtung der Stehtische und als er sah, wie Malte den Kopf schüttelte, lehnte er dankend ab. Der Gast bestieg daraufhin den Dampfer, und der Kellner kehrte mit verkniffenem Gesicht zur Fischbude zurück, wo er sich beeilte, säuerlich lächelnd an Malte vorbeizugehen.

"Was war das?", fragte Lena, die nur die Hälfte der Geschichte mitbekommen hatte. „'Gelegenheit macht Diebe' würde ich es nennen", antwortete Malte. "Aber die SoKo Sylt war vor Ort und hat das geregelt." Er grinste. Lena hingegen blieb ungerührt. Zu sehr empfand sie es als Belastung, dem besonderen Status einer SoKo nicht gerecht geworden zu sein. "Gelegenheit macht Diebe", dachte Malte noch einmal und hatte seltsamerweise das Gefühl, diesem Aspekt der gerade erlebten Geschichte vielleicht noch etwas mehr Aufmerksamkeit schenken zu müssen.

"Wir müssen noch mal bei dem zweiten Kiter anfangen", sagte Lena. "Der kommt mir inzwischen wie ein richtiges Phantom vor", kommentierte Malte. "Wir haben doch schon so viele überprüft, die für diese Rolle in Frage kommen." "Dann sollten wir Hanno Grievers noch einmal befragen. Vielleicht erinnert er sich doch noch an ein Detail. Das Muster des Kiteschirms oder so etwas." Lena warf den benutzten Pappteller in den nahen Mülleimer und wollte gerade gehen. "Was ist? Kommen Sie?"

Malte hielt kurz inne. Etwas war in ihm ausgelöst worden. Er wusste, dass er Lena gegenüber besser nicht erwähnen sollte, dass er so ein „Gefühl" hatte, also sagte er nur: „Wenn es in Ordnung ist, würde ich vielleicht einen kleinen Spaziergang um die Südspitze machen." Lena sah ihn erstaunt an. "Wie gesagt, an der frischen Luft kann ich klarer denken." Sie runzelte die Stirn. "Ich brauche nur zwanzig Minuten und hole sie dann bei Grievers ab. Das liegt sowieso auf dem Weg."

"Nur zwanzig Minuten, um die Südspitze der Insel zu umrunden", dachte Lena. In ihrer Kindheit dauerte so ein Spaziergang noch fast zwei Stunden. Auf der Insel hatte sich doch einiges verändert. "Na gut", sagte sie schließlich. "Grievers kann ich auch allein befragen." Malte nickte. "Seien Sie etwas zugänglicher als beim letzten Mal. Der arme Mann ist schon nach dem ersten Mord in Panik geraten. Wahrscheinlich hat er kein Auge zugetan, seit er Birgit Falk gefunden hat." Malte sah, dass Lena nicht verstand, was er sagen wollte. „Vergessen Sie's. Sie werden das schon auf ihre Weise machen." Damit verabschiedeten sie sich, und Malte war in Gedanken schon längst beim Meeresrauschen und dem rauen Nordseewind, der seine Gedanken ordentlich durchpusten sollte.

Wieder stand der Schatten oberhalb der Kersig-Siedlung und blickte auf die Tetrapoden hinab. Erst vor einer Woche hatte er hier einen Mord begangen. Die Gewalt der Nordsee war an diesem Ort so greifbar. Sie kämpfte mit dem Beton, und in seinem Kopf tauchten Bilder auf, die denselben Kampf zeigten, den er vor ein paar Tagen erlebt hatte. Wie die Wellen, die sich an den Pfeilern der Tetrapoden brachen, hatte er den Kopf von Jan Lüders gepackt und gegen sie geschmettert. Dreimal hatte er ihn gegen den Beton gerammt, dann war der Körper des Kiters zusammengesackt. Er hatte ihn nicht lange halten können, gerade lange genug, um ihn in die Nordsee kippen zu lassen.

Der Schatten ließ seinen Blick weiter schweifen, zurück über die Dünen in Richtung Insel. Seltsam, dachte er, sogar die Strandsauna konnte er von hier aus sehen. Der Wind wogte die Dünenlandschaft hin und her und dazwischen zappelte in seinem Kopf die Saunabesitzerin und ihr Gurgeln und Würgen klang wie das Rauschen der Nordsee im Dünengras. Er hatte diese Landschaft immer so geliebt und nun war sie für immer mit den beiden Morden verbunden, die er begangen hatte.

Dann lenkte etwas anderes seine Aufmerksamkeit auf den Parkplatz vor der Sauna. Dort sah er die Hauptkommissarin, die seit ihrer Ankunft auf der Insel vor ein paar Tagen keine Ruhe gegeben hatte und immer noch auf der Suche nach ihm zu sein schien. Sie kam den Bretterweg hoch, und der Schatten ahnte, dass er noch ein drittes Mal morden musste, wenn er endlich seine Ruhe haben wollte.

Hendrik saß nachdenklich an seinem Schreibtisch, als Antje und Jorge zurück in die Dienststelle der Westerländer Polizei kamen. Er hatte die Füße auf den Tisch gelegt und wusste nicht so recht, wie er mit der ganzen Situation umgehen sollte. Auf der einen Seite fühlte es sich gut an, endlich einen sinnvollen Beitrag zu den Ermittlungen geleistet zu haben. Ein bisschen Anerkennung von seiner Chefin konnte er für sein Selbstvertrauen gut gebrauchen. Auf der anderen Seite hatte er den ganzen Fall auf Anfang gestellt und damit das gesamte Team frustriert.

"Nächstes Mal gehst du besser wieder in den Außeneinsatz und ich mache hier die Computerarbeit", rief Jorge ihm zur Begrüßung zu, und Hendrik hatte fast das Gefühl, dass es auch ein bisschen nett gemeint war. Antje nickte ihm nur müde zu und ging schweigend zu ihrem Platz. Niemand sagte etwas. Stille breitete sich aus. Hendrik fand es unerträglich.

Er versuchte, die Starre, in die alle verfallen waren, zu durchbrechen, indem er aufstand und zur Wand mit den Ermittlungen ging. Eigentlich hätte er die Bilder von Rogard, Brinkmann, Kolmar und Jeschke abhängen können, aber er wusste, dass das kein schönes Signal gewesen wäre. Außerdem war der Fall noch nicht gelöst. Also nahm er einfach eine gelbe Stecknadel und steckte sie auf der Syltkarte an die Stelle, wo die Surfschule war.

Als er umdrehte und zu seinem Platz zurücklief, hörte er Antje fragen: "Warum nimmst du eine gelbe Nadel? Die offenen Fälle von Lüders waren doch alle rot." "Ist ja kein Ferienhausfall", sagte Hendrik lapidar. Antje runzelte die Stirn. "Heißt das, dass nicht alle Fälle von Jan Lüders auf der Karte sind?" Hendrik nickte. "Ja, ich habe mich bei der Visualisierung hauptsächlich auf die Ferienhäuser konzentriert. Es gab noch ein paar andere Fälle, aber nichts Auffälliges."

Antje überlegte. "Lass sie uns trotzdem einmal hinzufügen. Wir haben nicht mehr viel zu verlieren." Hendrik blickte erst zu den Aktenkisten und dann zu Jorge. "Bin schon dabei, Mr. Bond", sagte Jorge versöhnlich. Angesichts der Situation hatte er weder Zeit noch Lust auf die üblichen Sticheleien gegenüber seinem Kollegen. „Danke ‚Q'", antwortete Hendrik, und zum ersten Mal, seit sie an diesem Fall arbeiteten, behandelten sie einander mit ein wenig Respekt.

"Ich habe hier sieben Fälle, an denen Lüders neben dem Ferienhauskomplex noch gearbeitet hat", sagt Jorge schon nach wenigen Minuten. Er wertete die Daten mit einem Programm aus, das ihm anhand von Stichworten jedes Detail der Vorgänge elektronisch anzeigen konnte. Hendrik pinnte die Fälle nach und nach mit weiteren gelben Stecknadeln auf die Karte.

Eine davon war die Surfschule, die anderen sechs waren über die ganze Insel verteilt. "Was ist mit dem da?", fragte Anje. Neben der Surfschule war das die einzige gelbe Stecknadel in Hörnum. Sie steckte nicht weit von den beiden Tatorten. "Den habe ich mir natürlich als erstes angesehen", sagte Hendrik gewissenhaft. "Lüders hat eine Rückbauverfügung gegen ein allzu extravagantes Reetdachhaus einer Architektin erlassen. Sie hieß ..." Hendrik musste überlegen. "Hannah Holm", half ihm Jorge. "Genau. Allerdings ist sie bereits vor einigen Jahren gestorben. Eine Tote schied für mich als Täterin aus. Ich habe mir die Akte daher nicht weiter angesehen"

"Wie ist die genaue Adresse?", wollte Antje wissen. Auch hier konnte Jorge aushelfen und nannte Straße und Hausnummer. "Das ist doch in der Kersig-Siedlung, oder? Da wohnt doch Hanno Grievers. Dann ist er vielleicht ein direkte Nachbar und kannte diese Hannah Holm?" "Klingt nicht gerade nach einer heißen Spur, eher nach einem letzten Strohhalm", wandte Jorge ein. "Na ja, damit klettern die Mäuse aus dem Milchglas, wenn sie nicht ertrinken wollen", meinte Antje achselzuckend. "Ich dachte, die strampeln so lange, bis Sahne aus der Milch wird", entgegnete Jorge. Wenigstens konnte er dabei wieder ein wenig grinsen.

"Ich werde Lena und Malte informieren. Ein Besuch bei Griever stand sowieso noch für eine Befragung an. Vielleicht sind sie noch in Hörnum und können sich das direkt ansehen." Hendrik wählte zunächst die Nummer von Malte. "Komisch, da geht gleich die Mailbox ran." Dann wählte er Lenas Nummer. Wenigstens hatte er hier ein Freizeichen. Kurz darauf war die Hauptkommissarin dran. Hendrik erzählte ihr kurz von der Architektin in der Kersig-Siedlung. Das Gespräch dauerte nicht lange.

Als Hendrik auflegte, war er etwas blass. "Was ist los?", wollte Antje wissen. Hendrik sah das Team mit großen Augen an. „Wir sollen sofort kommen, hat sie gesagt." Dann fügte er hinzu: "Irgendwas stimmt nicht. Sie ist ja immer ein bisschen unterkühlt. Aber so komisch hat sie noch nie gesprochen. Ich glaube, Lena ist in Schwierigkeiten."

KAPITEL 41

"Gelegenheit macht Diebe". Dieser Satz ging Malte immer wieder durch den Kopf, seit er seinen Spaziergang um die Südspitze begonnen hatte. Er verstand selbst noch nicht so recht, warum seine Gedanken immer wieder um ihn kreisten und was er mit dem Fall zu tun haben könnte. Aber so war das mit Claasen. Der Oberkommissar hatte eine intuitive Ader. Wenn er ein Puzzleteil fand, das zur Lösung eines Falles beitragen konnte, erkannte er es sofort. Nur wusste er nicht immer gleich, wo es hingehörte.

Er hatte die ganze Zeit gewusst, dass sie etwas übersehen hatten. Malte musste sich eingestehen, dass es ihn nicht einmal überrascht hatte, dass sich der Verdacht gegen Rogard und die anderen in Luft aufgelöst hatte. Hinterher ist man immer schlauer, hatte er sich gesagt, aber er wusste, dass das rein rationale und logische Vorgehen der Hauptkommissarin nicht immer zum Ziel führte. Die Ereignisse der letzten Stunde bestärkten ihn darin, sich wieder ein wenig mehr auf seine Intuition zu verlassen. Gefühle ließen sich nicht ausschalten, sein Bauchgefühl schon gar nicht.

Malte war kaum zehn Minuten so gedankenverloren am Strand entlang gelaufen, da hatte er auch schon das Ende der Südspitze erreicht. Bei klarem Wetter konnte man von hier aus bis nach Amrum sehen. Doch heute war es meist diesig. Die Wolken zogen über den Himmel und ließen nur ab und zu ein paar Sonnenstrahlen durch. Gleich würde er auf die stürmische Seite der Insel kommen. Malte liebte diesen Kontrast. Hatte man erst einmal die Südspitze in dieser Richtung passiert, zeigte sich die Nordsee in ihrer ganzen Kraft und Stärke. Der Wind blies einem ins Gesicht. Die Wellen brachen sich und der salzige Geschmack in der Luft reinigte die Atemwege.

Ein leichter Nieselregen setzte ein und Malte erinnerte sich an die ständigen Regenschauer während der ganzen Woche. Lena war solche Wetterverhältnisse im Mai in Berlin sicher nicht gewohnt. Die Bilder der letzten Tage stiegen in ihm auf. Immer wieder sah er seine Chefin und sich gemeinsam irgendwo ermitteln, als dieser Regen einsetzte. Sie hatte es kaum bemerkt, aber für ihn war jeder Regenguss eine wunderbare Verbindung zur Insel. In jedem Tropfen schmeckte er das Salz der Nordsee.

Dann tauchte ein seltsames Bild in seinem Kopf auf. Es war eine Szene, in der etwas nicht stimmte. In Gedanken war Malte jetzt wieder an diesem Ort, während ihm der Regen immer noch ins Gesicht prasselte. „Das war‘s!“, traf es ihn plötzlich wie ein Blitz. Doch schon im nächsten Moment überkam ihn ein leichter Anflug von Panik. Er musste Lena unbedingt sofort Bescheid sagen. Malte zückte sein Handy und wählte ihre Nummer. Kein Empfang. “Mist”, dachte er. “Warum hat man hier an der Südspitze keinen Empfang mehr?”

Er zögerte nicht lange und rannte los. Wenn er sich beeilte, würde er Lena noch rechtzeitig abfangen. Am Strand entlang und dann über die Odde würde er in zehn Minuten die Kersig-Siedlung erreichen. Die Nordsee tobte gefährlich, als Malte den Strand entlang rannte. Aber das war nichts gegen die Gefahr, in die Lena geraten würde, wenn er sie nicht schnell erreichte.

Lena war inzwischen den Bretterweg zur Kersig-Siedlung hinaufgegangen und stand vor dem Haus von Hanno Grievers. Sie klingelte. Hoffentlich war der ältere Herr diesmal wach und Lena hatte den Weg nicht wieder umsonst gemacht. Sie hatte an diesem Tag genug Misserfolge gehabt und spielte in ihrem Kopf immer wieder alle Varianten des Falles durch. Sogar den armen Grievers hatte sie sich einmal als Täter vorgestellt, den Gedanken aber schnell wieder verworfen. Er hatte kein Motiv, war kein Kiter und durch die regelmäßigen Polizeistreifen, um die er selbst gebeten hatte, wäre er wahrscheinlich der bestbewachte Mörder aller Zeiten gewesen. Lena nahm sich jedoch vor, auch diese Fakten noch einmal zu überprüfen, wenn sie Grievers gleich befragen würde.

"Frau Hauptkommissarin", begrüßte sie Hanno Grievers freundlich. Er schien fast erleichtert, die Kriminalpolizei so nah bei sich zu haben. "Haben Sie den Täter gefasst?" "Noch nicht, aber wir sind dran", gab sich Lena zuversichtlich, obwohl sie dazu überhaupt keinen Grund hatte. "Ich muss Sie leider noch einmal wegen Birgit Falk befragen. Darf ich reinkommen?" Sie wartete seine Zustimmung gar nicht erst ab, sondern ging schon durch den Gartenzaun. "Natürlich", sagte er etwas zögerlich. Die Bilder der baumelnden Saunabesitzerin schienen wieder in ihm aufzusteigen.

Grievers führte Lena zurück ins Wohnzimmer und bot ihr einen Kaffee an, den sie dankend ablehnte. Die ungewöhnlich großen Fenster boten einen wirklich einmaligen Blick über die Dünenlandschaft bis hinunter zum Strand. Jeder andere hätte Grievers darauf angesprochen, aber Lena war nicht gut in solchen Plaudereien und kam gleich zur Sache.

"Erzählen Sie mir noch einmal, wie Sie Frau Falk gefunden haben." Grievers schilderte noch einmal die Ereignisse vom Dienstagnachmittag. Lena merkte, dass es ihm nicht leicht fiel, über die tote Saunabesitzerin zu sprechen. Sie stellte ein, zwei Fragen, wollte noch etwas über sein Verhältnis zu Birgit Falk wissen, die er als Stammgast gut kannte, und fragte dann, ob er selbst kiten könne. "Zum Glück nicht", sagte er in Gedanken an Jan Lüders, und Lena sah keinen Ansatz für eine neue Spur. Sie wollte gerade gehen, als der Regen einsetzte und ein leichter Schauer gegen die Fensterscheiben prasselte.

"Möchten Sie vielleicht doch einen Kaffee oder Tee?", fragt Grievers freundlich. "Viele lieben ja das wechselhafte Wetter auf Sylt, aber ich nehme an, Sie sind es aus Berlin anders gewohnt." Lena lehnte wieder dankend ab und wollte gerade gehen, als Grievers hinzufügte.

“Wenigstens muss man nicht ständig den Garten gießen.” Es war nur der Bruchteil einer Sekunde, in der sich ihre Blicke trafen, aber Lena hatte für einen Moment das Gefühl, dass sie das Gleiche dachten.

Sie kam nicht dazu, Grievers darauf anzusprechen, denn im selben Moment klingelte ihr Telefon. Auf dem Display erschien die Nummer von Hendrik Voss. “Entschuldigung, ich muss kurz rangehen.” Sie nahm das Gespräch an. Grievers beobachtete sie dabei. Dann schien er etwas an der Haustür zu hören und bedeutete ihr, kurz nachzusehen. Lenas Augen wurden groß, als Hendrik ihr die Information von Hannah Holm gab. Sie sah Grievers nach, und plötzlich sagte ihr die Logik, dass sie ihm besser zur Tür folgen sollte. “Ich kann jetzt nicht reden. Kommen Sie sofort her”, sagte sie knapp und legte auf.

“Herr Grievers”, rief sie dem älteren Mann hinterher, als sie in den Flur trat. Dort bot sich ihr ein seltsames Bild. Die Haustür war halboffen und nur angelehnt. Von Herrn Grievers fehlte jede Spur. Instinktiv griff Lena nach ihrer Dienstwaffe. “Herr Grievers, ist alles in Ordnung?” Lena spürte, dass etwas nicht stimmte. Jemand war ganz in ihrer Nähe. Als sie sich umdrehen wollte, sah sie plötzlich aus dem Augenwinkel einen Schatten auf sich zustürzen. Ein dumpfer Schlag traf sie am Hinterkopf. Dann wurde ihr schwarz vor Augen.

Keuchend erreichte Malte die Straße in der Kersig-Siedlung. Er hoffte, dass es noch nicht zu spät war. Das Haus von Hanno Grievers lag nur wenige Meter entfernt in Sichtweite. Doch von Lena fehlte jede Spur. Hoffentlich war sie noch nicht da. Malte rannte weiter und als er am Gartentor ankam und sah, dass die Tür zum Hauseingang nur angelehnt war, befürchtete er das Schlimmste.

Malte ging durch das Gartentor, zog seine Dienstwaffe und schob vorsichtig die Haustür auf. Mit erhobener Pistole ging er Schritt für Schritt den Eingangsflur entlang. Ein leicht brennender, metallischer Geruch lag in der Luft. Malte hatte ihn sofort bemerkt, als er durch das Gartentor trat. Etwas Fremdes vermischte sich mit der salzigen Nordseeluft. Drinnen verwandelte es sich langsam in einen rauchigen, etwas beißenden Qualm, und als Malte das Wohnzimmer betrat, sah er, was es war. In der Mitte des großen Raumes saß jemand in einem Sessel und rauchte eine dicke Zigarre.

"Wo ist sie?", fragte Malte eindringlich, die Pistole immer noch erhoben. "Ihre Kommissarin?", fragte der dunkle Schatten zurück. "Keine Sorge, es geht ihr gut. Noch jedenfalls." "Wo ist sie?", wiederholte Malte und richtete nun die Waffe auf die Gestalt. Zwei Menschen waren getötet worden. Malte wollte nicht, dass seine Chefin das dritte Opfer wurde.

"Wollen Sie nicht erst das Warum beantwortet haben?" Die Gestalt wirkte entspannt und Malte wusste nicht so recht, wie er herausfinden sollte, wo Lena war und ob es ihr wirklich gut ging. "Setzen Sie sich doch. Ich verspreche Ihnen, dass ich Ihnen zum Schluss sage, wo Sie die Hauptkommissarin finden." Malte war noch nie in einer solchen Situation gewesen, aber sein Gefühl sagte ihm, dass der Täter über seine Tat reden wollte. Also setzte er sich hin und hoffte, so am schnellsten zu erfahren, wo Lena jetzt war.

"Also gut", sagte Malte und ließ die Gestalt nicht aus den Augen. „Dann eben zum ‚Warum?'" Er sah den älteren Herrn an, der immer noch so freundlich wirkte wie schon so oft zuvor. "Warum haben Sie Jan Lüders ermordet, Herr Grievers?" Hanno Grievers lehnte sich in seinem Sessel zurück und blies etwas Rauch in den Raum.

"Warum?" wiederholte er rhetorisch. "Ja, warum nur? Das habe ich mich seitdem immer wieder gefragt. Wahrscheinlich, weil ich die Gelegenheit gesehen habe." "Gelegenheit macht Mörder", dachte Malte und bedeutete Grievers, weiterzusprechen. "Ich sah an diesem Abend einen Kitesurfer unten am Meer seine Sprünge machen. Es war ein stürmischer Abend und ich genoss den Blick auf die raue See."

Grievers machte eine kurze Pause. Ein wenig Wehmut lag in seinem Blick. "Meine Frau und ich haben diesen Ort geliebt. Die Aussicht, die wir von hier oben hatten. Wir wollten hier gemeinsam alt werden. Leider hat ihr Krebs das nicht mehr zugelassen." Malte erinnerte sich an die kleinen Buchstaben auf dem Schild am Reetdachhaus: "Hannah Hüs". Der Vorname von Grievers Frau, kombiniert mit dem friesischen Namen für Haus.

"Lüders wollte Ihnen diesen Blick wieder nehmen?", schloss Malte und betrachtete die ungewöhnlich großen Fenster, die fast eine Glasfront zur Seeseite des Reetdachhauses bildeten. Grievers Miene verfinsterte sich augenblicklich. "Er wollte, dass ich das Haus zurückbaue. Es sei kein typisches Reetdachhaus und die Kersig-Siedlung ein geschlossenes Ensemble, in dem es störe." Er holt tief Luft. "Dieser Typ vom Bauamt hatte keine Ahnung von der Architektur, die meine Frau hier geschaffen hat."

Jetzt verstand Malte. Das Haus hatte einen sehr emotionalen Platz in Grievers Welt. Es war das Einzige, was ihm von seiner Frau geblieben war. "Warum haben Sie nicht beim Bauamtsleiter interveniert? Der hat doch alle Fälle von Lüders abgewiesen?", fragte Malte und hielt seine Dienstwaffe fest umklammert. "Weil ich kein Einheimischer bin. Ich bin erst seit ein paar Jahren auf der Insel. Meine Frau und ich wollten sie als Altersruhesitz nutzen und haben mit viel Glück das Grundstück bekommen. Ich glaube, wir waren vielen von Anfang an ein Dorn im Auge. Zu modern, das passt nicht zu unserer traditionellen Bauweise. Das musste sich meine Frau immer wieder anhören. Ich glaube, die waren fast froh, dass Lüders eine Abrissverfügung erlassen wollte." Wieder blies Grievers etwas Rauch in den Raum. Er hatte seine Zigarre fast aufgeraucht.

"An dem Abend sah ich, wie dieser Kiter stürzte. Eine Leine muss beim letzten Sprung über die Tetrapoden gerissen sein. Hätte ich gewusst, wer da unten kitet, wäre ich gar nicht erst runtergegangen." "Aber so wollten Sie helfen. Sie haben sich beeilt, sind den Bretterweg hinunter, an der Sauna vorbei, wo Birgit Falk Sie gesehen haben muss, und sind dann zu ihm auf die Tetrapoden geklettert."

"Ja, leider", Grievers senkte den Kopf. "Ich wollte ihm helfen, seinen Kite zu befreien und nachsehen, ob er unverletzt ist. Erst da unten habe ich gemerkt, dass es der Lüders war, der im Neoprenanzug steckte." Malte sah Hanno Grievers an. Trotz seines Alters war er ein vitaler, sportlicher Mann. Ein Macher, der sein Leben lang anpackte und Träume wie dieses ungewöhnliche Haus mit seiner Frau verwirklichte.

"Sie haben ihn sofort erkannt?" Grievers Miene verfinsterte sich erneut. "Ich habe erst vor wenigen Tagen mit ihm in seinem Büro gesessen. Wir haben uns beide auf Anhieb erkannt. Zuerst habe ich mich nur ein bisschen geärgert, dass ich ausgerechnet seinetwegen an den Strand gekommen bin. Aber dann..." Grievers stockte. Er nahm noch einen kräftigen Zug von seiner Zigarre. "Dann hat er gesagt, es sei zwar sehr nett, dass ich ihm helfen wolle, aber das ändere nichts an seiner Entscheidung."

Grievers machte eine kurze Pause. Er starrte vor sich hin. "Dann hat er noch etwas gesagt." Malte wusste, dass jetzt der entscheidende Punkt kam. "Er hat gesagt, er hätte schon bei dem Sturz sterben müssen, damit es keine Abrissverfügung gibt." Grievers hörte in Gedanken noch einmal diesen Satz. Es war, als würde der Teufel selbst ihn ihm ins Ohr flüstern.

"Der dumme Kerl wollte wohl nur seine Gewissenhaftigkeit zum Ausdruck bringen. Vielleicht stand er selbst noch ein wenig unter dem Schock des Absturzes, der ihn wirklich das Leben hätte kosten können, jedenfalls ..." Grieves biss sich auf die Lippen. "...jedenfalls hat er mich so auf die Idee gebracht. Als er sich zu seinem Kite umdrehte, habe ich ihn gepackt und ihm den Schädel an den Tetrapoden zertrümmert." Malte sah ihn betroffen an. Gelegenheit macht Mörder. Malte würde das niemals verstehen.

"Eigentlich war mir von da an klar, dass sie früher oder später von dem Fall erfahren würden, auch wenn Lüders ihn offiziell noch unter dem Namen meiner Frau als damalige Architektin führte." Grievers lächelte müde. "Hannah Holm. Ihren Mädchennamen hat sie nie abgelegt. Dafür war sie als Architektin schon zu bekannt, als wir geheiratet haben."

"Trotzdem haben Sie versucht, falsche Spuren zu legen und weiter getötet", Malte wollte das Geständnis so schnell wie möglich abschließen. Jede Sekunde konnte für Lena lebenswichtig sein. "Ja", seufzte Grievers. "Birgit hat mich erpresst. Sie hat mich kurz am Strand gesehen und wollte das in ihrer Geldnot ausnutzen. Ich wusste, dass sie nie Ruhe geben würde. Also habe ich mir gemerkt, wann die Polizei durch unsere Siedlung fährt. Ich wollte es wie einen Selbstmord aussehen lassen und sie später selbst finden, wenn die Polizei wieder in der Nähe patrouillierte."

"Uns haben Sie stattdessen auf die Suche nach einem Phantom geschickt. Es gab keinen zweiten Kiter auf dem Wasser." Grievers nickte. "Ja, das stimmt. Ich dachte, bei den vielen Einheimischen auf der Insel, die Lüders Böses wollten, gäbe es vielleicht jemanden, der als zweiter

Kiter in Frage käme. Ich habe Birgit auch gesagt, dass sie sogar mehr Geld bekommt, wenn sie der Polizei von einer zweiten Person erzählt, die sie mit Lüders gesehen hat. Das hat sie wohl getan." Malte nickte. Dann fixierte er wieder Grievers. "Wo ist Lena Berger?"

Grievers blickte auf den letzten Rest seiner noch glühenden Zigarre. "Wissen Sie, meine Frau hat mir diese Zigarre geschenkt, als wir mit dem Hausbau fertig waren. Sie ist für einen ganz besonderen Moment, hat sie gesagt." Grievers Augen glänzten. "Eigentlich hatte ich gedacht, ich würde sie eines Tages hier rauchen, wenn unser gemeinsames Leben auf der Insel zu Ende geht." Er musste schlucken. "Nun, dazu ist es nie gekommen. Aber ich habe sie seitdem aufbewahrt." Dann sah er Malte plötzlich fest in die Augen. "Für meinen letzten Augenblick in diesem Leben!" Malte sprang sofort auf und richtete die Waffe erneut auf Grievers. Jetzt erkannte er den metallischen Geruch. Es war Benzin. Im Hintergrund auf der Terrasse sah er Kanister stehen. "Machen Sie keinen Fehler", beschwor Malte ihn.

"Sie ist im Geräteschuppen", sagte Grievers und deutete nach draußen. Malte schaute nur für den Bruchteil einer Sekunde in die Richtung, aber das reichte Grievers. Als Malte ihn wieder ansah, hatte er die glühende Zigarre bereits in die Ecke des Raumes geworfen, wo eine Larche Benzin sofort Feuer fing. Wenige Augenblicke später hatten die Flammen die ersten Wände erfasst und griffen auf das Dach über. "Sie müssen sich entscheiden, wen Sie retten wollen", sagte Grievers knapp, und Malte musste nicht lange überlegen. Er rannte nach draußen zum Geräteschuppen. Hinter ihm schlugen die Flammen bereits um das ganze Haus.

Malte nahm einen Stein und zertrümmerte das Vorhängeschloss des Schuppens. Erleichtert sah er, dass Lena drinnen war. Grievers hatte wenigstens nicht gelogen. Die Hauptkommissarin war gefesselt und geknebelt, aber bei Bewusstsein. An ihrem Hinterkopf war eine Wunde zu sehen. Aber um die musste er sich später kümmern. Das Feuer drohte nun auf den Schuppen überzugreifen.

Malte verlor keine Zeit, warf sich Lena über die Schulter und trug sie so schnell er konnte in Richtung Straße. Als sie weit genug weg waren, löste er ihre Fesseln und Knebel. "Ist Grievers noch da drin?", fragte sie, als sie wieder sprechen konnte. Malte nickte. "Wo ist meine

Dienstwaffe?" Ein dumpfer Schuss aus dem Inneren des reetgedeckten Hauses beantwortete ihre Frage. Betroffen blickten sie auf das brennende Inferno, dem der leichte Regenschauer nichts entgegenzusetzen hatte.

In der Ferne hörten sie schon die Sirenen. Als sie sahen, wie der erste Balken des Hauses einstürzte, wussten sie, dass es nur noch darum ging, ein Übergreifen des Feuers auf die gesamte Siedlung zu verhindern. Ihr Fall hatte mit einem dritten Toten sein tragisches Ende gefunden.

KAPITEL 42

Eine Woche später.

Malte, Antje, Jorge und Hendrik hatten sich schick gemacht. Gemeinsam standen sie vor dem Auto auf dem Parkplatz von Haus Dünenblick und warteten auf Lena. "Wo lädt sie uns wohl zur Feier des Tages ein?", fragte sich Jorge. "Das ist ihr Einstandsessen, Pete", korrigierte ihn Hendrik. "Wir feiern hier doch nicht auf Kosten von drei Toten." Jorge wirkte einen Moment betroffen. Allen steckten die Ereignisse der letzten Woche noch in den Knochen. Ihr Gespräch wurde unterbrochen, als Lena aus dem Treppenhaus des Apartmenthauses trat. Sie war wie immer normal gekleidet und trug eine einfache Windjacke.

"Machen wir ein Picknick an der Südspitze?", fragte Jorge etwas vorlaut. Lena verzog keine Miene. Sie verstand wieder einmal nicht so recht, dass sie mit ihrer Einladung bei den Kolleginnen und Kollegen eine gewisse Erwartungshaltung geweckt hatte. "Wie sehen Sie denn aus?", fragte sie das Team der SoKo Sylt, das sich für diesen Anlass in Schale geworfen hatte. Ohne eine Antwort abzuwarten, fügte sie hinzu: "Na, damit fallen Sie am Hafen auf jeden Fall auf." Malte und die anderen schauten sich an. "Wir essen Fischbrötchen, die mögen Sie doch, oder?", sagte Lena knapp, und Malte konnte sich des Eindrucks nicht erwehren, er habe wieder ein kurzes Zucken um ihre Mundwinkel gesehen, das wohl so etwas wie ein Lächeln sein sollte.

Wenig später standen alle fünf an einem großen Stehtisch vor der Fischbude am Hafen und hatten kaum Platz für die vielen Köstlichkeiten, die sich vor ihnen auftürmten. "Lecker, oder?", sagte diesmal Lena und Malte hatte das Gefühl, dass die Hauptkommissarin doch irgendwie auf dieser Insel angekommen war. "So, jetzt habe ich doch noch ein paar Fragen ...", begann Malte. Doch Lena unterbrach ihn. "Der Fall ist gelöst, da gibt es keine offenen Fragen." "Ich meinte ein paar außerdienstliche Fragen", fuhr Malte fort. "Wie kommt es, dass sie schon als Kind auf der Insel waren und ..." Doch Lena hob nur abwehrend die Hand. Schon die Kollegen zum Essen einzuladen und mit ihnen Zeit außerhalb des Dienstes zu verbringen, hätte sie sich vor einer Woche kaum vorstellen können. Jetzt musste sie doch ein wenig auf die Bremse treten, was das persönliche Kennenlernen anging.

"Ich fürchte, Sie müssen sich noch etwas gedulden. Wir arbeiten erst seit einer knappen Woche zusammen." Das Team sah sich vielsagend an. Da war er wieder, der Eisberg. Lena bemerkte es. "Das wird nicht unser letzter gemeinsamer Fall sein", sagte sie in einem für sie ungewohnt versöhnlichen Ton. "Hoffentlich der letzte Mordfall", warf Jorge wieder ein. "Wer weiß", sagte Antje und ahnte, dass mit Lena Berger nicht nur eine neue Hauptkommissarin aus Berlin nach Sylt gekommen war. "Die SoKo Sylt wird jedenfalls nicht aufgelöst", verkündete Lena zur Überraschung aller.

"Warum denn das, wir haben doch den Fall gelöst", wollte Hendrik wissen. "Na ja, die Morde schon, aber was das Bauamt angeht, scheint die Arbeit erst zu beginnen", erklärte Lena. Malte erzählte kurz, wie er am Tag nach dem Brand in Jeschkes Büro gefahren war und den Bauamtsleiter mit den Ermittlungsergebnissen bezüglich der Surfschule konfrontiert hatte. Noch am selben Abend war Jeschke zurückgetreten, aber das hatte die Presse erst recht auf den Plan gerufen. Der Bürgermeister hatte bereits mächtig Druck gemacht, alle Entscheidungen des Bauamtsleiters auf Korruption und Vorteilsnahme zu durchleuchten, was der SoKo Sylt seitdem einiges an Aktenarbeit beschert hatte.

Tom Brinkmann hingegen hatte sich als neuer Eigentümer der Surfschule mit dem kommissarischen Leiter und Nachfolger von Jeschke geeinigt. Er bot an, anstelle des Bretterverschlags ein ordentliches Gebäude für die Surfschule zu errichten und einigte sich mit der Gemeinde auf ein Kursangebot zum Selbstkostenpreis für die Kinder der Hörnumer Grundschule.

"Ich habe aber noch eine Frage zu dem Fall", wandte sich Lena plötzlich an Malte. "Wie sind Sie darauf gekommen, dass Grievers sich verdächtig gemacht hat? Sie waren doch an der Südspitze, als die Kollegen die Sache mit dem Reetdachhaus von Hannah Holm entdeckt haben." Malte kaute genüsslich an seinem Fischbrötchen und sagte nur ein Wort: "Wetterumschwung." Lena verstand sofort. Sie selbst war im Gespräch mit Grievers auf diesen Widerspruch gestoßen.

"Respekt", sagte Lena anerkennend. Aber die anderen verstanden nicht. Antje wagte als erste zu fragen: "Was meinst du mit Wetterumschwung?" Malte hatte gerade aufgekaut. "Der ständige Nieselregen diese Woche kam mir in den Sinn, als ich um die Südspitze lief und wieder die ersten Tropfen vom Himmel fielen." "Und?" "Als wir dem Unbekannten über den Bretterweg zur Kersig-Siedlung folgten, trafen wir zum ersten Mal auf Hanno Grievers."

Malte nahm einen Schluck von dem alkoholfreien Bier, das er zu seinem Fischbrötchen bestellt hatte. "Auch an diesem Morgen gab es immer wieder kleine Schauer. Als wir bei ihm ankamen, hatte es gerade aufgehört zu regnen, deshalb habe ich es damals nicht gleich gemerkt." "Was denn?", mischte sich Hendrik ein. "Er hat seinen Rasen gesprengt", sagte Malte. "Das hat natürlich keinen Sinn gemacht. Grievers stand nur wegen uns in seinem Garten." „Warum denn?" „Ich glaube, er war der Unbekannte und wollte, dass wir ihn verfolgen und dann vor seinem Haus ansprechen. Schließlich konnte er uns so die Geschichte vom zweiten Kiter erzählen." Alle dachten wieder an das Phantom, das sie die ganze Woche gejagt hatten. "Wenigstens haben wir dadurch im Bauamt ein wenig aufgeräumt", kommentierte Jorge die falsche Fährte, der das Team die ganze Zeit gefolgt war.

„Da du gerade von ‚Respekt' gesprochen hast, Lena...", grinste Malte. Lena schaute kurz irritiert, dann verstand sie. "Na gut", sagte sie kurz. "Ich gebe zu, du hast mich nicht nur beeindruckt, du hast mich sogar gerettet. Also sind wir jetzt, wie versprochen, per Du." Malte hob seine Flasche und alle stimmten fröhlich ein. "Die anderen natürlich nicht. Das gilt nur für Malte", unterbrach Lena die gute Stimmung. Für eine gefühlte Sekunde war es totenstill. "Das war ein Scherz", unterbrach Lena die Stille und wieder sah Malte, wie es um ihre Mundwinkel zuckte. Er lächelte Lena wie immer an und freute sich ein wenig über den guten Einfluss, den Sylt auf die neue Hauptkommissarin zu haben schien.

ENDE

NACHWORT

Ich hoffe, dass Ihnen meine Geschichte spannende Lesestunden beschert hat.

Wenn Ihnen mein Sylt-Krimi gefallen hat, würde ich mich über eine Bewertung auf Amazon sehr freuen. Ihre Rezension, sei sie noch so kurz, hilft anderen Leserinnen und Lesern, diesen Krimi zu entdecken und zu erleben.

Teilen Sie die Geschichte gerne auf Facebook, Instagram und TikTok oder empfehlen Sie sie anderen Krimifans weiter – jedes Wort, jeder Post macht einen Unterschied und bedeutet unendlich viel für mich.

Ein HERZLICHES DANKESCHÖN an alle, die sich die Zeit nehmen, mich zu unterstützen.

Um keine meiner Neuerscheinungen zu verpassen, folgen Sie mir, NELE NORDLAND, auf Amazon. So bleiben Sie stets informiert über neue Abenteuer an der Nordsee.

Vielen Dank für Ihre Unterstützung und Ihr Vertrauen. Ich freue mich auf Ihre Rückmeldungen!

Herzliche Grüße,
Ihre Nele

SPANNUNG AUCH IM NÄCHSTEN TEIL!

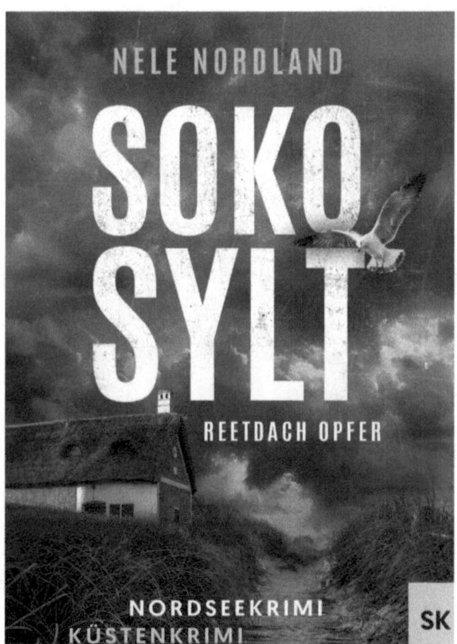

Verpassen Sie nichts und bestellen Sie schon jetzt:
SoKo Sylt–Reetdach Opfer

ÜBER DIE AUTORIN

Nele Nordland ist ein Kind des Nordens. Die Bestsellerautorin hat bereits unter anderem Namen erfolgreiche Bücher veröffentlicht, die in mehrere Sprachen übersetzt wurden.

Als gebürtige Norddeutsche liebt Nele die raue Nordsee, ihre einmalige, salzige Luft und fühlt sich mit der Küstenregion und den Menschen, die dort leben, eng verbunden. Einen besonderen Platz in ihrem Herzen nimmt die Insel Sylt ein, die sie seit ihrer Kindheit kennt und auf der sie heute einen Teil des Jahres lebt.

Mit der Krimireihe "SoKo Sylt–Berger und Claasen ermitteln" hat sie sich einen lang gehegten Traum erfüllt, die einzigartige Atmosphäre dieser Insel mit ihrer Leidenschaft für spannende Krimis zu verbinden.

Eine Bonus-Krimi-Kurzgeschichte sowie ihren Newsletter gibt es auf Neles Webseite.

www.nelenordland.de

Printed in Poland
by Amazon Fulfillment
Poland Sp. z o.o., Wrocław

54867362R00118